Das große Weihnachtsbuch

Hajo Bücken

Das große *Weihnachtsbuch*

Basteln, Backen, Brauchtum, Spielen und Erzählen

Urania

INHALT

Vor dem ersten Advent 6

Montag	So feiert Europa Weihnachten	6
	In die Ferne schweifen?	9
Dienstag	So viel Grund zu feiern	10
Mittwoch	Was wollen wir schenken?	12
Donnerstag	O. Henry: Das Geschenk der Weisen	14
Freitag	Süßer die Kekse nie schmecken	18
Sonnabend	Advent, Advent, ein Lichtlein brennt ...	22
	Ich sehe was ...	26
	Das Weihnachts-ABC	27
	Manfred Hausmann: Martin löscht einen Brand	28

1. Adventswoche 30

Sonntag	Adventskalender	30
	Sybil Gräfin Schönfeldt: Der Bäckerengel	34
	Sternenzeit mit Engeln	36
	Es ist ein Ros entsprungen	38
	O du fröhliche	39
Montag	Backen mit Kindern	40
Dienstag	Das Adventsmemo	42
Mittwoch	Das Klingeling	44
	Tischdecken für Weihnachten	46
	Kleine Krippen-Kunde	48
Barbaratag		50
Donnerstag	Kräutertee	52
Freitag	Die Jahreschronik	54
Sonnabend	Einladen, Grüßen, Bewirten	56
	1 von 4	58
	Manfred Hausmann: Martin entdeckt den Weihnachtsstern	60

2. Adventswoche 62

Sonntag	Etwas andere Geschenkideen	62
	Ihr Kinderlein, kommet	64
	Vom Himmel hoch, da komm ich her	65
	Roswitha Fröhlich: Wie Joschi zu seinem Meerschweinchen kam	66
Montag	Weihnachten im Erzgebirge	68
	Die Entdeckung des Weihnachtsberges	69
Dienstag	Köstliche Schokolade	72
Mittwoch	Spiele auf den Treppenstufen	74
Nikolaustag		76
Donnerstag	Allerlei Leckerei	79
Freitag	Heiße Suppen für kalte Tage	82
Sonnabend	Das Weihnachtsgebäck	84
	Spiele für draußen	86

3. Adventswoche 88

Sonntag	Strohsterne basteln	88
	Engel oder Weihnachtsmann?	90
	Keto von Waberer: Familienfest	92
Montag	Unser Freund, der Baum	96
Dienstag	Ein Geschenk der Götter	98
Mittwoch	Winterzeit ist Bratapfelzeit	100
Luciatag		102
Donnerstag	Tierische Raterei	104
Freitag	Neue Schachteln	106
	Alle Jahre wieder	108
	Kommet, ihr Hirten	109
Sonnabend	Das Mittelmeer bittet zu Tisch	110

4. Adventswoche 112

Sonntag
Ausflug zum Christkindlmarkt 112
Morgen, Kinder, wirds was geben 115
Wolfdietrich Schnurre: Die Leihgabe 116
Montag
Der Waldspaziergang 120
Dienstag
Der letzte Backtag 122
Mittwoch
Karl Heinrich Waggerl: Worüber das Christkind lächeln musste 124
Geschenke in letzter Minute 126
Donnerstag
Der Ton macht die Musik 128
Was den Bauern zu Weihnachten einfällt ... 130
Freitag
Schneespiele ohne Schnee 132
Sonnabend
Dylan Thomas: Weihnachtserinnerungen 134

Heiligabend 138

Der Weihnachtsbaum 138
Alexander Jablonowsky: Filka 140
Nachrichten vom Weihnachtsmann 142
O Tannenbaum, o Tannenbaum 144
Stille Nacht! Heilige Nacht! 145
Die Weihnachtsgeschichte 146
Die kleine Mahlzeit 148
Heiligabend 150

Die Feiertage 152

Der 25. Dezember
Von Bäumen und Briefen 152
Weihnachtsorakel 154
Das Festmenü 156
Der 26. Dezember
Erich Kästner: Felix holt Senf 158
Wortspiele 159
Der 27. Dezember
Der heimliche 3. Feiertag 161

Zwischen den Jahren 164

Silvester
Ein Wort wie ein Versprechen 164
Neujahrsgrüße 168
Mal laut, mal leise 170
Wers glaubt, wird ... 172
Neujahr
Hoch im Kurs: Glücksbringer 174
Gute Vorsätze 176
Matjes – Fisch vom feinsten 178
Weiße Spiele 182
Vom Glück 184

Dreikönigstag 186

Der 6. Januar
Epiphanias 186
Alle Jahre wieder: Wohin mit dem Baum? 190

MONTAG

So feiert Europa Weihnachten

Unser Weihnachtsfest haben wir zu großen Teilen Papst Gregor zu verdanken, der im Jahre 354 den 25. Dezember zum Tag der Geburt von Jesus Christus erklärte.

Da weder im Evangelium von Matthäus noch dem von Lukas Angaben zum genauen Datum der Geburt gemacht werden, ist nicht sicher, dass Jesus tatsächlich an diesem Tag geboren wurde. Es war frühe Kirchenpolitik, heidnische Riten mit ihren eigenen Festen zu vereinen. Der heidnische Glaube hatte bereits seit jeher die Wintersonnenwende und das Herannahen des nächsten Frühlings gefeiert. So gab es das am 19. Dezember gefeierte römische Fest zu Ehren des Gottes der Ernte, Saturn. Zur selben Zeit feierten die Germanen ihr Jule-Fest.

Weihnachten, »ze wihen nahten«, heißt »in den heiligen Nächten«.

Nachdem sie diese Elemente in ihre eigenen Feste eingebunden hatte, fügte die christliche Kirche im Mittelalter die Krippe von Jesu Geburt und Weihnachtslieder zu den bisherigen Festbräuchen hinzu.

Weihnachten, wie wir es heute kennen, ist eine Erfindung des 19. Jahrhunderts. Sinnbild ist der mit Lichtern geschmückte Weihnachtsbaum. Man sang Weihnachtslieder und schrieb auch einige neue, meist nach traditionellen Weisen. Der Brauch des Liedersingens stammt ebenfalls aus dem 19. Jahrhundert. Heute ist Weihnachten ein ebenso weltliches wie religiöses Fest. Man trifft sich im Kreis der Familie und macht sich gegenseitig Geschenke. In englischsprachigen Ländern gibt es ein „traditionelles" Weihnachtsmahl, das aus Truthahn oder Gans, einem Weihnachtspudding und Pfefferminzkuchen besteht. In Deutschland speist man bevorzugt Gans oder Karpfen. In den Kirchen und Kathedralen wird allerorten die Mitternachtsmesse zelebriert. In vielen Ländern, darunter auch in Deutschland, findet das Singen von Weihnachtsliedern am Weihnachtsbaum und das Auspacken der Geschenke bereits am 24. Dezember, am Weihnachtsabend oder in der Heiligen Nacht, statt.

England

Hier werden traditionsgemäß am Weihnachtsabend die Strümpfe an den Kamin gehängt. Durch den schlüpft Santa Claus in der Nacht zum 25. Dezember und versteckt darin seine Geschenke. Zum traditionellen Weihnachtsessen gehören für die Briten der mit Brot und Hackgemisch oder sauren Äpfeln und Backpflaumen gefüllte Truthahn, Plumpudding und Eierpunsch. Beim Schmausen lieben es die sonst so steifen Engländer etwas ausgeflippt: Alle tragen Papphütchen und lassen Knallbonbons platzen. Gegen 15 Uhr versammelt sich die Familie dann vor dem Fernseher, um der 10-minütigen Ansprache der Queen zu lauschen.

Holland
Viel wichtiger als das Christkind ist für die Kinder in den Niederlande Sinterklaas. Der bringt am 6. Dezember seine Gaben, begleitet vom »Zwarten Piet«. Um ihn freundlich zu stimmen, stellen die Kinder vor seiner Ankunft Wasser und eine Mohrrübe oder Heu für sein Pferd auf den Kamin. Am 5. Dezember wird ein großer Sack vor die Tür gelegt, den Sinterklaas dann mit seinen Geschenken füllt. Einen ganz besonderen Empfang bereiten die Amsterdamer dem Heiligen. Vom Hafen zieht eine große Prozession zum Königspalast.

Frankreich
Auch in Frankreich lieferte früher Saint Nicolas seine Geschenke am 6. Dezember ab. Geschenke bringt heute den französischen Kindern in der Nacht vom 24. auf den 25. Dezember Père Noël, ein Kollege des Weihnachtsmannes. Der kommt durch den Schornstein und legt seine Gaben in die bereitgestellten Schuhe. Der Heilige Abend wird alles andere als besinnlich gefeiert. Es ist ein normaler Arbeitstag, der mit einem großen Essen in schillernd bunt dekorierten Restaurants und ausgelassenem Tanzen ausklingt. Festlich wirds erst am 25. Dezember. Dann werden auch die traditionelle »Foie Gras« (Gänsestopfleber) und der »Bûche de Noël«, ein Kuchen mit Buttercreme in der Form eines abgesägten Baumstammes, serviert.

Spanien
Die Adventszeit verläuft in Spanien sehr ruhig. Zu den Weihnachtsbräuchen gehört das Erscheinen des Olenzero (des Köhlers), der aus den Bergen ins Dorf kommt. Weit verbreitet sind auch Weihnachtsaufführungen wie der von Herodes angeordnete Kindermord oder das Fest der Messdiener (Fiesta de Locosy Obissi Mos), bei dem sich ein Junge als Bischof verkleidet. In der Zeit vom 30. Dezember bis zum 1. Januar findet die *Fiesta de la Coretta* statt. Bei diesem Fest wird Brennholz gesammelt und eine Kiefer gefällt. Diese wird dann geschmückt in den Ort getragen und gesegnet. Ein weiterer Höhepunkt ist das Dreikönigsfest *(Dia de los Reges)*.

Portugal
Weihnachten ist in Portugal das bedeutendste Fest des Jahres. Es wird in der Großfamilie auf dem Land gemeinsam mit den Nachbarn gefeiert. In einigen Dörfern wird auf dem Platz vor der Kirche ein Baumstamm verbrannt, damit sich die Menschen nach der Mitternachtsmesse wärmen können. In manchen Gegenden geht man von Tür zu Tür, spielt Akkordeon, Querflöte, Gitarre oder Mandoline und singt Lieder zur Geburt des Christuskindes. Zur Mitternachtsmesse bringen die Menschen ländliche Produkte als Geschenk für das Christuskind mit. Sie legen sie vor die Krippe. Nach der Messe trifft sich die ganze Familie zum Weihnachtsfestmahl: Stockfisch, Kürbiskrapfen oder mit Zucker und Zimt bestäubte und gebratene Weißbrotscheiben, Brotteigkrapfen, die gerade aus der Pfanne kommen, und ein Getränk, das aus Wein mit Honigrosinen und Zimt besteht.

MONTAG

Italien

In Italien werden um die Weihnachtszeit verschiedene Feste gefeiert. Am 6. Dezember finden die Kinder die Geschenke von San Nicola vor der Tür des Schlafzimmers, am 13. Dezember beschenkt Santa Lucia die Kleinen, am 25. Dezember wird Il Bambinello Gesu (Christkind) überall in Italien gefeiert, und am 6. Januar freuen sich alle Kinder auf La Befana (die gute Hexe). Am 25. Dezember kommt dann endlich Il Bambinello Gesu (das Jesuskind), meist früh am Morgen. Wenn die Kin-

der aufstehen, finden sie ihre Geschenke vor der Tür des Schlafzimmers oder unter dem Tannenbaum neben der Krippe. Verschiedene Formen von Fest und Feier haben sich in den Regionen Italiens eingebürgert. In manchen Gegenden wird ein Olivenbaum gefällt und für das Feuer im Kamin bereit gehalten. In Rom und Neapel tragen die Kinder einen großen Stern aus Pappe über einer kleinen beleuchteten Krippe von Haus zu Haus.

Polen

Zum Heiligabend gehören in Polen die Weihnachtsoblaten, große eckige Backoblaten, meist mit einem aufgeprägten Bild. Tagsüber wird gefastet, und abends kommt die Familie zum Weihnachtsessen zusammen. Nach einer Suppe gibt es meist ein Fischgericht, wenn möglich Karpfen. Ein zusätzliches Gedeck steht auf dem Tisch für einen Gast, der vielleicht unerwartet kommt. Die Familie versammelt sich bei Kerzenlicht, dann wird das Weihnachtsevangelium vorgelesen und gebetet. Nun teilen alle ihre Oblaten untereinander und wünschen sich »Frohe Weihnachten«. Das Teilen der Oblaten ist ein Zeichen dafür, dass die Familie das Leben miteinander teilen will. Es ist eine Geste der Liebe und der Versöhnung. Dann setzen sich alle zum Essen. Die Kinder hoffen unter ihrem Teller ein Geldstück zu finden.

Estland

Gnome beschenken in Estland in der Adventszeit die Kinder mit Süßigkeiten und Früchten. Kurz vor Weihnachten reinigen die Frauen die Besen in Haus und Hof besonders gründlich. Denn Hexen und Teufelchen, die um diese Zeit ihr Unwesen treiben, benutzen diese als Fluggeräte. Schmutz und Dreck darauf würden die zu üblen Streichen verleiten.

Russland

Nach dem julianischen Kalender feiert die russisch-orthodoxe Kirche am 6. Januar (entspricht dem 25. Dezember) die Geburt des Herrn. Väterchen Frost bringt hier die Gaben und wird in jedem Dorf mit Musik empfangen. Dazu gibt es Kuchen, die mit vielen Herzen verziert sind. Für jedes Herz soll ein Traum in Erfüllung gehen.

Norwegen

Ein einziger Festschmaus ist die Adventszeit bei den Norwegen. Beim »Julbord« werden Verwandten und Freunden bis zu 60 verschie-

dene Leckereien aufgetischt. In der Weihnachtsnacht stellen die Kinder für den »Julmann«, der mit seinen Geschenken aus Lappland anreist, eine Schüssel mit Grütze ans Fenster. Sie soll eine Art »Bestechung« sein für die Weihnachtswichte, die »Julnissen«, die dem Julmann helfen. Gibts keine Grütze, machen die Wichtel Ärger.

In die Ferne schweifen?

In den letzten Jahren haben immer mehr Deutsche die Weihnachtszeit in der Fremde verbracht. Weit über eine Million Menschen sind es durchschnittlich in den letzten Jahren gewesen - und die Tendenz ist steigend. So haben im Jahre 1998 fast 1,4 Millionen in der zweiten Dezemberhälfte eine Reise unternommen. Als Ziel gaben etwa 500 000 Reisende Deutschland an. Also zog es fast eine Million Deutsche über Weihnachten ins Ausland. Davon reisten wiederum die meisten nach Österreich (340 000), nach Spanien (270 000) und nach Italien (240 000).

Wenn die Statistiken stimmen, dann ist jedoch ein Drittel der Jahresendtouristen älter als 55 Jahre; die meisten kommen aus Großstädten. Familien verreisen dagegen relativ wenig. Weihnachten zu Hause oder in der Ferne erleben? Was spricht dafür, was dagegen? Es scheint wohl so zu sein, dass Eltern ihren Kindern - und natürlich auch sich selbst - die festliche Zeit, die Rituale, die Geschenke, die Aufgeregtheit gönnen wollen. Seit spätestens November sind die Straßen festlich geschmückt, überall Sterne, Kerzen, Lichter. Es wird gebacken, Adventskränze aufgehängt, gesungen. Ab Anfang Dezember steigt der Adrenalinspiegel. Allein schon jeden Morgen erneut ein Türchen am Adventskalender öffnen und - hoffentlich - eine schöne Überraschung erleben, das ist umwerfend. Dann folgen die ganzen Feste von Nikolaus bis Weihnachten, eine Zeit, in der so richtig etwas los ist. Doch manche Menschen wollen das gerade nicht mitmachen. Sie sprechen von Konsumterror, wollen der Kaufwut entgehen, wollen manchmal auch einfach nur eine ruhige Zeit erleben, nachdenklich werden, besinnlich. Durchaus möglich, dass dies außerhalb der eigenen vier Wände, vielleicht sogar außerhalb Deutschlands viel eher, viel besser möglich ist. Zwar kommt man fast in keinem europäischen Land mehr »um Weihnachten herum«, bei der richtigen Wahl jedoch nehmen Hektik und Verpflichtungen deutlich ab.

> *»Weihnachten ist ein schönes Fest für kalte Länder mit langen Nächten. Wo das Licht über den Sand der Hitze flimmert und wo es abends den Horizont rosa und lila färbt, wo es keinen Winter gibt, braucht man kein Weihnachtsfest.«*
>
> James Krüss

Wir danken der Forschungsgemeinschaft Urlaub und Reisen e.V. für die Daten aus der Reise-Analyse 1998.

DIENSTAG

Wir alle haben unsere Erinnerungen an das Weihnachtsfest, ob wir es nun viermal oder vierzigmal erlebt haben. Deshalb wissen wir auch, weshalb wir dieses Fest so lieben, uns beinahe das ganze Jahr darauf freuen. Eine Erinnerung steht hier stellvertretend für so viele, so unterschiedliche und doch so gleiche.

So viel Grund zu feiern

Achim Schenk

Schon Tage vor dem 1. Advent waren wir aufgeregt, die Eltern wie die Kinder. Am Freitag dann war es endlich so weit, Mutti backte Plätzchen. Wir drei Kinder staunten immer, wenn sie aus dem letzten Winkel des Küchenschrankes ein Tuch hervorzauberte, das sie dann bedächtig aufschlug. Uns funkelten die Ausstechformen für die Plätzchen entgegen, Sterne, Halbmonde, Kugeln. Ich hatte das intensive Gefühl, die Plätzchen schon riechen zu können. Doch noch war es nicht so weit, erst mengte Mutti Mehl, Zucker, Eier, Milch und Backpulver zusammen und knetete den Teig. Ungeduldig wartete ich darauf, dass der Teig ausgerollt wurde und die Plätzchen ihre Form bekommen hatten. Erst wenn das Backblech im Ofen verschwand, das wusste ich, erst dann durfte ich mich über die Schüssel hermachen und die Teigreste naschen.

Am 1. Advent dann ging es schon morgens in die Kirche, Mutti spielte die Orgel und wir Kinder sangen im Chor. Die restliche Zeit bekam ich nie so recht mit, ich schaute immer nur nach dem großen grünen Adventskranz, der vorne vor dem Altar über dem Gang hing, und an dem eine so riesige weiße Kerze brannte. Nach dem Gottesdienst dann ging es nach Hause. Und nach der Mittagspause steckte Vati endlich auch die Kerze an unserem Kranz an, es roch nach Tanne und es gab die ersten Plätzchen. Wir mussten vorher immer noch ein oder zwei Adventslieder singen, aber auch das ging vorbei.

Nikolaus wurde bei uns nicht gefeiert, wir seien evangelisch, meinte Mutti, und »die haben es nicht so mit dem Nikolaus.« Aber Vati, der katholisch aufgewachsen war, hatte Verständnis für uns. Nach Jahren des Kampfes hatte er sich endlich durchgesetzt und wir Kinder konnten, genauso wie unsere Klassenkameraden, abends die sauber geputzten Schuhe vor die Tür stellen, die dann am nächsten Morgen mit etwas Schokolade, einer Apfelsine und ein paar Plätzchen gefüllt waren.

Die weiteren Adventssonntage waren weit weniger spannend, wir gingen zur Kirche, sangen Adventslieder, aßen Plätzchen und warteten immer ungeduldiger auf das Weihnachtsfest. Doch bevor es so weit war, gab es jedes Jahr wieder Aufregung, und zwar wegen der Geschenke. Zum einen mussten wir Wunschlisten schreiben, was äußerst schwierig war, schließlich war uns klar, dass unsere Eltern nicht viel Geld hatten. Also galt es immer gut abzuwägen, was als Geschenk noch möglich war und was nicht. Es hatte einfach keinen Zweck, sich zum Beispiel ein Fahrrad zu wünschen; wer sollte das bezahlen! Dazu kam dann noch, dass wir selbst ja auch Geschenke haben mussten, für die Eltern und die Omi zumindest. Onkel und Tante waren mit einem Gedicht zufrieden. Für mich kam dann noch die Sache mit dem Paten dazu. Eine Patentante hatte ich nicht, wie schade. Und mein Patenonkel saß »drüben«, den sah ich nie; er schickte zu Weihnachten immer ein Buch, aber ich musste ihm schreiben.

Heiligabend, irgendwann kam dann Heiligabend. Ich hatte schon so lange geträumt, gewartet, gedarbt, ich glaubte schon kaum noch daran, dass es doch noch einmal geschehen würde. Und dann. Allein schon der Gottesdienst war äußerst feierlich, die Kirche voll wie sonst nie. Als wir etwas älter waren, durften wir sogar die Kollekte einsammeln, ein unbeschreibliches Gefühl, so im Mittelpunkt zu stehen. Dann nach Hause, Vati war dort geblieben und hatte den Baum geschmückt, hatte wie jedes Jahr mit dem Ständer gekämpft, das Lametta auseinander gepokelt, die Kerzenhalter angeschrien. Wenn wir anderen zurück kamen, machte Mutti schnell noch die Würstchen heiß, dann gab es diesen unnachahmlichen köstlichen kalten Kartoffelsalat, von dem mein Vater jedes Jahr wieder sagte, und wir warteten schon alle darauf: »Da könnt ich mich reinsetzen!« Er tat es nie, und auch er war dann nach Stunden, so kam es mir vor, fertig mit dem Essen. Schlimmer, ich hatte ihn lange Jahre im Verdacht, den Zeitpunkt extra zu verzögern! Dann ging er ins Wohnzimmer, und dann, ja dann ertönte die lang ersehnte Klingel.

Alle Jahre wieder war ich nur durch verschärft drohende Blicke und Gesten dazu zu bringen, das Weihnachtslied mitzusingen, das zweite, dann noch das dritte ... Als meine Schwester Klavier gelernt hatte, wurde es nur noch schlimmer und dauerte noch länger, bis wir endlich zu unseren Geschenken stürzen durften. Dann wurde ausgepackt, gezeigt, gedankt, geküsst, gespielt, gejubelt – und gemampft. Was auch immer ich geschenkt bekam, eines war so sicher wie das Amen in der Kirche: der Weihnachtsteller. Anfangs noch fast die Hauptsache, weil wir uns sonst nicht viel leisten konnten, wurde er immer mehr zur Gewohnheit, aber zu so einer schönen! Jedes Kind hatte etwas ganz Eigenes, Besonderes auf seinem Teller, etwas, das unmissverständlich anzeigte: Das ist mein Teller. Meiner, das war der, auf dem jedes Mal ein Stück Schweizer Käse lag, erst klein und bescheiden, dann größer. Und immer, immer am späten Abend des Heiligen Abends, wenn wir Kinder uns von all den Köstlichkeiten und Kostbarkeiten lösen und ins Bett gehen mussten, immer dann spätestens war das Stück Schweizer Käse in meinem Bauch verschwunden, der sich ziemlich dagegen wehrte. Das aber musste sein, und so verstand er es wohl auch, denn sonst, sonst wäre es nicht Weihnachten gewesen.

MITTWOCH

Es sollte doch eigentlich die schönste Sache der Welt sein: das Geschenk. Und eigentlich schenken wir auch gerne – und noch lieber bekommen wir etwas geschenkt. Aber was um Himmels willen? Das richtige Schenken scheint Probleme zu bereiten. Ein paar Anregungen zum Thema:

Was wollen wir schenken?

Wie oft hören wir das in unserem Bekanntenkreis: »Die (oder der) hat doch schon alles; was soll man da bloß noch schenken ...?« Wir sollten uns freuen, dass es uns so gut geht – und über Geschenke nachdenken, die zu den von uns zu Bedenkenden auch passen. Freunde, die einen kleinen Spielzeugladen haben, erzählen zur Weihnachtszeit immer die gleiche Geschichte: »Da kommen Leute ins Geschäft, die sagen, sie möchten ein Spiel für ein achtjähriges Mädchen haben; es sollte nicht teurer als 50 Mark sein! Was das Mädchen gerne spielt, was es für Interessen hat, ob Mitspieler zur Verfügung stehen, das scheint alles völlig egal zu sein.« Wenn schon, denn schon; wir sollten uns doch lieber entscheiden: Entweder wir verschenken gleich Geld («Du weißt doch selbst am besten, was du gebrauchen kannst ... !«), oder wir machen uns ein wenig mehr Gedanken.

Wie es früher war

Seit langer Zeit werden um die Jahreswende Geschenke verteilt. Im alten Rom wurden die Sklaven beschenkt, im Mittelalter die Dienstboten, das Gesinde. Es herrschte die Auffassung vor, dass, wer nichts verschenke, im kommenden Jahr auch kein Glück habe. Im 18. Jahrhundert dann wurde das Weihnachtsfest immer mehr zum Zeitpunkt des Beschenkens, des Bescherens. Der Begriff »Bescheren« bezeichnete davor von Gott oder vom Schicksal zugeteilte oder verhängte Ereignisse; seine Bedeutung wandelte sich nun in »Gabe des Christkindes«.
Zunächst bestand die Bescherung mehr oder weniger aus einem Teller mit Äpfeln, Nüssen und Gebäck. Doch bald schon kam Spielzeug hinzu. Das war zunächst eng gekoppelt mit dem christlichen Glauben und bestand aus der hölzernen Arche Noah mit all den vielen Tierpaaren. Später kam die Krippe hinzu. Auch Puppen und Teddybären gehörten zu den ersten größeren Geschenken.

Und heute ...

Heute ist die Idee entscheidend. Dabei lassen sich bei Geschenken für Kinder ein paar Grundregel formulieren:

- ☆ Je kleiner der Mensch, desto größer das Spielzeug. Kleine Hände können noch nicht so gut greifen, die Geschicklichkeit entwickelt sich erst noch.
- ☆ Kinder bis zu drei Jahren sollten freies Spielzeug bekommen und noch nicht mit Spielregeln konfrontiert werden. Auch das taktische Denkvermögen braucht Zeit, sich zu entwickeln. Regelspiele können ab drei oder besser noch ab vier Jahren verschenkt werden.

☆ Gelernt wird bei jedem Spiel oder Spielzeug. Deshalb braucht es nicht unbedingt besonders gekennzeichnete Lernspiele. Erfahrung bringen Holzbauklötze genauso wie Legosteine.
☆ Der eigene Geschmack, kombiniert mit dem Wissen über den zu Beschenkenden und sein Alter, führt zur richtigen Entscheidung. Kinder bis zu sechs Jahren verarbeiten ihre Umwelt oft durch Rollenspiele. Danach wenden sie sich dem Umgang mit den verschiedensten Materialien zu. Etwa im Alter von 10 Jahren kommt dann das Interesse an technischen Dingen.

Kleines für Große

Erwachsene unter sich haben auch immer wieder Schwierigkeiten, das »Richtige« zu finden. Ein paar Ideen für »etwas andere« Geschenke sind auf den Seiten 62/63 und 126/127 gesammelt. Kindern jedoch sollte immer wieder vermittelt werden, dass es nicht darauf ankommt, ein teures Geschenk zu finden. Besonders wertvoll darf es ruhig sein; aber dieser Wert hat nichts mit dem Geld zu tun, das ausgegeben werden kann. Das allerdings müssen die Großen den Kleinen auch vermitteln: Ein Geschenk hat den Sinn, einen anderen Menschen zu erfreuen, und nicht, eine eher lästige Pflicht zu erfüllen.

Bei kleineren Kinder ist es angebracht, dass die Eltern zusammen mit ihnen beraten, wem was geschenkt werden könnte – wobei die Kinder natürlich entscheiden. Mutter und Vater können dabei helfen, das nötige Material zu besorgen und vielleicht auch Hilfestellung zu geben. Die Liste möglicher Geschenke ist lang. Wer freute sich nicht über ein vorgetragenes Gedicht oder Lied? Über ein selbst gemaltes Bild, vielleicht sogar im eigens dafür hergestellten Rahmen, oder über ein eingerahmtes Foto ... Jede Bastelei ist willkommen, egal ob Fenstersterne oder Dosen, ausgeschnittene Figuren oder solche aus Knetmasse.

Größere Kinder wollen nicht mehr beraten werden, schließlich sollen ihre Geschenke ja Überraschungen sein. Da werden (vielleicht in der Schule?) Becher oder Aschenbecher getöpfert, gesammelte Steine zu Skulpturen zusammengeklebt, gibt es Schlüsselanhänger als Laubsägearbeit, selbst gemachte Stofffiguren, Lampen, Tischdecken oder Kissen, selbst getextete Gedichte und komponierte Lieder, eventuell sogar eine kleine Aufführung. Die Möglichkeiten, Erwachsene zu erfreuen, sind so vielfältig wie das Leben. Welche Eltern, Großeltern, Verwandte oder Freunde wären allein schon durch die Tatsache glücklich, dass sich die Kinder so viel Zeit genommen haben, für sie ein Geschenk anzufertigen ...

DONNERSTAG

Das Geschenk der Weisen

O. Henry

1 Dollar und 87 Cents. Das war alles. Und 60 Cents davon waren lauter einzelne Ein- und Zwei-Penny-Stücke! Penny-Stücke, die sie durch Feilschen beim Kaufmann oder Metzger oder Gemüsehändler erspart hatte. Dreimal zählte Della nach. 1 Dollar und 87 Cents. Und morgen war Weihnachten! Da blieb einem nichts weiter übrig, als sich auf die schäbige kleine Couch zu werfen und zu weinen. Was Della auch tat. Und das legt die Folgerung nahe, dass sich das Leben aus Schluchzen, Seufzen und Lächeln zusammensetzt, wobei die Seufzer überwiegen. Während Della allmählich vom ersten zum zweiten Stadium übergeht, sehen wir uns in ihrem Heim um. Eine möblierte Wohnung, acht Dollar die Woche. Nicht gerade eine Bettler-Behausung, aber auch nicht sehr weit davon entfernt. Unten im Hausflur hing ein Briefkasten, in den kein Brief hinein wollte, und daneben war ein Klingelknopf, dem kein menschlicher Zeigefinger einen Laut abschmeicheln konnte. Dazu gehörte eine Karte, die den Namen Mr. James Dillingham Young aufwies. Das »Dillingham« hatte sich während einer Epoche vorübergehenden Wohlstandes eingestellt, als sein Besitzer 30 Dollar die Woche verdiente. Nachdem das Einkommen auf 20 Dollar zusammengeschrumpft war, nahmen sich sämtliche Buchstaben etwas kümmerlich aus, als ob sie ernstlich daran dächten, zu einem bescheidenen, anspruchslosen »D« zusammenzuschrumpfen. Kam aber Mr. James Dillingham Young in seine kleine Wohnung zurück, so wurde er »Jim« genannt und von Mrs. James Dillingham Young, die uns bereits als »Della« bekannt ist, zärtlich umarmt. Und das war schließlich die Hauptsache. Della hörte also zu weinen auf und veredelte ihr Äußeres mit der Puderquaste. Dann stellte sie sich ans Fenster und starrte trübselig auf die graue Katze, die über den grauen Zaun des grauen Hinterhofs spazierte. Morgen war Weihnachten, und sie hatte bloß 1,87 $, um Jim ein Geschenk zu kaufen. Seit Monaten hatte sie jeden Penny umgedreht, und das war nun das Ergebnis! Mit 20 Dollar Gehalt wöchentlich kann man eben keine großen Sprünge machen. Die Ausgaben waren höher gewesen, als sie geglaubt hatte. Das ist ja immer so. Nur 1,87 $, um Jim ein Weihnachtsgeschenk zu kaufen!

Viele Stunden hatte sie damit verbracht, sich etwas Hübsches für ihn auszudenken. Etwas Schönes, Kostbares, Herrliches, etwas, das halbwegs der Ehre würdig war, Jim gehören zu dürfen. Zwischen den beiden Wohnzimmerfenstern hing ein Spiegel. Ein sehr schlankes und behändes Persönchen kann aus einer Aufeinanderfolge vieler Längsansichten einen ziemlich genauen Eindruck ihres Äußeren erhalten.

Della, die schlank war, hatte es darin zur Meisterschaft gebracht. Plötzlich wirbelte sie herum und lief vom Fenster zum Spiegel. Ihre Augen strahlten, aber ihr Gesicht hatte alle Farben verloren. Flink löste sie ihr Haar und ließ es in seiner ganzen Länge niederfallen. Nun besaßen die James Dillingham Youngs zweierlei, auf das sie mächtig stolz waren. Das eine war Jims goldene Uhr, die vor ihm seinem Vater und seinem Großvater gehört hatte. Das andere war Dellas Haar. Hätte in der Wohnung jenseits des Lichtschachtes die Königin von Saba gewohnt, so hätte Della gewiss ihr Haar zum Trocknen aus dem Fenster hängen lassen, und zwar nur, um die Juwelen und Kostbarkeiten Ihrer Majestät in den Schatten zu stellen. Und wäre König Salomo Hauswart gewesen, und hätte er seine sämtlichen Schätze im Erdgeschoss aufgestapelt, so würde Jim jedes Mal im Vorbeigehen seine Uhr gezückt haben, nur um zu sehen, wie König Salomo sich neiderfüllt am Bart zupfte. Dellas schönes Haar fiel also wellig und glänzend wie ein schimmernder brauner Wasserfall nieder. Es ging ihr bis unters Knie und war fast wie ein Gewand. Dann steckte sie es hastig und nervös wieder auf. Einen Augenblick hielt sie inne und stand bewegungslos da, während ein, zwei Tränchen auf den abgetretenen roten Teppich tropften. Dann schnell die alte braune Jacke an, schnell den alten braunen Hut auf! Mit wehenden Röcken und immer noch blitzenden Augen flog sie aus der Tür, die Treppe hinunter und hinaus auf die Straße. Sie machte erst Halt vor einem Haus mit dem Schild »Mme. Sofronie. An- und Verkauf von Haar aller Art«. Della sprang die Stufen zum ersten Stock hinauf, rang nach Luft und fasste sich. Madame erschien: pompös, kühl, weiß gepudert.
»Wollen Sie mein Haar kaufen?«, fragte Della.
»Ich kauf Haar«, sagte Madame, »nehmen Sie mal'n Hut ab und zeigen Sie, was Sie ha'm!«
Der braune Wasserfall wallte nieder. Madame wog die Flut mit geübter Hand. »Zwanzig Dollar« sagte sie. »Geben Sie's her, schnell!«, sagte Della.
Oh, die beiden folgenden Stunden tänzelten auf Rosenfittichen vorüber. (Verzeihung für das zusammengewürfelte Bild!) Della durchstöberte die Läden nach einem Geschenk für Jim.

Endlich fand sie es. Bestimmt konnte so etwas nur für Jim und keinen anderen sein! Nirgends hatte sie etwas Ähnliches entdeckt, und dabei hatte sie doch in allen Geschäften das Unterste zuoberst gekehrt. Es war eine kurze Platin-Uhrkette von einfacher, unauffälliger Form, deren Wert sich durch das Material verriet und nicht durch billige Verzierungen. Die Kette konnte es mit »der« Uhr aufnehmen. Sobald Della sie erblickte, wusste sie auch schon, dass Jim sie haben müsse. Sie war wie er: wertvoll und unaufdringlich. Man nahm ihr 21 Dollar dafür ab, und mit den letzten 87 Cents eilte sie heim. Mit solcher Kette konnte Jim in der besten Gesellschaft nach der Uhr sehen. Denn so herrlich die Uhr war, er hatte sie wegen des alten Lederriemens, den er an Stelle einer Kette benutzte, manchmal nur verstohlen hervorgeholt. Als Della wieder zu Hause war, wich der Begeisterungstaumel einer vernünftigen Überlegung. Sie holte ihre Brennschere hervor und bemühte sich, die Verheerungen wieder gutzumachen, die Großherzigkeit im Verein mit Liebe angerichtet hatte. Und das ist immer eine Riesenarbeit, liebe Freunde, eine Sisyphusarbeit! Nach einer halben Stunde war ihr Kopf mit kurzen, krausen Locken bedeckt, die sie in einen richtigen Lausbuben verwandelten. Sie musterte ihr Spiegelbild lang und genau und kritisch. »Wenn Jim mich nicht umbringt, noch ehe er mir einen zweiten Blick gegönnt hat, dann

DONNERSTAG

wird er sagen, ich sehe aus wie ein Revue-Mädchen«, dachte sie. »Aber was hätt ich denn sonst tun können? Ach, was hätt ich denn tun können mit 1,87 Dollar?«
Um sieben Uhr war der Kaffee fertig, und die Bratpfanne stand hinten auf dem Herd, bereit, die Koteletts aufzunehmen. Jim war immer pünktlich. Della nahm die Kette in die Hand und setzte sich auf die Tischkante - neben der Tür, durch die er immer hereinkam. Als sie seine Schritte auf der Treppe des ersten Stockwerks hörte, wurde sie einen Augenblick kreideweiß. Sie hatte es sich angewöhnt, für die einfachsten Alltagswünsche einen kurzen, stillen Stoßseufzer zu beten, und jetzt flüsterte sie: »Lieber Gott, mach, dass er mich noch immer hübsch findet!«
Die Tür ging auf, und Jim trat ein und zog sie hinter sich zu. Er sah mager und sehr ernst aus. Der arme Junge, er war ja erst zweiundzwanzig - und hatte schon für eine Familie zu sorgen! Er brauchte eigentlich einen neuen Wintermantel, und Handschuhe hatte er auch nicht. Er blieb auf der Schwelle stehen - unbeweglich wie ein Hühnerhund auf der Fährte. Seine Blicke hafteten starr an Della; ein Ausdruck stand in ihnen, den sie nicht deuten konnte und der sie erschreckte. Es war weder Ärger noch Überraschung, weder Missbilligung noch Entsetzen, überhaupt keins von all den Gefühlen, auf die sie sich gefasst gemacht hatte. Er starrte sie einfach immerfort mit diesem merkwürdigen Ausdruck im Gesicht an.
Della glitt vom Tisch und trat auf ihn zu.
»Jim, Liebster«, rief sie, »schau mich nicht so an! Ich hab mir das Haar abschneiden lassen und habs verkauft, weil ich Weihnachten ohne ein Geschenk für dich nicht ertragen hätte. Es wächst ja wieder. Du bist mir nicht böse, nicht wahr? Ich musste es unbedingt tun. Und mein Haar wächst furchtbar schnell. Komm, Jim, sag ‚Fröhliche Weihnachten!' und lass uns vergnügt sein! Du ahnst ja gar nicht, was für ein schönes, was für ein wunderbar schönes Geschenk ich für dich habe!«
»Dein Haar hast du abgeschnitten?«, fragte Jim so mühsam, als ob er diese offenkundige Tatsache selbst nach schärfstem Nachdenken noch nicht erfasst habe. »Abgeschnitten und verkauft«, sagte Della. »Du hast mich doch deshalb genau so lieb, nicht? Ich bin doch auch ohne mein Haar ich selbst, nicht wahr?« Jim blickte sich seltsam im Zimmer um.
»Du meinst, dein Haar ist ganz fort?«, fragte er mit fast idiotischer Miene.
»Brauchst es nicht zu suchen« erwiderte Della. »Es ist verkauft, sag ich dir. Es ist verkauft und weg. Heut ist doch Heiliger Abend, du! Sei lieb zu mir! Deinetwegen hab ichs getan. Vielleicht waren die Haare auf meinem Kopf gezählt« fuhr sie plötzlich mit reizendem Ernst fort, »aber meine Liebe zu dir kann keiner zählen! Soll ich jetzt die Koteletts in die Pfanne legen, Jim?«
Da schien Jim aus dem Bann zu erwachen. Er umarmte Della. Zehn Sekunden lang wollen wir jetzt taktvoll und konzentriert irgendeinen Gegenstand in der andern Zimmerecke betrachten. Acht Dollar die Woche oder eine Million im Jahr - besteht da ein Unterschied? Ein Mathematiker oder ein Witzbold würde uns eine verkehrte Antwort geben. Die Weisen aus dem Morgenlande brachten wertvolle Gaben - doch selbst sie hatten nichts dergleichen vorzuweisen. (Welch dunkle Behauptung später noch näher beleuchtet werden soll.) Jim zog ein Päckchen aus der Manteltasche und warf es auf den Tisch.
»Sei nur unbesorgt, Della!«, sagte er. »Ich kann mir nicht vorstellen, dass ich mein Frauchen wegen eines Haarschnittes oder einer Dauerwelle oder sonst etwas auch nur eine Spur weniger lieben könnte. Aber wenn du das Päck-

chen aufmachst, wirst du schon sehen, weshalb ich zuerst so sprachlos war.«
Weiße, flinke Finger zerrten an Papier und Bindfaden. Und dann ein begeisterter Freudenschrei - und dann - ach je! - welch typisch weibliche Wendung! - Tränen und Wehklagen. Der Herr des Hauses musste sofort alle ihm zur Verfügung stehenden Trostmittel aufbieten. Denn da lagen sie, die Kämme! Eine Garnitur von drei Kämmen, zwei für die Seiten und einer für den Nacken, die Della seit langem in einem Broadway-Schaufenster bewundert hatte. Wundervolle Kämme aus echtem Schildpatt mit edelsteinverzierten Rändern - genau der Farbton für ihr wunderschönes, jetzt verschwundenes Haar. Es waren teure Kämme, das wusste sie. Ihr Herz hatte sich danach gesehnt und verzehrt - ohne die kleinste Hoffnung, sie je bekommen zu können. Und jetzt gehörten sie ihr - aber die Flechten, die mit den heiß begehrten Schmuckstücken hätten geziert werden sollen, waren fort! Trotzdem drückte sie sie ans Herz, und endlich konnte sie auch unter Tränen lächelnd zu ihm aufsehen und sagen: »Mein Haar wächst ja so schnell, Jim!« Und dann sprang Della wie ein Kätzchen hoch, das sich verbrannt hat, und rief: »Oh! Oh!«
Jim hatte sein wunderbares Geschenk noch nicht gesehen. Sie hielts ihm eifrig auf der offenen Handfläche entgegen. Das edle, mattschimmernde Metall schien ihr feuriges, glühendes Herz widerzuspiegeln.
»Ist sie nicht toll, Jim? Ich hab die ganze Stadt danach abgesucht. Jetzt musst du hundertmal täglich deine Uhr ziehen! Gib sie mir her! Ich will sehen, wie es sich macht!«
Anstatt zu tun, was sie verlangte, warf Jim sich auf die Couch und legte lächelnd die Hände unter den Kopf.
»Dell«, sagte er, »wir wollen unsere Geschenke noch eine Zeit lang beiseite legen und verwahren. Sie sind zu schön, als dass wir sie jetzt schon benutzen könnten. Ich habe die Uhr verkauft, um mir das Geld für deine Kämme zu verschaffen. Und wie wärs, wenn du jetzt die Koteletts aufsetzt?«
Die Weisen aus dem Morgenlande, das wisst ihr ja, waren weise, sehr weise Männer, die dem Kinde in der Krippe ihre Gaben darbrachten. Von ihnen stammt der Brauch, Weihnachten etwas zu schenken. Da sie weise waren, mussten wohl auch ihre Geschenke sehr klug gewählt sein - vielleicht mit dem Vorbehalt, sie umzutauschen, sollte zweimal das Gleiche geschenkt werden. Ich dagegen erzähle euch die unbedeutende Geschichte zweier törichter Kinder in einer armseligen Wohnung, wie sie einander höchst unklug ihren größten Schatz opferten. Doch den Weisen von heute lasst mich ein letztes Wort sagen; lasst mich sagen, dass von allen Gebenden diese beiden die Weisesten waren. Von allen, die Geschenke geben und empfangen, sind Menschen wie sie am weisesten. Überall. Es sind die wahrhaft Weisen.

(Vorlesezeit ca. 16 Minuten)

FREITAG

Süßer die Kekse nie schmecken

Die kleine Adventsgebäcksammlung

Zur Adventszeit gehört einfach Gebäck. Das beginnt bei einfachen Keksen, die wunderbar mit den Kinder zusammen hergestellt werden können. Bei der Weihnachtsbäckerei sind alle Backarten zu Hause und je nach Vorratslagerung können sie bis weit nach Weihnachten aufbewahrt und gegessen werden. Bei der Planung muss vor allem darauf geachtet werden, dass die Vorbereitungen rechtzeitig beginnen, denn manche Weihnachtsbäckerei muss ausreichend lange Lagerzeit haben, wie zum Beispiel der Christstollen. Der Pfefferkuchenteig andererseits muss vor dem Ausbacken einige Wochen durchziehen, damit sich der typische Geschmack besser entfalten kann. Deshalb ist es ratsam, schon Ende November mit der Bäckerei anzufangen, zumal dann auch einige Zutaten wie beispielsweise Mandeln oder Eier oft preiswerter sind.

Am bekanntesten und für viele am einfachsten herzustellen ist der klassische

Mürbeteig

Material:
Schüssel, Sieb, Messer, Messbecher, Holzlöffel oder Handrührgerät mit Knethaken, Backpapier, Backblech

Zutaten:
500 g Mehl
250 g Butter
250 g Zucker
100 g gemahlenen Mandeln
2 Eier
1 Esslöffel Rum

Die „echten" Weihnachtsbäcker kneten den Teig immer noch wie zu Urgroßmutters Zeiten mit der Hand, aber es geht natürlich auch mit einem Handrührgerät und Knethaken. Das Mehl wird in eine Schüssel gesiebt. In der Mitte drückt man eine kleine Kuhle, in der die Eier, die in kleine Stückchen geschnittene Butter, der Rum und der Zucker kommen und mit dem Holzlöffel verrührt werden, wobei von dem Mehl dazu gerührt wird. Wenn sich die Zutaten gut vermengt haben, werden die gemahlenen Mandeln zugefügt und mit den Händen (oder Knethaken) zu einem festen Teig verknetet. Der Teig muss eine Stunde an einem kühlen Ort ruhen, dann lässt er sich leichter verarbeiten. Aus die-

sem Teig können ganz unterschiedliche Plätzchen entstehen: Er eignet sich als Spritzgebäck, kann ausgerollt und mit Förmchen ausgestochen oder zu Baumschmuck verarbeitet werden (siehe Seite 122). Hier eine kleine Sammlung :

Bunte Plätzchen

Es geht ganz einfach los.
125 g Butter, 125 g Zucker,
1 Päckchen Vanillezucker,
1 Ei, 250 g Mehl,
Mehl zum Bestreuen;
Verzierung: 1 Eigelb,
1 Esslöffel Milch
bunte Zuckerperlen,
Kokosflocken, Hagelzucker,
Butter,
Zucker, Vanillezucker

Ei und Mehl in eine Rührschüssel geben. Mit dem Rührgerät oder den kräftigen Händen alles gut durchkneten. Den festen Teig mit den Händen zu einer Kugel zusammendrücken und für 30 Minuten in den Kühlschrank legen. In dieser Zeit das Backblech vorbereiten und einfetten. Drei Esslöffel Mehl auf die Arbeitsplatte streuen
Die Teigkugel ebenfalls mit etwas Mehl bestreuen und mit dem Teigroller ungefähr 5 mm dick ausrollen. Mit verschiedenen Ausstechförmchen kleine Kreise, Sterne, Herzen, Stiefel, Glocken, Engel oder Monde ausstechen und auf das Backblech legen. In einer Tasse Eigelb und etwas Milch vermischen, damit jedes Plätzchen auf der Oberseite bestreichen. Danach mit den Perlen, Flocken, Zucker, halben Mandeln, geviertelten kandierten Früchten usw. verzieren. Im Backofen bei 150 °C auf der mittleren Schiene in 8 Minuten goldgelb backen.

Zimtsterne

Die beliebten Zimtsterne gehören in jede Gebäckdose.

Zutaten für etwa 60 Sterne:
500 g ungeschälte Mandeln
300 g Puderzucker
4 Eiweiß
1 Prise Salz
1 Esslöffel Zitronensaft
2 Teelöffel Zimt

Die Mandeln mit einem Tuch abreiben und fein mahlen. Das Eiweiß mit Salz steif schlagen. Den Puderzucker sieben und zusammen mit dem Zitronensaft (tropfenweise) dazugeben. Von dem Eiweißschaum 4 Esslöffel abnehmen. Die Mandeln und den Zimt vorsichtig mit dem Eischnee vermischen. Den Teig in kleinen Mengen – er reißt schnell – ausrollen und Sterne ausstechen. Das Back-

FREITAG

blech mit Backpapier auslegen, die Sterne darauf legen und mit dem Rest Eiweißschaum bestreichen. Das Backblech in den vorgeheizten Ofen auf die mittlere Schiene schieben, Backzeit 25 Minuten bei höchstens 160 °C. Danach die Zimtsterne herausnehmen, vom Backpapier lösen und auskühlen lassen. Gut verschlossen aufbewahren.

Printen

Versuchen Sie sich doch mal am Aachener Spezialgebäck.
Zutaten für ca. 70 Printen:
600 g Mehl
500 g Sirup
150 g Kandis
100 g Zucker
50 g gewürfeltes Orangeat
5 g Pottasche
3 Esslöffel Wasser
3 Teelöffel Anis
je 2 Teelöffel Koriander, Zimt
je 1 Prise Piment, Nelkenpfeffer, Kardamom, Muskat und Natron

Der Sirup wird mit Wasser erhitzt, die Pottasche (es geht auch mit einem anderen Treibmittel, etwa Backpulver) in etwas Wasser aufgelöst. Die übrigen Zutaten mit klein geschlagenem Kandiszucker zum Sirup geben. Den Teig gut kneten und über Nacht stehen lassen. 3 mm dick ausrollen und etwa 3 mal 8 cm große Stücke ausschneiden. Das Backblech mit Wasser bestreichen, die Teigstücke darauf legen und etwa 15 Minuten bei 220 °C backen.

Dominosteine

Immer wieder beliebt sind die mächtigen Dominosteine.

Zutaten für etwa 50 Dominosteine:
2 Eier
250 g Mehl
125 g Honig
80 g Zucker
40 g Blockschokolade
je 30 g Haselnüsse, Zitronat und Orangeat
½ Päckchen Backpulver
½ Teelöffel Zimt
1 Messerspitze gemahlene Nelken
1 Zitrone
Fett
Gelee
Marzipan
200 g Zartbitter-Schokolade

Die Eier und den Zucker schaumig rühren. Den Honig im Wasserbad dünnflüssig rühren. Die Haselnüsse, das Zitronat und das Orangeat fein hacken und die Schokolade reiben. Diese Zutaten in die Eier-Zucker-Masse geben. Das Mehl mit Backpulver mischen und einsieben. Zimt, gemahlene Nelken und abgeriebene Zitronenschale zugeben und zu einem glatten Teig verrühren. Das Blech einfetten und den Teig sehr gleichmäßig auf das Blech streichen. In den vorgeheizten Ofen auf die Mittelschiene schieben und 15 Minuten bei 200 Grad backen lassen.
Den Teig vom Blech lösen und noch warm in gleichmäßige Würfel schneiden. Auskühlen lassen und danach jeden Würfel halbieren und mit Gelee, Marzipanrohmasse oder beidem füllen. Dazu die Marzipanrohmasse auf Zucker ausrollen und in passende Stücke schneiden. Für die Glasur die Schokolade im Wasserbad auflösen. Die Dominosteine dick damit bestreichen oder in die Schokolade tauchen. Auf dem Kuchenrost trocknen lassen.

Marzipankartoffeln

Dürfen auf dem Adventstisch nicht fehlen: Marzipankartoffeln.

Zutaten für etwa 40 Kartoffeln:
250 g Mandeln
250 g Puderzucker
50 g Speisestärke
20 g Kakao
1 Prise Salz
4 Esslöffel Rosenwasser
Saft einer halben Zitrone
Die Mandeln mit kochendem Wasser überbrühen, die Haut abzie-

hen, trocknen lassen, mahlen und in eine Schüssel geben. Mit den anderen Zutaten zusammen zu einem geschmeidigen Teig verarbeiten. Die Kugeln formen und in Kakao wälzen, danach einige Tage trocknen lassen.

Stollen

Kein Zweifel, Stollen gehört einfach zum Fest dazu.

Zutaten für einen großen Stollen:
750 g Mehl
500 g Rosinen
300 g Butter
150 g Zucker
100 g Puderzucker
75 g Hefe
1/4 l warme Milch
1/2 Teelöffel Salz
3 Päckchen Vanillezucker
150 g Zitronat
150 g gemahlene Mandeln
ein Teelöffel bitteres Mandelöl,
je eine Messerspitze Kardamom und Muskat
die abgeriebene Schale von 1 Zitrone und 2 Apfelsinen

Das Mehl in eine Schüssel geben und in die Mitte eine Mulde drücken, die Hefe hinein bröckeln. Mit etwas Milch, Zucker und Mehl vom Rand zum Vorteig verrühren. 20 Minuten zugedeckt an einem warmen Ort gehen lassen. Die restliche Milch, Zucker, Vanillezucker, Salz, Butter, Kardamom und Muskat sowie Zitronenschale zum Vorteig geben und kräftig durchkneten. Den Teig schlagen, bis er Blasen wirft und sich vom Schüsselrand löst. Dann zugedeckt noch einmal 30 Minuten gehen lassen. Die Rosinen abspülen und abtrocknen. Rosinen, Zitronat, Mandeln, Öl und Apfelsinenschale in den Teig einrühren und noch einmal 45 Minuten gehen lassen. Mehl auf die Arbeitsfläche streuen und den Teig etwa 4 cm dick ausrollen. Einmal längs zusammenfalten und zur Stollenform zusammendrücken. Den Teig in Längsrichtung über der Faltstelle einkerben. Den Stollen auf das eingefettete Backblech legen und dünn mit Butter bestreichen, mit einem Streifen eingefetteter Alufolie umlegen und mit einer Büroklammer verschließen. Das Backblech auf die mittlere Schiene in den vorgeheizten Ofen schieben und 90 Minuten backen lassen. Danach den Stollen aus dem Ofen nehmen und noch warm mit Butter bestreichen sowie mit Puder- und Vanillezucker bestäuben.

Der Christstollen wird auch als Symbol für das in weiße Windeln und Wickelbänder eingewickelte Christkind verstanden.

SONNABEND

Der Papst und die Butter

Ein echter Christstollen schmeckt nur, wenn er mit Butter gebacken wird. Das wissen wir, und das wussten die Menschen vor vielen hundert Jahren. Aber noch im 17. Jahrhundert war den meist sächsischen Bäckern und Hausfrauen die Benutzung von Butter in der Adventszeit nicht gestattet. Endlich nahm sich im Jahre 1650 der Kurfürst Ernst von Sachsen der Klagen seiner Untergebenen an, man munkelt, vor allem, weil er selbst Stollen ohne Butter für ungenießbar hielt. Sein Bittschreiben an Papst Urban hatte Erfolg, der Papst gestattete den Buttergebrauch, und die Sachsen konnten ihre Stollen endlich backen, wie sie sein sollten.

Advent, Advent, ein Lichtlein brennt ...

Aus dem Lateinischen kommt das Wort Advent. Es bedeutet so viel wie »Ankunft« und wird hier bezogen auf die Ankunft Jesu Christi. Eigentlich war die Adventszeit die dem Weihnachtsfest vorgelagerte Fastenzeit – mit unbestimmter Dauer. Erst seit dem Jahr 826 (Kirchenversammlung in Aachen) gibt es die vier Adventssonntage. Advent, das sind die vier Wochen vor Weihnachten, die mit dem Tag des heiligen Andreas (30. November) beginnen oder dem Sonntag, der diesem Tag am nächsten ist. Die vorweihnachtliche Zeit dient der Vorbereitung auf die Feier der Geburt Jesu Christi. Gleichzeitig markiert Advent den Beginn des Kirchenjahres. Während der Aufklärungszeit änderte sich die Auffassung: Aus der Zeit der Buße wurde die der Vorbereitung der Familie auf das Fest.

Schon das Konzil von Saragossa im Jahre 380 hielt die Gläubigen dazu an, sich während der Adventszeit auf die Geburt Jesu vorzubereiten. Papst Gregor hat im 6. Jahrhundert die Adventsliturgie in ihren Grundzügen festgelegt. Die vier Wochen sollen symbolisch auf die 4000 Jahre hinweisen, die nach kirchlicher Rechnung die Menschheit auf die Ankunft des Erlösers warten musste.

Durch Übernahme gallischen Brauchtums war die Adventszeit zur Buß- und Fastenzeit geworden. Doch der strenge Bußgedanke hat sich im Advent nie so durchgesetzt wie in der österlichen Bußzeit. Zu groß war die Vorfreude auf das kommende Fest (das dem Herzen des Volkes näher steht als alle anderen des Kirchenjahrs); zu viele Feste beliebter Heiliger wie etwa Barbara, Nikolaus und Lucia drängten den Bußcharakter zurück. Diese Bräuche,

Umzüge und Lieder entstammen nicht nur christlicher Tradition. In ihnen leben viele Vorstellungen und Riten der alten Germanen fort. Vor allem das Licht hatte es unseren Vorfahren angetan. Gerade in den langen dunklen Wintermonaten zündeten sie zur Beschwörung böser Kräfte überall im Hause gerne Lichter an.

Ein Symbol lässt sich aus der Adventszeit nicht wegdenken: der Adventskranz

Advent, Advent, ein Lichtlein brennt;
Erst eins, dann zwei, dann drei, dann vier,
dann steht das Christkind vor der Tür.

Das alte Kindergedicht unterstreicht das Wesentliche, die vier Kerzen nämlich, an denen jederzeit abzulesen ist, wie lange die Kinder noch Geduld haben müssen, bis endlich Weihnachten gekommen ist. Und die vier Kerzen sind ganz natürlich auf einen Kranz gesteckt, der im Wohnzimmer an der Decke hängt oder auf dem Tisch liegt.

Ursprünglich war der Kranz einfach ein Ring; das immer währende Grün der Tanne, Fichte oder Kiefer war ein Zeichen der Hoffnung. Bis zu den alten Griechen und Römern lassen sich die Wurzeln des Adventskranzes zurück verfolgen. Bei ihnen bedeutete er die höchste Ehre, war der Kranz der Sieger. Auch das heidnische Sonnenrad war einer der Geburtshelfer.

Johann Heinrich Wichern, der Begründer der Inneren Mission, ist der eigentliche Schöpfer des Adventskranzes. In seinem Tagebuch beschrieb er, wie er zuerst in der Adventszeit täglich um die Mittagszeit eine Andacht hielt. Bald jedoch wurden die Andachten in den frühen Abend verlegt, in die Dämmerung. Da war es angebracht, Kerzen anzuzünden. Es wurden immer mehr Kerzen, um den Versammlungsraum zu erleuchten. Da baute im ein Freund einen riesigen Kronleuchter, auf dem viele Lichter Platz fanden. Dieser Holzreifen wurde später mit Tannenzweigen geschmückt. Zwischen 1860 und 1900 verbreitete sich diese Sitte überall in Deutschland, wobei die Kränze kleiner und die Kerzen auf vier reduziert wurden.

SONNABEND

Der klassische Adventskranz besteht dem entsprechend auch aus grünen Tannenzweigen, zu einem Kranz gewunden und mit roten Schleifen verziert. Auf ihm prangen vier dicke rote Kerzen, die nacheinander an den Adventssonntagen entzündet werden. Heute allerdings werden Kränze mit viel Fantasie aus den verschiedensten Materialien geformt.

Der Kranz auf dem Tisch

In unseren heutigen Neubauten sind die Decken meist nicht hoch genug, um einen hängenden Adventskranz anzubringen. Genauso gut kann der Adventskranz seinen Platz auf dem Tisch bekommen. Solche Kränze sind meist auch kleiner als die zum Aufhängen gedachten. Wer die klassische Kombination beibehalten möchte, verziert den Kranz mit roten Kerzen, kleinen grünen Äpfeln und Strohblumen. Stechpalmenzweige, Efeu und winzige rote Glaskugeln oder rot lackierte Beeren können zwischen das Tannengrün gesteckt werden. Eine große rote Schleife könnte hier zusätzlicher Blickfang sein. Die Kerzen könnten ruhig einmal eine andere Farbe haben, etwa grün, silbern oder sogar golden.

Der Adventskranz an der Decke

Sie können Ihre Wohnung auf ganz besondere Art schmücken, wenn Sie den aus Tannen- oder Fichtenzweigen gebundenen Adventskranz an der Zimmerdecke aufhängen, falls dazu genügend Platz vorhanden ist. Zum Schmücken kann alles verwendet werden, was in der Farbe harmoniert. Natürlich sollten die Kerzen und Bänder im klassischen Rot gehalten sein. Kinder sind von kleinen, bunt bemalte Holzfiguren immer wieder begeistert. Ihnen macht es auch sicher Spaß, Sterne aus rotem und silbernem Glanzpapier auszuschneiden und an unterschiedlich langen Fäden in die Zweige zu hängen. Glaskugeln, einzeln oder in Trauben an den Kranz gehängt, verbreiten in jedem Zimmer Weihnachtsstimmung. Besonders edel wirken Kugeln aus durchsichtigem Glas, doch auch die roten oder silbernen verbreiten warme Atmosphäre – und können später an den Weihnachtsbaum wandern. Sogar die Förmchen, die zum Ausstechen von Plätzchen verwendet werden, können den Adventskranz verzieren und mit rotem Band am Kranz befestigt werden. Figuren aus Salzteig oder Modelliermasse (Fimo) oder Wachsfiguren und Strohsterne – ein Adventskranz kann durch all diesen selbst hergestellten Schmuck nur schöner werden.

Der Farfallekranz

Neue Zeiten bringen neue Geschmäcker hervor; nicht immer muss ein Adventskranz das Aussehen haben, das er seit Jahrzehnten hat. Dieser hier ist mit goldenen Nudeln geschmückt, den Farfalle, die so aussehen wie kleine gebundene Fliegen. Ein Styroporring, etwa 25 cm im Durchmesser, wird grün bemalt. Vier Flaschenverschlüsse ebenfalls grün bemalen und mit den Öffnungen nach oben als Kerzenhalter auf den Ring kleben. Dann

die Farfalle mit goldenem Spray färben und auf den Ring kleben. Ein paar goldene Bänder als Schleifen um den Ring binden, und fertig ist ein ganz besonderer Adventskranz.

Ganz in Weiß

Ein ganz normaler Kiefernkranz wird mit weißem Band umwickelt, das zu großen Schliefen gebunden wird. Dazu gehören weiße Kerzen, die in einer Manschette aus Tortendeckchen stecken könnten. Weiße Kugeln und Herzen aus Kunststoff runden das Bild ab. Oder Sie nehmen einfach einen ganz normalen Adventskranz und färben ihn weiß – mit der Spraydose.

Der Türkranz

Ein Türkranz aus Nüssen macht sich gut an der Wohnungs- oder der Wohnzimmertür. Ein Rupfenkranz wird einfach mit verschiedenen Nüssen beklebt, etwa mit einem Innenring von Mandeln und zwei Außenringen von Haselnüssen. Die Lücken können mit Trockenblumen ausgefüllt werden. Wird nun noch an der Unterseite des Kranzes Eichenlaub (mit Stecknadeln) befestigt, beginnt der Türkranz zu »strahlen«.

SONNABEND

Es wird immer spannender. Bald ist der 1. Advent – und von da an lässt sich die Zeit bis zur Bescherung absehen. Doch damit das lange Warten nicht zu Nerven aufreibend wird, vertreiben wir uns die Zeit mit zwei Spielen.

Ich sehe was ...

Gereimte Rätsel, nicht nur für die Weihnachtszeit!

Ich sehe was, was du nicht siehst:
ein Ding, das gerne du genießt.
Es ist ein ganz besond're Kuchen.
Rosinen musst du da nicht suchen.

(NELLOTS)

Ich sehe was, was du nicht siehst:
ein Ding, das besser du verschließt,
weil sonst die Neugier siegen kann
bei Mädchen, Junge, Frau und Mann.

(KNEHCSEG)

Ich sehe was, was du nicht siehst:
ein Ding, das meistens uns verdrießt,
wenn es, die Gaben längst enthüllt,
den Teppich schnell mit Nadeln füllt.

(MUABNENNAT)

Ich sehe was, was du nicht siehst:
ein Ding, das goldenfarben fließt.
Ist keiner, ders nicht gerne schaut.
Du spürst es warm auf deiner Haut.

(ENNOS)

Ich sehe was, was du nicht siehst:
ein Ding, aus dem man Feuchtes gießt.
Ist lang und schlank und biegt sich leicht,
als ob es einer Schlange gleicht.

(HCUALHCS)

Ich sehe was, was du nicht siehst:
ein Ding, das aus der Erde sprießt,
Ist klein und weiß. Es wächst nicht hier.
Und immer wieder schmeckt es dir.

(SIER)

Ich sehe was, was du nicht siehst:
ein Ding, auf einen Pfahl gespießt.
Vier Beine und ein Ringelschwanz,
das schmeckt der Anne und dem Franz.

(LEKREFNAPS)

Ich sehe was, was du nicht siehst:
ein Ding, das dir die
Wunde schließt.
Man klebt es meistens
sachte auf.
In andrem Sinne trittst du
drauf.

(RETSALFP)

Ich sehe was, was du nicht siehst:
ein Ding, ein wässeriges Biest,
das brennt, wenn man es leicht berührt.
So mancher hat es schon gespürt.

(ELLAUQ)

Das Weihnachts-ABC

Es gilt, für jeden Buchstaben den weihnachtlichsten Begriff zu finden. Für diesen gibt es 3 Punkte, für andere Begriffe 2 Punkte, und haben mehrere Mitspieler den gleichen Begriff, so gibt es für jeden einen Punkt.

Hier kommt als Beispiel das Weihnachts-ABC von Esther, 12 Jahre alt:

Adventszeit
Backen
Christblume
Dauernd essen
Engel
Freude
Geschenke
Hirte
Ilex
Jubeln
Kerzen
Lametta
Mandarinen
Naschen
O du fröhliche
Pudelmütze
Quietschen
Rentier
Schmuck
Tannenbaum
Ungeduld
Verpackung
Weihnachtsmann
X-mas
Y ?
Zimtstern

SONNABEND

Martin löscht einen Brand

Manfred Hausmann

Es klingt beinahe wie ein kleines Engelkonzert, das gedämpfte Cembalospiel der Mutter, Görges lullende Blockflöte und der Gesang der ändern drei, Christophs, Violas und Martins, die um den runden Tisch herum sitzen. Draußen wird es schon dämmerig. Auf dem Tisch liegt der Adventskranz. Zwei von den vier Kerzen brennen mit stiller Flamme.
Sie singen »Kommet, ihr Hirten ...«. Da Martins Stimme immer etwas hinter den andern zurückbleibt, stößt Viola ihn an und macht mit der Hand eine Bewegung, die besagen soll, er möge ein bisschen schneller singen. Aber er schneidet nur, ohne sich in seinem Zeitmaß beirren zu lassen, eine Grimasse zu ihr hinüber. Dann starrt er wieder in die Kerzenflamme und vereint seine hohe, kindliche Stimme, so gut er es versteht, mit dem silbrigen Rauschen des Cembalos, mit den reinen Stimmen der beiden andern und mit dem süßen Gesang der Blockflöte.
Während des nächsten Liedes »Als ich bei meinen Schafen wacht« bricht er einen kleinen Tannenzweig vom Adventskranz ab und hält ihn über die Kerze. Die Nadeln dampfen, glühen und krümmen sich, ein bläuliches Flämmchen erscheint, mit einem Male erfolgt ein schwacher Knall, die Knospe an der Spitze des Zweiges zerspringt. Funken sprühen umher und fallen auf die Tischdecke. Viola tupft sie schnell aus und gibt Martin einen Klaps auf die Hand.
»Wo bleibt Viola denn?«, ruft die Mutter vom Cembalo her.
»Ich habe eben nicht aufgepasst. Entschuldige bitte! Martin treibt hier nämlich dummes Zeug.«
»Gaanich dummes Zeug. Ich mache bloß ein bisschen Weihnachtsgeruch. Viola hat aber auch immer was.«
»Also«, sagt die Mutter, »noch einmal von vorn! Ich glaube, du musst die Flöte noch ein ganz klein wenig mehr ausziehen, Görge. Sie kommt mir etwas zu hoch vor.«
Diesmal schiebt Martin, nachdem er sich durch einen verstohlenen Seitenblick vergewissert hat, dass Viola gerade nicht hersieht, einen flirrenden Goldfaden vom Adventskranz in die Flamme. Er verbrennt mit grünlichem Gesprühe und löst sich in glühende Tropfen auf. Ein wunderbares Spiel! Vor lauter Eifer vergisst Martin ganz zu singen. Aber da zieht Viola seinen Arm auch schon zurück, nicht eben sanft, und flüstert, er solle das jetzt endlich sein lassen. Martin schüttelt ihre Hand unwillig ab und fährt fort, sein kleines Feuerwerk zu veranstalten.
»Kinder«, sagt die Mutter, wahrend sie die singende und liegende Überleitung von der dritten zur vierten Strophe erklingen lässt, »passt auf: jetzt! Benedicamus domino ...«
Da geschieht es.
Violas krauses Stirnhaar fällt, wie sie sich von neuem gegen den feuerwerkenden Martin wendet, in die Kerzenflamme. Es knistert, ein schnelles Gewaber hüpft über ihren Zopf und lodert im nächsten Augenblick wie eine Fackel empor. Aber Martin lässt seinen Goldfaden fahren, fasst dahin und dorthin, bläst aus Lei-

beskräften und schlägt blitzschnell mit seinen bloßen Händen in den Brand, schlägt wiederum zu. Da wischt auch Viola, die erst jetzt begreift, was sich ereignet hat, hastig mit beiden Händen über ihr Haar; Aschenteilchen stäuben umher, die Flammen verschwinden, es ist schon vorüber. Und wie sich über dem linken Ohr noch einmal ein Flämmchen zeigt, drückt Martin, der mit halberhobenen Händen bereit steht, es sofort aus. Die andern, die aufgesprungen sind – die Mutter mit einem wehen, steigenden Entsetzensschrei – brauchen nicht mehr einzugreifen.

»Martin hat dich gerettet,« sagt die Mutter mit bebenden Lippen. »Du liebe Zeit, wenn Martin nicht gewesen wäre! Das hast du aber gut gemacht! Zeig mal deine Hände her! Was bist du für ein tapferer Junge! Hast du dich verbrannt?« Viola kniet nieder und küsst Martin auf beide Backen. Dann nimmt die Mutter ihn auf den Arm und schmiegt ihre Wange an seine Hände: »Wie hast du das nur so schnell gekonnt? Oh, was für ein Glück, Kinder, was für ein Glück!«

»Och, das konnte ich ganz leicht,« sagt Martin. »Wenn Viola auch eine Freche ist, aber dass sie nun aufbrennen sollte, das mochte ich auch nicht so gern. Un denn auch noch eben vor Weihnachten.«

(Vorlesezeit etwas mehr als 5 Minuten)

SONNTAG

Adventskalender

Wer mag schon keine Adventskalender! Es gibt sie noch nicht allzu lange, diese vor allem auf Kinder zugeschnittene Form der Einstimmung auf Weihnachten. Hier wird die Wartezeit überdeutlich, weil die Tage wie in einem »Countdown« herunter gezählt werden.

Jeder Tag vom 1. bis zum 24. Dezember wird sichtbar – und hat, wenn es gut geht, seine eigene Überraschung, seine eigene Anregung zur täglichen Vorbereitung auf das Fest.
Der Adventskalender ist ursprünglich dafür gedacht, insbesondere Kinder auf das Weihnachtsfest hinzuführen. Während die Motive des Bildhintergrundes und die Herstellungsweise wechseln, bleibt die Anzahl der Kästchen, hinter deren aufklappbaren Türchen sich Bilder oder kleine Überraschungen verbergen, mit 24 konstant.

Gerhard Lang druckte 1903 in München den ersten Adventskalender. Innerhalb weniger Jahre wurden dann solche Kalender populär und fanden nach 1920 auch international Anerkennung. Von Beginn an war der Adventskalender als Handelsartikel entworfen und kommerziell genutzt. Diese kommerzielle Auslegung führte dazu, dass christliche Motive in den Hintergrund traten. Im Zuge der Kulturpolitik im »Dritten Reich« ersetzte man übrigens die christlichen Motive durch Märchenfiguren, die germanisch-mythische Götter und Dämonen versinnbildlichen sollten.
Adventskalender gibt es so vielfältig, dass immer wieder Überraschungen darunter sind. Sie können Wandkalender bekommen, die nach Öffnen eines Türchens ein buntes Bild oder einen frommen Spruch präsentieren. Oder Sie entscheiden sich für einen Kalender in Form eines Hauses, hinter dessen Fenster man Kerzen stellt. Oder Sie greifen zu einem Adventskalender, der schokoladige Freuden verspricht. Aber wenn die Überraschung nach dem Adrenalin steigernden Öffnen eines jeden Türchens in Varianten von Minischokoteilen besteht, ist die Freude schnell dahin. Deshalb finden Sie hier einige Tipps, wie man es besser machte könnte.

Doch vorweg noch ein paar Anmerkungen. Ein Adventskalender ist mein Adventskalender. Das bedeutet: Jedes Kind sollte seinen eigenen Kalender haben; gerade in der Advents- und Weihnachtszeit muss es nicht unbedingt zu Streit und Eifersucht kommen.
Bei dem Adventskalender kommt es nicht so sehr auf den Wert der einzelnen Teile an; viel mehr zählt hier die Idee. Die Fantasie ist gefragt, der Geldbeutel bleibt im Hintergrund. Ein Adventskalender ist nicht nur etwas für die lieben Kinder, auch Erwachsene freuen sich

sehr. Wer packt schon nicht gerne Geschenke aus - und freut sich über gute Einfälle.

Der Setzkasten

Das Tolle an dem Ding: Da es sich um einen Setzkasten handelt, können Sie die einzelnen Fächer selbst mit kleinen Überraschungen füllen. Das macht Spaß, dem Füller wie dem Leerer. Ist alles komplett, ziehen Sie den mitgelieferten Schuber einfach über den Kasten und

fertig (bei Versendern, zum Beispiel Panda, 07243/71560). Oder Sie fertigen selbst einen Schuber an.

Der Tannenbaum

Dieser Adventskalender hat es in sich, und zwar ganz, wie Sie es wollen. Auf den grünen Stoff des Untergrundes, den Sie in der Form eines Tannenbaums ausschneiden und umsäumen, werden dann kleine rote Taschen aufgenäht - und nummeriert, entweder aufgemalt oder aufgestickt. In die Täschchen können Sie nun nach Lust und Laune kleine Überraschungen stecken - die nicht einmal extra einzeln eingepackt werden müssen. Dann heißt es den gesamten Dezember lang: Greif in eine Tasche - und freu dich.

SONNTAG

Der Schlitten

Dieser Adventskalender kann sehr gut selbst hergestellt werden und ist etwas ganz Besonderes. Dazu brauchen Sie einen Schuhkarton, einen Bogen farbige Wellpappe, Dekosterne, Geschenkband und Seidenpapier in ganz vielen Farben.

So wird es gemacht:
Legen Sie die Schachtel mit der Längsseite auf die Rückseite der Wellpappe. Ziehen Sie mit einem Stift die Umrisse nach wie auf der Zeichnung und schneiden Sie die Fläche mit einem Cutter aus. Das ausgeschnittene Teil legen Sie wieder auf die Wellpappe und schneiden das zweite Teil aus. Stellen Sie die Schachtel hochkant auf die Wellpappe und schneiden Sie zwei gleiche Rechtecke als Vorder- und Rückseite des Schlittens aus. Die Kufen entstehen, wenn Sie jeweils drei Rechtecke (wie auf der Zeichnung schraffiert) ausschneiden.

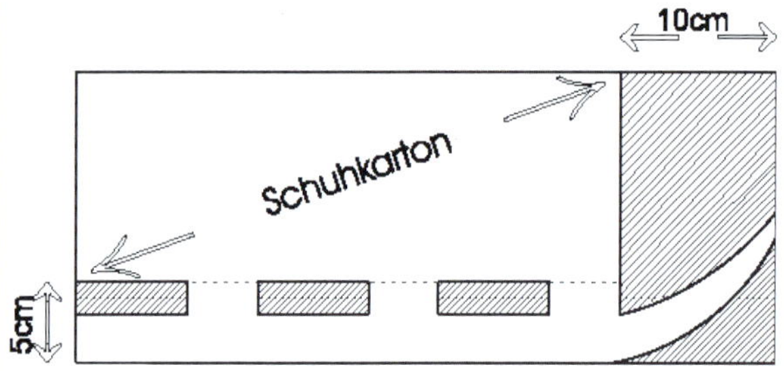

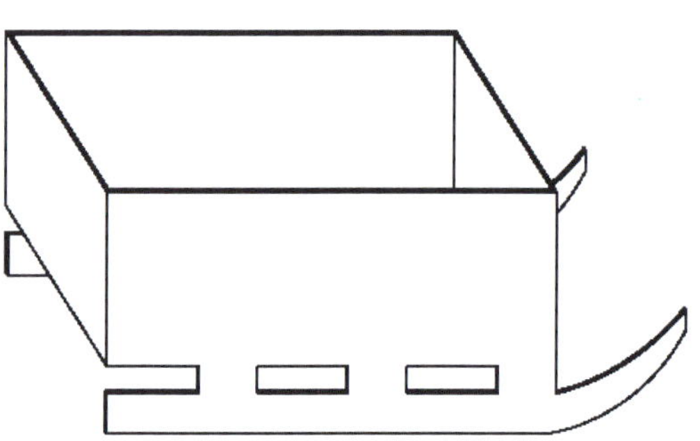

Bestreichen Sie beide Längsseiten mit Klebstoff und drücken Sie die Teile an die Schachtel, aber vorsichtig, damit die Wellen nicht zerdrückt werden. Tun Sie dasselbe mit den Rechtecken. Zu schwache Kufen können durch Pappe verstärkt werden. Kleben Sie die Dekosterne auf.
Nun brauchen Sie nur noch kleine Geschenke zu finden und in Seidenpapier einzupacken. Entweder darf man sich nun aus dem Schlitten jeden Tag eine kleine Überraschung nehmen – oder Sie haben die Päckchen nummeriert, dann wird morgens eifrig gekramt.

Die Adventsuhr

Schneiden Sie aus unterschiedlich farbigem, aber hellem Karton die Ziffern 1 bis 24 aus. Ein dunkler Karton, etwa 40 x 40 cm, bildet den Untergrund, das »Uhrblatt«. Schneiden Sie den Karton so ein, dass ein großer Stern mit 24 Strahlen entsteht. Diese dürfen ruhig unterschiedlich lang sein. Auf die Enden der Strahlen kleben Sie die Ziffern 1 bis 24 geordnet im Uhrzeigersinn. Jetzt brauchen wir noch einen Zeiger, der aus einem einfachen, aus Karton geschnittenen Pfeil bestehen kann; handwerklich Begabtere schneiden einen Engel aus, der auf einem Kometenschweif sitzt. Dann wird noch ein dicker Pappstreifen benötigt, der an der Wand befestigt werden kann. In die Mitte des Pappstreifens, des großen Sterns wie des Zeigers wird ein kleines Loch gebohrt. Durch die Löcher wird eine auseinander gebogene Briefklammer geführt und umgedrückt. Die Ziffern könnten durch Glitterstreifen mit der Uhrmitte verbunden werden. Nun können Sie jeden Tag Ihre Adventsuhr um einen Tag vorstellen.

Der Weihnachtskalender

Zutaten:
850 g Mehl
1 ½ Päckchen Backpulver
350 g Honig
200 g Zucker
Prise Salz
Zimt, gemahlene Nelken,
gemahlener Kardamom
2 Eier
3 Eiweiß
500 g Puderzucker
100 g Persipan
80 g Puderzucker
Perlen, Linsen, Schokoladenkugeln, Smarties

So wirds gemacht:
Zucker, Salz und Honig erwärmen bis der Zucker gelöst ist. Aus den anderen Zutaten einen Teig herstellen, die Honigmasse hinzufügen.

Teig auf einem Blech ausrollen und backen. Den Kuchen in quadratische Felder einteilen. Glasur aus Eiweiß und Puderzucker herstellen. Die Glasur bunt einfärben und damit die Verzierungen vornehmen. Das Persipan mit Puderzucker verkneten und daraus den Weihnachtsmann formen. Den Adventskalender kühl lagern. Ab dem 1. Dezember jeden Tag ein Stück abschneiden und essen!

1. Adventwoche

SONNTAG

Der Bäckerengel

Sybil Gräfin Schönfeldt

Im Sommer hatte er viel freie Zeit. Tagelang schwebte er im Blauen und starrte nach unten. Ihm gefiel die Erde, die er nicht kannte, weil er ein Engel war.

An einem Wintertag passte er nicht auf. Der Sturm fegte ihn von einer Wolke, und ehe er seine goldenen Flügel ausbreiten konnte, waren sie ihm abgerissen. Er stürzte durch Regen und Schneetreiben ab, in ein Tannendickicht, und dort blieb er betäubt liegen.

Als er erwachte, fror er in seinem Engelshemd. Er spürte kalte, harte Steine unter seinen Sohlen, splittriges Eis zerschnitt die zarte Haut, er setzte vorsichtig einen Fuß vor den anderen, musste um sein Gleichgewicht kämpfen, stürzte immer wieder auf die grobe Erde, empfand zum ersten Mal Schmerzen, konnte aber nicht weinen, weil er noch keine Tränen hatte. Er schob sich aus dem Tannendickicht, und sein dünnes Hemd zerriss. Er schaute nach oben, aber die Schneeflocken wirbelten so dicht, dass er keinen Himmel sah.

Er hob die Arme. Er stieß sich mit den Füßen ab, reckte sich in die Höhe, aber nichts geschah, kein leichtes, rauschendes Gefühl des Schwebens. So ging er den Waldweg weiter, zwischen verschneiten Stoppelfeldern hindurch, bis er die Dächer eines Dorfes sah.

Er spürte die Wärme zwischen den Mauern und lief schneller über den weichen, glatten Schnee.

Hinter der ersten Scheune bauten Kinder einen Schneemann. Als sie den Engel in seinem zerfetzten Hemd sahen, starrten sie ihn zuerst schweigend an, dann lachten sie und verspotteten ihn. Er verstand aber nicht, was sie schrien. Sie warfen mit Schneebällen nach ihm, und er floh. Die Kinder rannten hinter ihm her und schrien noch lauter.

Er lief um die Scheune herum, wieder aus dem Dorf hinaus, doch vor dem letzten Haus strauchelte er, und die Kinder holten ihn ein und stießen ihn zu Boden. Da ging die Tür auf, und eine Frau trat heraus, um nachzusehen, was das für ein Lärm wäre.

Als sie den Engel im Schnee sah, scheuchte sie die Kinder davon und hob den Engel auf.

Ihr war im Sommer ein Sohn gestorben, der nicht viel größer gewesen war, und sie gab dem Engel seine Kleider, zeigte ihm seine Kammer und sein Bett und kochte ihm Suppe. Ihrem Mann gefiel das fremde Kind auch, und so blieb der Engel bei ihnen. Er lernte Wort für Wort ihre Sprache, und dann befreundete er sich auch mit den anderen Kindern; er sagte jedoch nie, woher er gekommen war. So

verging der Winter, und der Engel sah den Schnee schmelzen, hörte den Regen auf die Schollen prasseln, ging hinter dem Mann aufs Feld und führte das Pferd beim Säen und beim Eggen. Er half der Frau im Garten Zwiebeln setzen, sah die Blumen aus der Erde wachsen, zupfte das Unkraut, und wenn mittags und zur Vesperzeit die Glocke läutete, wenn er sich sonntags zwischen den Mann und die Frau auf die Kirchenbank setzte, erfüllte ihn eine unbestimmte Erwartung. Aber nichts geschah.

Er hörte die Sommergewitter grollen, sprang mit den anderen Kindern über das Johannisfeuer, schüttelte mit ihnen Pflaumen und pflückte im Wald Beeren und Haselnüsse. Wenn er zu der Stelle im Tannendickicht kam, blieb er stehen und schaute empor. Er sah blauen Himmel, er sah Regenwolken, er sah einmal eine blasse Mondscheibe, und wenn er ein Mensch gewesen wäre, hätte er vor Sehnsucht geweint.

Dann wurden die Tage kürzer, morgens hing ein Dunst über den Wiesen, und der Mann und der Engel pflückten die letzten Birnen und Äpfel. Die dicksten legte die Frau in die Ofenröhre, und wenn sie das heiße, weiche, süße Fleisch gegessen hatten, zog die Frau den Engel auf den Schoß und erzählte mit leiser Stimme: Es war einmal ...

Der Engel lauschte den Geschichten, aber er fragte niemals: Was ist ein Riese? Was ist ein Zwerg?

Er saß gern auf dem Schoß der Frau, schaute gern in die rote Glut und hörte gern die leise, sanfte Stimme.

Als es kühler wurde, als alles Laub von den Bäumen gefallen war, begann er zu backen, wie er es zu dieser Jahreszeit gewohnt war. Die Frau erlaubte es ihm, weil sie ihm die Freude lassen wollte. Sie schaute seinen kleinen Händen zu, die vor Eile und Eifer silbern glänzten und sonderbar leicht mit dem Teig verfuhren.

Sie half ihm, die ersten Lebkuchen auf ein Blech zu legen, und als sie gebacken waren, kostete sie ohne große Erwartung davon. Doch das Gebäck zerschmolz ihr im Munde, und es schmeckte besser als alles, was sie je in ihrem Leben gegessen hatte. So backte der Engel bald voller Vergnügen für die ganze Nachbarschaft und für alle seine Freunde. In einer Winternacht pochte es an die Tür, und als die Frau öffnete, trat ein weißbärtiger Mann ein. Er sagte, er habe den Weg verloren, und die Frau hielt ihn für einen Reisenden und bot ihm einen Platz am Ofen an.

Der Engel jedoch, der durch den Spalt der Küchentür lugte, erkannte, wer es war: Knecht Ruprecht.

Der Knecht trank heißen Pfefferminztee und biss in ein Stück vom Engelsgebäck. Erstaunt blickte er auf und fragte: »Woher hast du den Kuchen?«

»Mein Junge hat ihm gemacht«, erwiderte die Frau und zog den Engel in die Küche. Er blieb stumm vor dem Knecht stehen und wagte nicht aufzublicken. Der Knecht schaute ihm ins Gesicht und sagte dann:

»Du bist der Bäckerengel, den ich suchen soll.«

»Ja«, antwortete der Engel, »nimmst du mich mit?« Der Knecht nickte, doch da warf sich der Engel der Frau an den Hals und brach in Tränen aus.

»Ich war so gern bei dir«, schluchzte er. Sie verstand nicht, was geschehen war, und der Knecht berichtete, wen sie ein Jahr lang als einen Sohn beherbergt hatte.

Da küsste sie den Engel und sagte: »Freu dich, mein Kind, dass du heimkehren kannst. Ich bleibe ja nicht allein zurück, und wir behalten dich lieb und werden unser Lebtag an dich denken.«

SONNTAG

Er schaute den Mann an, und als er auch nickte, bedankte sich der Engel bei den beiden, ergriff Knecht Ruprechts Hand und trat mit ihm aus dem Hause. Als sie ein paar Schritte gegangen waren, brach ein Licht wie ein Weg aus der Nacht, und sie betraten diese Straße und gingen zurück in den Himmel.

(Vorlesezeit ca. 8 Minuten)

Sternenzeit mit Engeln

Wir basteln Fensterbilder

Es ist eine schöne alte Sitte, zur Weihnachtszeit die Fenster der Wohnung zu schmücken, zum Beispiel durch Fensterbilder. Da gibt es die unterschiedlichsten Vorlagen von klassisch bis modern, von sanft bis frech. Wir haben uns hier zum einen für einen Engel entschieden, der schon eher ein Bengel ist. Begleitet wird er von zahlreichen Sternen.

Was wir brauchen: Regenbogen-Tonpapier, Silber- oder Goldfolie, Tonpapier, Graupappe, dünner Karton, Alleskleber und Faden.

Für jeden Engel wird das Kleid aus doppelt gelegtem Regenbogen-Tonpapier ausgeschnitten. Hände, Füße und der Kopf werden aus Tonpapier in der Farbe Ihrer Wahl angefertigt. Auf ein Kleid werden nur an der Kante Hände, Füße und der Kopf und dann das Gegenstück geklebt. Die Haare einmal als Vorderansicht und einmal als Rückenansicht aus Tonpapier ausschneiden und jeweils vorn und hinten am Kopf ankleben. Die Flügel müssen stabil sein; deshalb werden sie aus aufeinander geklebter Folie hergestellt. An der Rückseite des Kleides mit nur einer Klebelinie festmachen, damit die

Flügel abgeknickt werden können. Zwei oder mehr Sterne aus verstärkter Goldfolie ergänzen das Engelpaar. Nun die Engel und die Sterne mit Nähfaden miteinander verknoten; fertig!
Für weitere Sterne nehmen wir die Pappe, damit die Folie verstärkt wird. Die Folie wird auf beiden Seiten aufgeklebt, danach die Sternform ausgeschnitten, am besten mit einem Cutter. Aus einem Blatt können mehrere ineinander liegende Sterne ausgeschnitten werden.

Kleine Engelkunde

Wie mögen Engel aussehen? Für den Volksglauben wie (weiß gekleidete) Männer und Frauen mit Flügeln. Gibt es sie oder nicht? Daran scheiden sich die Geister ... Zwar ist in der Bibel von »Engeln« die Rede; es sind Boten Gottes; sie überbringen eine Nachricht, eine Forderung, eine Verheißung.

> *Dem einen schmieden die Engel das Schicksal mit silbernen Hämmerchen, dem andern schmieden es die höllischen Teufel mit Beilrücken.*
>
> *Russisches Sprichwort*

Aber: Der Absender und die Botschaft sind das Entscheidende. Das »Medium« ist relativ unwichtig. Alles kann »zu einem Engel« werden: Auch Tiere, vor allem aber der Mensch selbst. »Im Engel« begegnet dem Menschen letztlich Gott selbst. Wenn Christen von einem »Schutzengel« sprechen, dann glauben sie, dass Gott die Menschen schützt, dass er bei ihnen ist, sie auf all ihren Wegen begleitet.

Rauschgoldengel

Wer sieht in ihm nicht eine Nachbildung des weihnachtlichen Verkündigungsengels? Mit Gold hat er allerdings nur den leuchtenden Schein gemeinsam. Das als Unterlage von Brautkronen, Bauernhauben usw. verwendete,

beim Anfassen knitternde Flitter oder Rauschgold ist materiell betrachtet ein dünner Belag aus Messingblech. Die Heimat des Rauschgoldengels ist Nürnberg. Der angesehene Puppenmacher Balthasar Hauser aus der Lebkuchenstadt soll in der Zeit nach dem Dreißigjährigen Krieg erstmalig eine solche Figur gestaltet haben, zur Erinnerung an seine verstorbene Tochter Anna, deren Gesichtszüge der erste Rauschgoldengel, das »goldene Annalein« trug.

1. Adventwoche

SONNTAG

Es ist ein Ros entsprungen

2.
Das Röslein, das ich meine,
davon Jesaias sagt,
hat uns gebracht alleine
Marie, die reine Magd.
Aus Gottes ew'gem Rat
hat sie ein Kind geboren,
wohl zu der halben Nacht.

Die ältesten Fassungen dieses katholischen Marienliedes gehen auf 1599 zurück. Der Legende von einer zur Weihnachtszeit erblühenden Rose steht der Hinweis auf die Abstammung Jesu gegenüber, dessen Stammbaum bis zum Vater von König David zurückgeht. Die Melodie des »altkatholischen Trierschen Christliedlein« schuf 1609 der evangelische Kantor Prätorius, der eigentlich Schultheiß hieß, im Jahre 1571 in Thüringen geboren wurde und 1621 in Wolfenbüttel starb.

O du fröhliche

2.
O du fröhliche, o du selige,
Gnaden bringende Weihnachtszeit!
Christ ist erschienen,
uns zu versühnen,
freue, freue dich, o Christenheit.

3.
O du fröhliche, o du selige,
Gnaden bringende Weihnachtszeit!
Himmlische Heere
jauchzen dir Ehre,
freue, freue dich, o Christenheit.

Die Kriege unter Napoleon hatten viel Leid und große Not über die Menschen gebracht. Auch in Weimar. Die Einwohner trauerten um ihre Verstorbenen, sie froren in den kalten Wintern und hatten wenig Hoffnung. Johannes Falk, Sohn eines Danziger Perückenmachers, wollte helfen. Er gründete die »Gesellschaft Freunde in der Not« und die »Falkschen Anstalten.« Das aber war ihm nicht genug. Ein Dach über dem Kopf, etwas zu essen ist notwendig, aber die Menschen brauchten auch Trost. Am Heiligen Abend des Jahres 1806, an einem Abend voller trauriger Erinnerungen, summte Johannes Falk die Melodie eines alten Seemannsliedes aus Sizilien. Er hatte schon wiederholt seinen berühmten Freund Goethe gebeten, zu dieser Melodie einen neuen Text zu dichten. Jetzt versuchte er es selbst: »O du fröhliche, o du selige ...«

MONTAG

Backen mit Kindern

Wer an das Backen von Plätzchen zur Weihnachtszeit denkt, der sieht sofort Kinder mit roten Wangen und glänzenden Augen eifrig bei der Arbeit und riecht förmlich den wunderbaren Duft von frisch gebackenem Gebäck.

Wer sich dann tatsächlich an das Werk macht, der kann auch erfahren, in wie viele Fallen man dabei tappen kann und dass die Kekse alles andere als wohlschmeckend sind, weil der Teig immer und immer wieder gewalzt und gerollt wird. Und weil er dabei auch immer wieder an der Arbeitsplatte festklebt, wird noch ein bisschen Mehl dazu gegeben, und noch ein bisschen. Wie diese steinharten Dinger dann schmecken, kann sich jeder ausmalen. In der Begeisterung kann die kleine Kinderhand auch mal nach dem heißen Backblech fassen und die Verbrennungen, die dabei entstehen können, tun wirklich arg weh.

Wenn hier von Kindern die Rede ist, sind jüngere Kinder, also drei- bis achtjährige, gemeint. Die älteren Kinder sind in der Regel schon so geschickt, dass sie die beschriebenen Umstände gut meistern können, jüngere brauchen da doch noch etwas mehr Hilfe.

Manchen Kinder macht es Spaß, Rezepte zu lesen und die Einkaufsliste zu erstellen. Schon beim Einkauf der Zutaten merkt man ihnen die Vorfreude an. Andere Kinder messen und wiegen gerne und freuen sich, wenn ihnen das zugetraut wird. Sie wiegen dann die Zutaten mit großer Konzentration ab und verteilen sie dann in kleine Schüsselchen. Die Jüngeren wollen vielleicht nicht abmessen, schütten aber dafür umso lieber die abgewogenen Zutaten in die Rührschüssel und helfen mit Begeisterung beim Kneten des Teiges mit.

Es gibt aber auch Kinder, die sich vor dem klebrigen Teig an den Händen ekeln, auch darauf sollte man vorbereitet sein.

Da die meisten Kinder ungeduldig sind und nicht warten können, bis der Teig im Kühlschrank geruht hat, sollte man sich schon vorher Gedanken machen, wie man diesen Zeitraum füllt. Die Arbeitsfläche könnte für den nächs-

ten Arbeitsvorgang saubergemacht und vorbereitet, die Zutaten für die Verzierung bereitgestellt werden.
Backen ist anstrengend! So manches Kind ist danach ziemlich erschöpft, aber glücklich, weil die Ergebnisse nicht nur gut aussehen, sondern auch lecker sind. Und wenn die Kinder dann auch noch anderen eine kleine Freude machen können und einige Kekse in schöne Tütchen verpackt verschenken, ist das Glück perfekt. Damit es auch alles so wird, wie man sich das vorstellt, sollte man auch schon bei der Auswahl des Rezeptes darauf achten, wie aufwändig die Herstellung des Teiges ist. Am besten eignen sich natürlich ganz einfache Teige wie der auf Seite 18 beschriebene Mürbeteig. Er schmeckt den meisten Kindern auch im rohen Zustand schon gut, eignet sich für Spritzgebäck, kann aber auch wunderbar ausgestochen werden. Wenn die abgewogenen Zutaten in kleinen Schüsseln bereitstehen und nur in die Rührschüssel gegeben werden brauchen, ist der Abwasch hinterher zwar ein bisschen größer, aber das wird durch eine angenehmere Arbeitsatmosphäre beim Backen ausgeglichen. Die Arbeitsfläche und das Nudelholz müssen zart eingemehlt werden, damit der Teig weder auf der Fläche noch am Holz kleben bleibt.
Der Teig sollte einigermaßen gleich dick ausgerollt werden, damit beim Backen die Plätzchen gleichmäßig backen und bräunen. Es gibt ja die schönsten Ausstechförmchen auf dem Markt. Wer mit Kindern bäckt, der tut gut daran, möglichst einfache Förmchen zu benutzen, weil sich aus ihnen der Teig leichter lösen lässt und nicht in kleinen Beinchen oder Ärmchen kleben bleibt und abreißt. Wenn man die Ausstechförmchen ein wenig auf der Arbeitsfläche hin und her ruckelt, löst sich der Teig besser heraus. Mit einem breiten dünnen Messer kann die ausgestochene Figur dann auf das mit Backpapier ausgelegte Backblech gelegt werden. Zwischen den einzelnen Figuren muss Abstand gehalten werden, weil sie während des Backens in der Regel ein wenig in die Breite gehen.
Wer nicht mit Ausstechförmchen arbeiten will, sondern Schablonen vorzieht, der hat vorher dann schon den Nikolaus, Engel, Schneemann auf Pappe aufgemalt und ausgeschnitten. Die Schablone wird dann auf den ausgerollten Teig gelegt und die Außenkonturen der Figur mit einem spitzen Messer umfahren und vorsichtig mit einem breiten Messer oder flachen Pfannenwender von der Arbeitsfläche gelöst. Wenn die Figur dabei ein wenig zusammengedrückt wird, ist das gar nicht schlimm, kleine gedrungene Nikoläuse wirken gemütlich. Es können natürlich auch Tiere, Menschen- oder Nikolausköpfe als Schablonen hergestellt werden, da hat wohl jeder selber genug Fantasie. Und wer jetzt denkt: »Aber ich kann doch gar nicht malen«, sollte diese Gedanken ganz schnell beiseite schieben, die Proportionen müssen dabei auch nicht exakt stimmen. So wirken die Figuren nur noch origineller. Außerdem verläuft der Teig manchmal im Backofen und man kann mit Zuckerguss und anderem Verzierungsmaterial noch viel ausgleichen.
Das Bemalen der ausgebackenen Figuren mit Zuckerguss macht den meisten Kindern großen Spaß, weil sie da nach Herzenslust mit dem farbigen Guss, mit Liebesperlen, Schokostreuseln, Hagelzucker, Smarties und anderen Schleckereien experimentieren können. Die Ergebnisse sind sehr individuell. Wenn die Kekse dann tatsächlich zu hart zum Essen sind, machen sie sich garantiert wunderbar am Tannenbaum oder an einem großen Tannenzweig.

DIENSTAG

Buchstabenkekse

Es sieht auch wunderschön aus, wenn man einen großen Tannenzweig von der Decke herunter hängen lässt, an dem Buchstabenkekse aufgehängt sind. Auch sie können aus dem Mürbeteig (Seite 18) hergestellt werden. Nach dem Ruhen werden dann Stücke von dem Teig abgeschnitten, die auf der Arbeitsplatte zu fingerdicken Würsten gerollt werden und dann zu einzelnen Buchstaben geformt werden. Jeder kann bestimmen, wie groß seine Buchstaben werden. Nur sollten möglichst gleich starke Buchstaben auf ein Backblech kommen, damit sie auch gleichmäßig durchbacken. Die Buchstaben werden bei 150 °C (Umluft 130 °C) ungefähr 12 bis 15 Minuten auf der mittleren Schiene gebacken. Die Backzeit verlängert sich dann je nach Dicke der Buchstaben ein wenig. Nur bei Buchstaben wie A, P, R oder O ist es gar kein Problem sie aufzuhängen, in die anderen wird ein Loch gebohrt, durch das später der Zwirn gefädelt werden kann.
Diese Buchstabenkekse sind ein besonders schöner Willkommensgruß, wenn Besuch kommt. Wenn jeder Gast dann seinen Zweig noch als kleines Präsent mit nach Hause nehmen kann, ist das bestimmt eine schöne Überraschung in der Weihnachtszeit.

Das Adventsmemo

Erst basteln, dann spielen

Wer hat schon ein Adventsmemo? Wir! Heute fertigen wir uns das an, und das Schöne daran ist: Das geht so schnell, dass wir gleich danach unser neues Memo auch noch spielen können.

Die Kärtchen

Wir brauchen Pappkärtchen in der Größe von etwa 5 x 5 cm. Das Material spielt keine Rolle, es muss nur für eins gesorgt sein: dass alle Kärtchen auf der Rückseite gleich aussehen. Sonst funktioniert das Spiel nämlich nicht. Also, es kann ein Pappkarton sein, ein auf zumindest einer Seite weiß beklebter Karton, aber auch ein Farbkarton. Genauso gut würden es aber auch alte Spielkarten tun, vielleicht aus einem Kartenspiel, das nicht mehr komplett und damit sowieso unspielbar ist. 30 Kärtchen sollten es schon sein.
Nun darf jeder von uns an Bildern anschleppen, was immer er mag. Diese Bilder müssen nur zwei Regeln Stand halten: Zum einen muss es immer zwei von einer Sorte geben, wobei egal ist, ob die beiden Bilder genau gleich sind oder die beiden Motive zueinander gehören. Zum anderen sollen sie irgendetwas mit dem Thema Advent zu tun haben.

Die Motive

Damit es nachher genug Motive gibt und nicht alle die gleichen beigesteuert haben, veranstalten wir zuerst einmal einen »Gehirnsturm«, ein brainstorming. Dazu sammelt einer von uns auf einem Blatt Papier alle Ideen, die wir haben. Keine Idee darf abgelegt werden, alles wird aufgeschrieben. Streichen können wir später immer noch. Überlegen wir also gemeinsam, was dazu gehören könnte:

❄ Zwei verschiedene Kerzen
❄ Backofen und Backblech
❄ Kranz und 4 Kerzen
❄ Mehl und Zucker
❄ Zwei Hirten
❄ Zwei Tiere von der Krippe
❄ Tanne und Tannenzweig
❄ Kuchen und Kakao
❄ Messer und Löffel
❄ Zwei Ringe
❄ Zwei Stiefel (für den Nikolaus)
❄ Zwei Rentiere
❄ Christkind und Weihnachtsmann
❄ Wunschzettel und Geschenk
❄ Vereister See und Schneeflocken
❄ Nadel und Faden ...

Die Bilder

Es gibt verschiedene Möglichkeiten, an die gewünschten Bilder zu kommen. Sie können mit einer Sofortbildkamera gemacht werden. Sie können aus Zeitschriften und Büchern ausgesucht und ausgeschnitten werden. Sie können natürlich auch selbst gemalt werden, was das Einfachste wäre. Dann könnte Jens zum Beispiel zwei Kerzen zeichnen und die eine rot, die andere grün anmalen. Gibt es einen Kopierer im Haus (ein Fax würde schon reichen), dann kann ein Bild kopiert und dann beide Kopien unterschiedlich farbig angemalt werden. Auf jeden Fall werden die Motive dann auf die Kärtchen geklebt, schön vorsichtig, damit die Rückseiten der Kärtchen nicht auch eingefärbt werden.

Das Spiel

Das Spiel ist euch wahrscheinlich bekannt: Die Kärtchen werden auf dem Tisch verteilt, und zwar so, dass die Seiten mit den Motiven nicht zu sehen sind. Dann beginnt das jüngste Kind und deckt zwei Kärtchen auf. Gehören sie zusammen, darf man sie behalten; sonst werden sie wieder umgedeckt. Sind alle Kärtchen verteilt, hat gewonnen, wer die meisten Pärchen ergattert hat.

Mememo

Eine sehr schöne und schwierigere Variante ist die, bei der gleich drei Motive zueinander gehören und gleichzeitig aufgedeckt werden müssen. Etwas für die älteren ...?

MITTWOCH

Das Klingeling

Ein ganz ungewöhnliches Weihnachtsquiz

Die in unserem großen Weihnachtsquiz gesuchten Begriffe – die »Klingelings« – sind gar nicht so einfach zu finden. Doch es gibt viel Hilfe, so dass auch die Kleinen gut mithalten können: In sechs Sätzen werden Tipps gegeben. Dabei wird zuerst das Thema genannt, danach werden die Beschreibungen immer »enger«, bis der Begriff zum Schluss ganz klar wird.

Und so wird gespielt: Der »Quizmaster« liest vor, was unter 1. auf einer Karte steht. Alle raten, um welchen Begriff es sich handeln könnte – und rufen laut ihre Lösungen. Aber in der ersten Runde wird wohl noch niemand wissen, was gemeint ist. Also liest der Quizmaster vor, was unter 2. steht.

So geht es weiter, bis ein Mitspieler die Lösung gefunden hat. Dieser sollte als Belohnung eine kleine Süßigkeit erhalten. Die ersten zehn Karten finden Sie hier, weitere können Sie selbst »erfinden«:

Das Klingeling …

1. … hat mit Essen und Trinken zu tun.
2. … ist Arbeit.
3. … geschieht in der Küche.
4. … ist etwas Besonderes.
5. … braucht gute Zutaten.
6. … wird im Ofen beendet.

Backen

Das Klingeling …

1. … hat mit Essen und Trinken zu tun.
2. … ist unterschiedlich.
3. … gibt Geschmack.
4. … wird in kleinen Mengen benutzt.
5. … ist oft teuer.
6. … würzt.

Gewürz

Das Klingeling …

1. … hat jeder.
2. … ist manchmal groß.
3. … geht selten in Erfüllung.
4. … wird von Feen angeboten.
5. … drei hat man meistens frei.
6. … wünscht man sich.

Wunsch

Das Klingeling …

1. … ist eine Pflanze
2. … ist ein Baum.
3. … steht im Wald.
4. … ist oft dunkelgrün.
5. … hat Nadeln.
6. … heißt auch Weihnachtsbaum.

Tannenbaum

Das Klingeling ...

1. ... ist ein Spielzeug.
2. ... hast du lieb.
3. ... ist zum Schmusen da.
4. ... ist aus Stoff und Kunststoff.
5. ... kannst du ankleiden.
6. ... heißt manchmal Barbie.

Puppe

Das Klingeling ...

1. ... ist ein Spielzeug.
2. ... ist elektrisch.
3. ... hat Tasten.
4. ... zeigt Bilder.
5. ... kannst du immer mitnehmen.
6. ... gehört nicht nur Mario.

Gameboy

Das Klingeling ...

1. ... ist ein Gegenstand.
2. ... ist rund.
3. ... ist aus Zweigen.
4. ... trägt Kerzen.
5. ... ist ein Kranz.
6. ... beleuchtet den Advent.

Adventskranz

Das Klingeling ...

1. ... ist ein Belag.
2. ... ist kalt.
3. ... ist aus Flocken.
4. ... gibt es oft im Winter.
5. ... ist weiß.
6. ... bleibt bei Kälte liegen.

Schnee

Das Klingeling ...

1. ... ist ein Zeitpunkt.
2. ... wird von allen herbei gesehnt.
3. ... findet Heiligabend statt.
4. ... hat mit Wünschen zu tun.
5. ... ist die Zeit der Geschenke.
6. ... hat nichts mit einer Schere zu tun.

Bescherung

Das Klingeling ...

1. ... ist ein Gegenstand.
2. ... ist meistens rund.
3. ... wird angesteckt.
4. ... leuchtet.
5. ... ist aus Wachs.
6. ... hat einen Docht.

Kerze

MITTWOCH

Tischdecken für Weihnachten

Eine schöne gedeckte Tafel ist nicht nur ein Blickfang, sie ist auch eine Freude fürs Auge und bringt nicht nur den Raum, sondern auch die Menschen, die sich darin aufhalten, in Festtagsstimmung.

Tischdecken mit einem individuellen Muster können auf ganz einfache, aber sehr effektvolle Weise auch selber hergestellt werden, und sie brauchen auch gar nicht so viel zu kosten, wenn man preiswerte einfarbige Betttücher dazu verwendet.

Girlanden, wie sie zur Dekoration des Kamins verwendet werden, sehen sehr festlich aus. Andere Motive könnten sein: Engel, Engelsgesichter, Herzen mit Flügeln oder Flügel von Engeln, Tannenzapfen, Nikoläuse, Elche, die den Schlitten des Weihnachtsmannes ziehen, Säckchen mit schönen Kordeln oder schöne Schriftzüge, die zum Beispiel ein Frohes Fest oder Fröhliche Weihnachten wünschen. Wer ganz sparsam sein will, der kann die Decke auch nur für den Abend mit Farben aus dem Tuschkasten bedrucken oder bemalen. Die Farben waschen sich dann bei der nächsten Wäsche wieder heraus, und das Tuch kann im nächsten Jahr wieder auf eine andere Weise ganz besonders dekoriert werden.

Als Beispiel für die Herstellung wird im Folgenden das Wichtelmotiv genommen. Die Wichtel säumen den Rand des Tuches, der großzügig an den Seiten herunterhängt. Sollte das Tuch für den Tisch zu schmal sein, werden zwei Tücher längs zusammengenäht. Wen die Nahtstelle stört, der kann sie mit einem schmalen Stoffstreifen bedecken, auf dem die Säcke der Wichtelmännchen, die Stiefel oder eine ganze Wichtelmützenbatterie aufgedruckt worden sind.

Die Farben

Soll die Decke für die Ewigkeit bestimmt sein und auch in den nächsten Jahren den Tisch schmücken, so wird Stoffmalfarbe benutzt, die nach dem Auftragen von links eingebügelt werden muss, damit wird sie fixiert. Sollte der Stoff neu sein und noch Appretur haben, empfehlen die meisten Hersteller, den Stoff vorher zu waschen und zu bügeln. Am besten kann der Stoff im feuchten Zustand gebügelt werden, damit so wenig Knitterfalten wie möglich im Tuch bleiben. Bügelhilfe oder Stärke ist in dem Fall nicht ratsam. Bei dem Wichtelmotiv sind Knitterfalten gar nicht so schlimm, sie machen die kleinen Kerle eher noch origineller. Die Farben gibt es in Bastel- und Dekorationsgeschäften und in guten Farbgeschäften in unterschiedlichen Größen. Der Verbrauch hängt natürlich von der Größe der Decke und dem Umfang der Motive ab. Die Verkäufer in diesen Geschäften wissen da bestimmt zu raten. Die Farben können mit einem Pinsel oder mit einem Druckstempel aufgetragen werden und bleiben in der Form, d. h. sie laufen nicht über den Rand des Motivs weiter.

Wer Buchstaben schreiben will oder zarte Striche ausführen will, der kommt bestimmt mit einem Stoffmalstift besser zurecht. Die Stifte gibt es in unterschiedlichen Stärken und Farben. Auch hier wird das Tuch zur Fixierung der Farben von links gebügelt.

Will man die Decke mehrmals benutzen, aber jedes Mal andere Motive aufmalen, nimmt man Farben aus dem Tuschkasten, die sich in der Regel wieder herauswaschen lassen. Bei manchen Farben färbt sich jedoch die Decke einheitlich zart, damit sollte man rechnen, wenn man sich für diese Methode entscheidet.

Die Vorlagen

Am einfachsten geht das Auftragen der Motive mit Hilfe von Pappschablonen. Die Schablonen werden ausgeschnitten und auf den flachen, gespannten Stoff gelegt und mit einem weichen Bleistift umzeichnet. Linien, die im Motiv auftauchen, werden frei übertragen. Jetzt können die Motive mit Pinsel und Stoffmalfarbe (z. B. Deka Perm) ausgemalt und anschließend von links mit einem Bügeleisen eingebügelt und fixiert werden.
Wer die Motive lieber drucken will, der stellt sich erst einmal die Stempelvorlagen her. Je nach Größe kann man natürlich die altbewährte Kartoffeldruckmethode verwenden. Für größere Motive sollte man besser Moosgummi, das es in Bastelgeschäften gibt, verwenden. Das Motiv wird dann auf das Moosgummi gemalt und mit einer Schere ausgeschnitten, das geht ganz einfach. Die ausgeschnittene Form wird auf eine feste Unterlage, wie zum Beispiel Karton oder Styropor geklebt und mit Farbe bestrichen. Dabei sollte man nicht zu viel Wasser nehmen. Am besten macht man einen Musterdruck auf einer alten Stoffserviette, einem ähnlichen Stoffstück oder einem dickeren Papier, damit man sieht, ob noch etwas verändert werden muss. Wer Buchstaben oder ganze Schriftzüge aufdrucken will, der muss natürlich darauf achten, dass die Stempelvorlagen spiegelverkehrt aufgeklebt werden.
Monogramme gibt es in ganz unterschiedlichen Schrifttypen, und jedes Mal wirken sie anders, mal ganz edel, mal ganz futuristisch. Es gibt Schriftenbücher, aus denen man sich einen zu seinem Fest passenden Typ heraussuchen kann. In jedem Computer sind aber auch ganz viele Schrifttypen, die man sich ausdrucken kann und aus denen man dann die Auswahl trifft. Die einzelnen Buchstaben werden dann auf die richtige Punktzahl eingestellt und ausgedruckt, zuletzt auf das Moosgummi übertragen und ausgeschnitten und spiegelverkehrt auf die feste Unterlage geklebt. Wenn man den Stempel nicht ganz satt einpinselt, sondern die Farbe eher dünn aufträgt, bekommt man auf dem Stoff besonders interessante Strukturen.

Die Decke wächst

Eine einfarbige, große rote Decke wird nach und nach mit unregelmäßig geformten Flicken bedeckt, und zwar mit Stücken eines ausgedienten Bettlakens. Diese werden von den Familienmitgliedern mit Stofffarbe bemalt (am besten nur eine Farbe, sonst wird das Werk zu bunt). Jeder malt, wie er kann, einen sitzenden Hasen von hinten, eine Landschaft, eine äußerst weihnachtliche Rakete. Was nicht gefällt, wird weggeschnitten. Am besten die aufgenähten Stücke mit einer Borte umfassen. Im Übrigen bekommen liebe Gäste gleich ein Stück Laken in die Hand gedrückt und dürfen sich auch verewigen. Mit den Jahren wird die Decke immer voller.

MITTWOCH

Kleine Krippen-Kunde

Der Anfang der Krippe liegt im Dunkel der Vergangenheit. Als Sonderfall einer künstlerischen Gestaltungsform ist sie nicht auf einmal an einem genau zu definierenden Zeitpunkt und Ort entstanden, sondern das Produkt einer langen Entwicklung mit mehreren Wurzeln.

Eine davon sind die geistlichen Schauspiele, die in England und Deutschland in ihren Anfängen bis ins 9. Jahrhundert zurückreichen. Sie entstanden aus dem liturgischen Wechselgesang, wurden im kirchlichen Raum abgehalten und entwickelten sich immer mehr zu einem außerliturgischen Geschehen. Sie befassten sich mit den Geschehnissen der Heiligen Nacht bis zur Passion.

Andere Forscher meinen, die Krippe habe sich aus dem »Brauch der Ausstellung eines das Festereignis darstellenden Kunstwerkes« entwickelt. Das Geheimnis um das Kind von Bethlehem hat die Menschen tatsächlich schon sehr früh in Liturgie, Feier und Kunst beschäftigt. Bereits um 400 begann die mystische Verehrung. In den Frauenklöstern des Mittelalters gelangte sie zu hoher Blüte und fand Ausdruck im kirchlichen Brauchtum durch eine kleine Christkindfigur (»Trösterlein«).

Der bedeutsamste Faktor für die Entstehung der Krippe jedoch scheint aus dem Jahr 1291 zu stammen. Der Kanoniker Pandolfo stiftete eine Kapelle im Seitenschiff von S. Maria Maggiore in Rom. Diese Kapelle in Gestalt eines kleinen Häuschens enthielt einen Altar und Figuren, die die Anbetung der Könige darstellten. Vom frühen 14. Jahrhundert an werden nun krippenartige ständige Darstellungen dieser Szene in Italien gebräuchlich. Die erste sicher bezeugte »Krippe« war eine Jesuitenkrippe im Kolleg zu Coimbra 1560 in Portugal. Im späten 16. Jahrhundert gibt es nachweislich Krippen in Prag, Sizilien, Neapel und durch die Jesuitenmission in Indien, Brasilien, Japan und in Deutschland (Frauenkirche München, Augsburger Dom).

Der für die weitere Entwicklung entscheidende Schritt geschah jedoch nördlich der Alpen. In den böhmischen Jesuitenkirchen taucht ab 1562 die realistische Veranschaulichung der Geburtsgeschichte als Darstellung zum Weihnachtsfest auf! Erst als auch die Jesuiten in Bayern diesen Brauch aufnahmen, legten sie den Grundstein für die plastische Kirchenkrippe in deutschen Landen.

Die Geburtsstätte der Krippe liegt also im innerkirchlichen Raum. Über die Paläste der Fürsten und Adeligen und deren Kapellen kam sie alsbald in die privaten Wohnungen,

und es entstand der Brauch der Hauskrippe. Immer aber spielte die Oberschicht eine exemplarische Rolle für das Volk. Dieses nahm die Anregungen auf und führte sie mit seinen geringen finanziellen Mitteln weiter. Je mehr sich die Krippe in den Privathäusern verbreitete, desto volkstümlicher wurde sie.

Die Papierkrippe

Was sollte ein Grafiker am Kriegsende tun, wie sich ernähren? Walter Klinkert hatte eine fantastische Idee. Zusammen mit seiner Frau Hildegart und der befreundeten Kunsterzieherin Anni Bastmann fertigte er Papierkrippen an - und zwar aus den Kartons, in denen die amerikanischen Care-Pakete eingepackt waren. Das waren die Hilfssendungen aus den USA mit Lebensmitteln, die vielen Menschen nach dem Krieg das Überleben sicherten. Die Papierkrippen wurden auf einer selbst gebauten Presse im Schloss Berchtesgaden gedruckt, danach handkoloriert und geschnitten. Die glücklichen Empfänger dieser Krippen in Deutschland und in den USA bezahlten - teilweise in Naturalien. Eine dieser Krippen zeigt das Foto auf Seite 48.

Und nun wird gebastelt

Es gibt eine Unmenge von Vorschlägen und Anleitungen zum Bau von Krippen. Ganze Bücher sind voll davon. Wir haben uns hier für eine sehr schlichte Holzkrippe entschieden, die auch von ungeübteren Händen ohne größere Schwierigkeiten zu Stande gebracht werden kann:

Die Holzkrippe

Aus Schaschlikspießchen entsteht der Stall: Für eine Seitenwand zwei 14 cm lange Holzstäbe im Abstand von 12 cm auf eine Unterlage legen und die Enden mit Tesafilm festkleben. Darüber mit Holzleim in Querverbindung 19 cm lange Schaschlikspieße kleben. Eine zweite Wand in gleicher Weise anfertigen. Für die Rückwand zwei Holzstäbchen, diesmal im Abstand von 19 cm, auflegen und ca. 5 Stäbe unten und 5 Stäbe oben als Querverbindung

aufkleben. Die Wände aufstellen und die Standstäbchen oben und unten zusammenbinden. Das Dach mit 19 cm langen Holzstäbchen und etwas Gras überdecken. Anschließend die Figuren aus 16-mm-Rundhölzern zuschneiden und zusammenleimen: Josef, Maria und der Hirte bestehen aus einem 4 cm langen Körper, einem 9 mm langen Hals, einem 2 cm großen Kopf und 3,5 cm langen Armen; Huthöhe 1 cm. Das Jesuskind erhält einen 2,5 cm langen Körper, einen 4 mm langen Hals, einen 8 mm großen Kopf und 2 cm lange Arme. Die Schafe (je mehr, desto besser): 3,5 cm langer Körper, 2,2 cm großer Kopf und 3,5 cm lange Beine. Die Ohren sind Stückchen von Schaschlikspießen. Für das Krippenlager 6 cm lange Spanstreifen übereinander kleben und das Kind mit etwas Heu hinein legen.

BARBARATAG

Legende der heiligen Barbara

Die heilige Barbara lebte im 3. Jahrhundert in Nikomedia in Kleinasien. Heute heißt die Stadt Izmit und ist eine türkische Stadt am Marmarameer (nördliches Istanbul). Ihr Vater liebte seine Tochter über alles. Da er jedoch sehr eifersüchtig und argwöhnisch war, sperrte er sie immer in einen Turm ein, wenn er verreisen musste. Obwohl Barbara sehr reich war, war sie einsam und unglücklich. Als sie dann die christliche Religion kennen lernte, sah sie in einem christlichen Leben ihre Aufgabe und ließ sich taufen. Dies war in der Zeit der Christenverfolgung unter Kaiser Decius in den Jahren 249–251.

Die Legende erzählt nun, dass der Vater, als er von einer Geschäftsreise zurückkam, erstaunt feststellte, dass der Turm nicht zwei Fenster wie bisher, sondern drei Fenster aufwies. Als er seine Tochter zur Rede stellte, gestand sie ihm, dass sie Christin sei und zur Erinnerung an die heilige Dreifaltigkeit drei Fenster im Turm haben wollte.

Der Vater war entsetzt und versuchte alles, sie vom Christentum loszureißen. Aus Enttäuschung und Wut über ihren Starrsinn zeigte er sie selber an. Sie wurde gefangen genommen und starb für ihren Glauben. Den Vater soll unmittelbar nach der Untat der Blitz erschlagen haben.

Barbarazweige

Das Brauchtum mit den Barbarazweigen soll auf ihre Gefangenschaft zurückgehen. Hier hat sie einen verdorrten Kirschbaumzweig mit Tropfen aus ihrem Trinknapf benetzt. In den letzten Tagen im Bewusstsein ihres Todesurteils fand sie Trost darin, dass der Zweig in ihrer Zelle blühte.

Sie ist nicht nur eine der 14 Nothelfer der katholischen Glaubenswelt, sondern gilt zugleich als Schutzpatronin der Artilleristen, der Bergleute, die für sie am Barbaratag ein Licht im Stollen brennen lassen, der Gefangenen, der Glöckner, (viele Kirchenglocken tragen

ihren Namen), der Architekten und Waffenschmiede.
Um den 4. Dezember als Gedenktag an diese Märtyrerin rankt sich ein reiches Brauchtum. Besonders bekannt und verbreitet ist die Sitte, am Barbaratag einen Zweig zu schneiden, vor allem vom Kirschbaum, aber auch vom Apfel, der Kastanie, der Pflaume, dem Holunder, dem Rotdorn oder der Forsythie. Über Nacht wird der Zweig in lauwarmes Wasser gelegt und dann in einem Krug in das geheizte Zimmer gestellt. In der Wärme treiben die Knospen; mit einem Esslöffel Zucker im Wasser oder einem Frischhaltemittel kann nachgeholfen werden. Außerdem sollte jeden dritten Tag frisches Wasser in den Krug.
Kommt der Zweig gerade am Weihnachtsfest zum Blühen, so wird das als gutes Zeichen für die Zukunft gewertet.

Engel

Engel über, unter, neben dir
sind sehr leicht zu übersehen,
und du spürst oft erst nach langer Zeit,
dass sie dir zur Seite stehen.

Ein paar Arme, die trösten
und beschützen in der Not,
können Schmerzen etwas lindern,
sind ein Licht in dunkler Nacht,
und du kannst dich nicht verirren,
denn du weißt, du wirst bewacht.

Engel über, unter, neben dir
sind sehr leicht zu übersehen,
und du spürst oft erst nach langer Zeit,
dass sie dir zur Seite stehen.

Klare Worte, die stärken,
sie begleiten deinen Weg,
sind wie Zeichen, die dich leiten
durch die Wirren dieser Zeit;
und du kannst darauf vertrauen,
ist das Ziel auch noch so weit.

Engel über, unter, neben dir
sind sehr leicht zu übersehen,
und du spürst oft erst nach langer Zeit,
dass sie dir zur Seite stehen.

Deine Träume vom Leben,
von der Liebe auf der Welt,
lass sie blühen, nicht verwelken,
werd nicht hart in deiner Wut.
Gib nicht auf, nichts ist verloren,
glaub daran, der Tag wird gut.

Engel über, unter, neben dir
sind sehr leicht zu übersehen,
und du spürst oft erst nach langer Zeit,
dass sie dir zur Seite stehen.

Eckart Bücken

Kräutertee

Wohltäter für Leib und Seele

Die Engländer, die ja als »die Teetrinker« überhaupt berühmt sind, wissen, wie gut eine Teepause ist, nicht nur für das körperliche Wohl. Vielleicht stehen deshalb auf manchen englischen Teepackungen schöne aufbauende Worte, wie zum Beispiel die von John Ruskin: »There are three material things, not only useful, but essential to life. No one ›knows how to live‹ till he has got them. These are pure air, water, and earth.«
Und dann gibt es seiner Meinung nach auch noch drei nicht materielle Dinge, die wie reines Wasser, Luft und Erde nicht nur hilfreich, sondern lebenswichtig sind. Das sind Bewunderung, Hoffnung und Liebe.
Und während Sie gleich Ihren leckeren Tee schlürfen, können Sie ja über diese Worte philosophieren: Warum sind Bewunderung, Hoffnung und Liebe in Ihrem Leben wichtig? Warum sie für John Ruskin wichtig sind, wird weiter unten, nach den Rezepten verraten.

Jademond

Kräutertees sind zu jeder Jahreszeit wohltuend, aber die Wärme tut gerade an kalten und nassen Wintertagen gut. Es gibt auch hier bei uns in Deutschland mittlerweile viele gute Teeläden, die nicht nur wunderbare Teemischungen, sondern auch viele Einzelaromen anbieten, so dass man seine individuelle Teemischung zusammenstellen kann. Im Folgenden sind einige beschrieben. Für die vorweihnachtliche Zeit könnte beispielsweise ein grüner Tee mit den Düften der weihnachtlichen Backstube etwas ganz besonders Wohltuendes sein. Die Zutaten sind: Grüner Tee, Blutorangen, Orangen, Karamell, Pistazien, Lulo- und Zimtaroma, Orangeblüten und Rosenblüten. Bei der Zubereitung rechnet man einen Teelöffel Teemischung pro Tasse. Der Tee wird mit kochend heißem Wasser übergossen und zieht dann vier bis sechs Minuten. Wer will, kann den Tee mit Kandis, braunem Zucker oder Honig süßen.

Früchte-des-Sommers-Tee

Wer im Sommer fleißig war und bei trockenem, schönem Wetter Beeren und Kräuter gesammelt hat, der kann sich jetzt aus den getrockneten und zerkrümelten Blättern von Birke, Eberesche, Walderdbeeren, Brombeeren und Preiselbeeren einen köstlichen Tee bereiten und so noch ein bisschen Sommergefühle und schöne Erinnerungen an warme Tage in die winterliche Stube holen. Werden zerstoßene Föhren- und Fichtennadeln beigemischt, entsteht eine leckere Variante. Wer im Sommer nicht so rege war, braucht jetzt weder ein schlechtes Gewissen zu haben noch auf den Genuss zu verzichten. Natürlich können die Zutaten auch in einem guten Teeladen und in vielen Apotheken gekauft werden.
Auch bei diesem Tee wird wieder ein Teelöffel Teeblätter pro Tasse gerechnet, die man mit kochend heißem Wasser übergießt und fünf bis acht Minuten ziehen lässt. Da der Tee fruchtig herb schmeckt, süßen die meisten ihn mit etwas Honig oder braunem Zucker.

Schwarzer Tee mit Aroma

Schwarze Tees lassen sich wunderbar mit ganz unterschiedlichen Aromen kombinieren und schmecken jedes Mal anders. Ganz bekannt ist da zum Beispiel der Earl Grey Tee, der nach dem Britischen Premierminister nach seinem Besuch in China so genannt wurde. Der Earl Grey Tee ist mit dem Öl aus den Schalen der Bergamotte, einer Canton Orange gewürzt.

Viele mögen gerade in der Weihnachtszeit lieber süße Düfte, denen gefällt vielleicht Vanilleschoten oder ein Hauch von Zimt, andere mögen vielleicht mehr das Aroma von Früchten. Jeder probiert am besten aus und verlässt sich beim Kauf erst einmal auf seine Nase. Das, was gut riecht, schmeckt in der Regel hinterher auch gut.

Auch beim Schwarzen Tee wird ein Teelöffel Schwarztee-Blätter je Tasse gerechnet (bei Blatt-Tee gehäuft, bei Broken-Tee gestrichen). Es wird dann sprudelnd kochendes Wasser darüber gegossen. Lässt man den Tee zwei Minuten ziehen, wirkt er anregend, zieht er fünf Minuten, wirkt er beruhigend. Dann wird der Tee noch einmal umgerührt, abgegossen und serviert. Wer ihn gerne gesüßt trinkt, dem wird Honig empfohlen.

FREITAG

Sleepytime Tea

Zum Schluss darf natürlich auch ein Gute-Nacht-Tee nicht fehlen, damit Sie die richtige Bettschwere bekommen und sich mit einem gesunden Schlaf erfrischen können. Wie viel Sie von den einzelnen Zutaten zu der Mischung geben, hängt von Ihrem persönlichen Geschmack ab, im Original sind Kamillenblüten, grüne Minzblätter, Zitronengras, Lindenblüten, Passionsblumenblätter, Brombeerblätter, Orangenblüten, Weißdornbeeren und Rosenknospen enthalten.
Die Mischung kommt in eine gut verschließbare Blechdose. Für eine Tasse Tee füllt man dann einen gehäuften Teelöffel in ein Tee-Ei (oder Teebeutel) und hängt ihn in die Tasse, gibt kochendes Wasser darauf und lässt ihn vier bis sechs Minuten ziehen. Wer will, süßt ihn danach noch, empfohlen wird Honig.

Haben Sie denn beim Genuss des Tees über die lebenswichtigen, nicht materiellen Dinge philosophiert? Wie am Anfang versprochen, kommen jetzt die Gründe, warum John Ruskin admiration (Bewunderung), hope (Hoffnung) und love (Liebe) für lebenswichtig hält. Im Original heißt es »Admiration – the power of discerning and taking delight in what is beautiful in visible form and lovely in human charakter; and, necessarily, striving to produce what is beautiful in form and to become what is lovely in character. Hope – the recognition, by true foresight, of better things to be reached, whether by ourselves or others; necessarily issuing in the straightforward and undisappointable effort to advance, according to our proper power, the gaining of them. Love – both of family and neighbour, faithful and satisfied.«

Die Jahreschronik

Bilder und Texte gegen das Vergessen

Viel geschehen ist während der elf Monate des Jahres, die bereits zurück liegen. Was hat dies Jahr bloß wieder alles gebracht! Und wie schnell wird alles wieder vergessen. Dagegen hilft eine Jahreschronik.

Schnell den Tisch abgeräumt, und dann darauf alle Fotos ausbreiten, die in diesem Jahr entstanden sind. Ob es gelingt, sie in eine chronologische Reihenfolge zu bringen? Aber ja doch. Auf die Tischplatte werden nebeneinander Zettel mit den Ziffern 1 bis 12 geklebt, jede Ziffer für einen Monat. Darunter werden alle Bilder dieses Monats gesammelt; dabei kann ruhig erzählt werden. Doch bei all dem »Weißt du noch ...?« und » ... kann ich mich gar nicht mehr dran erinnern« nicht vergessen,

dass die Chronik auch irgendwann einmal – am besten zu Weihnachten – fertig sein soll. Bald ist klar, ob es eine Wochen- oder eine Tageschronik werden wird. Das hängt nämlich davon ab, ob alle oder fast alle Tage mit Bildern und Gegebenheiten gefüllt werden können. Wahrscheinlich wird es eine Mischung. Es sollen ja auf jeden Fall alle Geburts- und anderen Feiertage enthalten sein, dazu sämtliche Unternehmungen der gesamten Familie und der einzelnen Mitglieder.

Wie denn nun?

Die Bilder sind geordnet. Wie sollen sie nun das vergangene Jahr präsentieren? Das könnte zum Beispiel durch ein Buch geschehen. Dann werden (weiße?) Pappen gebraucht, etwa 150-g-Papier, damit das Werk einige Zeit überlebt. Die Kartons gibt es in Papierwarenläden als große DIN-A2-Bögen zu kaufen. In vier Teile geschnitten, ergibt das schon vier Buchseiten. Alle benötigten Seiten werden in einem Kopiershop zusammen gelegt und mit einer Plastikschnecke gebunden, das kostet nicht viel. Dann werden die Seiten jeweils mit einem Datum versehen und die Fotos auf die dazugehörigen Seiten geklebt. Wer hat die schönste Handschrift? Zumindest einen Bildtext braucht jedes Foto, kleine Versicherungen gegen das Vergessen. Dazu kann aber noch anderes Material kommen, Fahrkarten, Eintrittskarten, Ansichtskarten, vielleicht sogar gepresste Blumen ...

Ein Buch ist etwas, mit dem sich Einzelne beschäftigen, darin blättern, schauen, lesen. Ganz anders wirken an einer Wand befestigte Schautafeln. So könnten zum Beispiel die Wände im Flur mit einzelnen »Plakaten« – die DIN-A4-Blätter in Klemmrahmen eingelegt – geschmückt werden, die insgesamt die Jahreschronik ergeben.

Der Kalender

Ganz ähnlich herzustellen ist ein Familienkalender. In ihm werden auch sämtliche Geburts-, Jahres- und Festtage vermerkt, dazu die Ferien und der Urlaub sowie alle weiteren Vorhaben und Planungen. Ganz besonders freuen sich viele Menschen über Kalender mit Fotos der Familie. Das ist keine große Kunst: Für jede Woche im kommenden Jahr wird ein Blatt genommen, ein Foto eines oder mehrerer Familienmitglieder, vor allem der Kinder, darauf geklebt und mit einer witzigen Unterschrift versehen. Das wird ein Hit – und eignet sich bestens als Geschenk für Großeltern!

SONNABEND

Einladen, Grüßen, Bewirten

Weihnachtskarten basteln

Klar können Sie Weihnachtskarten kaufen oder sich aus dem Internet herunterladen, zum Beispiel unter *www.christkindlmarkt.at*. Sie können aber auch selbst Karten herstellen.

Doppelkarten

Schneiden Sie eine Pappe zu; sie soll die doppelte Größe einer Postkarte haben. Dann wird die Pappe einmal gefaltet. Auf die rechte Innenseite der Karte kleben Sie nun ein Motiv nach Wunsch. Die rechte Außenseite schneiden Sie mit einem Cutter so ein, dass man hindurchsehen kann. Dabei können Sie wiederum verschiedene Motive wählen, etwa einen Weihnachtsbaum, einen Weihnachtsmann, einen Stern und vieles mehr. Nun scheint das Motiv der Innenseite durch die »Titelseite« hindurch.
Grüße können Sie auf die Rückseite der Karte schreiben, dort auch eine Einladung platzieren. Wenn Sie das Motiv auf der Innenseite nicht ganz fest aufkleben, sondern nur den linken inneren Rand, können Sie hinter dem Motiv noch etwas »verstecken«, vielleicht eine Menüfolge für das Festessen am zweiten Weihnachtstag …

Postkarten

Sie sehen auf der rechten Seite zwei Muster für Weihnachtspostkarten. Beziehen Sie die Rückseite einer ganz normalen Postkarte mit Stoff. Kopieren Sie die Motive auf anderen Stoff oder auf Glanzpapier und schneiden Sie diese aus. Dann werden sie auf die Postkarten geklebt.

Sonnabend

1 von 4

Das Große Wochenendspiel

An diesem ersten Advents-Wochenende setzt sich die ganze Familie zusammen. Auch Oma und Opa sind gekommen, die Tanten Lisa und Mechthild wurden umarmt, Onkel Joe und Onkel Klemens herzlich begrüßt. Gemeinsam ein großes Spiel auf die Beine stellen, das ist das erklärte Vorhaben. Nach dem Muster von »Wer wird Millionär?« soll es laufen. Bevor gespielt werden kann, gibt es reichlich zu tun, also ran. Keine Sorge, der Spaß wird auch beim »Machen« nicht zu kurz kommen! Und übrigens, hier kommen nur Vorschläge; verändern Sie das Spiel nach Herzenslust. Am Ende sollten Sie sich aber auf eine Spielregel einigen, sonst geht es schief.

Phase 1: Die Gewinne

Damit keiner überanstrengt wird, legen wir zehn Fragen pro Kandidaten fest. Das ist genug für unser Spiel und lässt sich bewerkstelligen. Zehn Fragen, zehn Gewinnstufen. Da Sie ja zu Hause nicht (unbedingt) um Geld spielen wollen, legen Sie die zehn Gewinne gemeinsam fest. Hier kommt ein Vorschlag, der für jedes Familienmitglied interessant genug ist:

1. Stufe:	Keks
2. Stufe:	Getränk deiner Wahl
3. Stufe:	Kinogutschein
4. Stufe:*	du bestimmst, was es am ersten Weihnachtstag zu essen gibt
5. Stufe:	Buch oder CD deiner Wahl
6. Stufe:	dir wird ein Gericht gekocht, du darfst auswählen
7. Stufe:	Bahnticket (2 x Gute Nacht ...)
8. Stufe:*	Jeder Mitspieler schenkt dir etwas
9. Stufe:	Eintrittskarte für ein »Event« deiner Wahl
10. Stufe:	»Dein Tag«: du sagst, wie er aussehen soll

* Die beiden mit Sternchen gekennzeichneten Stufen 4 und 8 bedeuten: Wer eine dieser Stufen erreicht hat, dem ist dieser Gewinn nicht mehr zu nehmen. Bei allen anderen Stufen verfällt der zuvor erreichte Gewinn.

Phase 2: Die Joker

Hier eine kurze Erklärung der Spielregeln: Auf jeder Stufe, beginnend bei eins, bekommt man eine Frage gestellt und dazu vier Antworten, von denen nur eine richtig ist. Wenn man die Antwort weiß, prima. Wenn nicht oder wenn man Zweifel hat, gibt es zwei Möglichkeiten: Zum einen das Aussteigen; man nimmt mit, was man bisher gewonnen hat, und macht nicht weiter. Zum zweiten das Setzen eines Jokers. Im Original gibt es drei Joker, aber auch 15 Stufen bis zum Höchstgewinn. Also sollten zwei Joker reichen. Vorschlag:
Joker »Einer«: du darfst einen Mitspieler nach Wahl um Hilfe bitten. Wenn er es weiß, gut. Aber er kann ja auch falsch liegen ...
Joker »Alle«: du fragst alle Mitspieler - und stellst fest, wie viele für die Antwort »A« sind, wie viele für »B« usw. Entscheiden musst du - in beiden Fällen - selbst.

Phase 3: Die Fragen

Die meiste Arbeit machen die Fragen, klar. Auch hier gibt es wieder mehrere Möglichkeiten vorzugehen.
Die einfachste ist: Jeder schreibt nach Lust und Laune Karten mit jeweils einer Frage und vier Antworten, wobei Frage und richtige Antwort am besten in einer anderen Farbe zu sehen sind. Die Karten werden eingesammelt und gemischt und während des Spieles einfach

vom verdeckten Stapel gezogen und vorgelesen. Für die Anfertigung von Karten ist das unkompliziert; für das Spiel ist es ein wenig ungerecht, weil es jetzt auch sehr auf das Glück ankommt, nämlich eine leichtere oder eine schwere Frage zu bekommen.
Schwerer: Alle schreiben kreuz und quer Karten; der »Quiz-Master« oder die »Moderatorin« gibt den Karten ihre Bewertung und bringt sie in eine Reihenfolge von »leicht« bis »ganz schwer«. Am besten auf der Rückseite der Karten mit den Ziffern 1 bis 10 kennzeichnen.
Schwer: Jeder bewertet den Schwierigkeitsgrad seiner Fragen selbst, schreibt also selbst die Ziffer auf die Rückseite.
Schließlich - es ist nur ein Spiel, also machen Sie es nicht zu kompliziert und nicht zu ernst!

Hier folgen einige Vorschläge für Karten.
Was heißt »Lego«?
A. Guck gut
B. Leg gut
C. Spiel gut
D. Machs gut

Welches ist die Hauptstadt von Neuseeland?
A. Wellington
B. Sidney
C. New Haven
D. Downtown

Wie heißt der Onkel von Tick, Trick und Track?
A. Hubert
B. Daniel Düsentrieb
C. Dagobert
D. Pluto

Vorschläge für private Fragen:
Wie hieß Omas erster Freund?
A. Karl
B. Anton
C. Eduard
D. Marco

In welchem Fach ist Jenny am besten?
A. Mathematik
B. Deutsch
C. Sport
D. Kunst

Wohin ist Tante Lisa schon fünfmal in Urlaub gefahren?
A. Italien
B. London
C. Mallorca
D. Spessart

Phase 4: Endlich spielen

Sind die Karten fertig, kann es los gehen. Wir sparen uns das Startspiel des Originals und ziehen einfach einen Zettel, auf dem der Name des ersten Kandidaten steht. Er setzt sich der Moderatorin gegenüber und bekommt die erste Frage gestellt. Wie oben erklärt, darf man jederzeit nach der richtigen Beantwortung einer Frage aussteigen und seinen Preis mitnehmen. Nach richtiger Beantwortung der Frage 4 und später der Frage 8 hat man diese Preise sicher. Ansonsten scheidet man bei einer falschen Antwort aus.
Übrigens: Es müssen nicht gleich in der ersten Spielrunde alle Anwesenden an die Reihe kommen; morgen ist auch noch ein Tag.

SONNABEND

Martin entdeckt den Weihnachtsstern

Manfred Hausmann

Da der Winter mit den funkelnden Sternennächten vor der Tür steht, haben Christoph und Görge sich einen Linsensatz für zwei Mark sechzig kommen lassen und sind allen Ernstes dabei, ein Himmelsfernrohr zu erbauen. Es soll sogar parallaktisch aufgehängt werden. Martin geht einige Tage mit den Händen in den Taschen um die Arbeitenden herum und fragt sie hin und wieder etwas. Dann zieht er sich in sein Kämmerchen zurück.

»Christoph und Görge«, sagt er eines Abends beim Essen, »glaubt ihr, dass ich hiermit einen Stern erkennen kann?« Er holt, sich auf dem Stuhl zur Seite neigend, eine leere Zwirnrolle aus seiner Tasche, hält sie vors Auge und richtet sie auf die Lampe über dem Tisch.

»Das soll nämlich mein Fernrohr sein.«

»Zeig mal her!« sagt Christoph lachend.

»Und hier habe ich eine Linse vorgemacht. Glaubst du, dass ich da einen Stern mit erkennen kann?«

Christoph blinzelt hindurch. »Natürlich kann man damit einen Stern erkennen. Alles kann man damit erkennen. Nicht ganz so gut wie mit dem bloßen Auge, aber immerhin.«

Der Vater möchte gern wissen, um was für eine Linse es sich handelt. Christoph reicht ihm die Rolle. Die Linse besteht aus einer kleinen dreieckigen Glasscherbe, die Martin mit Blauköpfen vor die Öffnung der Rolle genagelt hat.

»Das ist ja ein wunderbares Fernrohr«, sagt der Vater, indem er ein Auge zukneift und gleichfalls die Lampe betrachtet. Es rieselt etwas durch ihn hindurch, Rührung, Glück, Dankbarkeit, eine warme und zärtliche Empfindung.

»Glaubst du, dass ich da einen Stern mit erkennen kann?«

»Jeden Stern kannst du damit erkennen. Komm, hier hast du dein Fernrohr wieder.«

Aber die Mutter bittet darum, es auch einmal ausprobieren zu dürfen. Nachdem sie es von allen Seiten bewundert hat, sieht sie hindurch. Dann stellt sie es vorsichtig auf den Tisch, legt die Hände vor ihr Gesicht, zieht sie ein bisschen herab und wirft dem Vater über die Fingerspitzen hinweg einen dunklen, strahlenden Blick zu.

»Kann ich einlich den Mond da auch mit erkennen?«, fragt Martin.

Görge wirft ein, heute Abend gebe es keinen Mond.

»Aber Sterne?«

»Sterne genug.«

»Dann will ich mal zwei Sterne ... drei Sterne will ich mal mit mein Fernrohr erkennen.«

Sowie das Abendbrot beendet ist, läuft Martin auf die Terrasse und sucht den Himmel mit seiner Zwirnrolle ab.

Nach einer Viertelstunde schiebt er sich in die Bibliothek und wartet, dass der Vater, der dort die Zeitung liest, einmal aufblickt.

»Na, Martin?«

»Leider kann ich da doch keinen richtigen Stern mit erkennen.«

»Warum denn nicht?«

»Ne. Ich kann nur Punkte erkennen.«

»So sehen die Sterne eben aus. Wie Punkte.«

»In mein Bilderbuch sehen sie aber gaaanz anders aus. Weißt doch mit so Zacken herum und so.«

Der Vater denkt, die Bilderbuchmaler täten auch besser, bei der Wahrheit zu bleiben. Nun kann er zusehen, wie er dem armen Martin über die Enttäuschung hinweghilft, die sie verschuldet haben.

»Die gewöhnlichen Sterne sehen tatsächlich

wie Punkte aus. Und wenn du durch Christophs und Görges Fernrohr guckst, dann sehen sie immer noch wie Punkte aus. Da hilft nichts. Etwas anderes ist es wohl mit dem Weihnachtsstern. Der hat wohl diesen herrlichen Glanz und die Strahlen und alles.«
»Kann ich den Weihnachtsstern denn mal mit mein Fernrohr erkennen?«
»Ich glaube nicht, Martin. Er scheint in unserer Zeit nicht mehr am Himmel. Ich hab ihn jedenfalls noch nie gesehen.«
»Wie schaaade.«
Und dann kommt der Abend, an dem Christoph und Görge ihr Fernrohr zum ersten Male im Freien aufstellen, um die Wunder der Himmelswelt zu erforschen. Es ist inzwischen bitterkalt geworden, bald wird Weihnachten sein, der frisch gefallene Schnee glitzert im Sternenlicht. Die übrige Familie nimmt, in Mäntel gehüllt, an dem Ereignis Anteil.
Aber Christoph und Görge haben vor lauter Leidenschaft nicht einmal ihre Jacken an. Sie wollen versuchen, die Monde des Jupiter zu beobachten. So einfach scheint es indessen nicht zu sein, eines bestimmten Sternes habhaft zu werden. Man darf das Fernrohr nur mit den Fingerspitzen berühren, denn die kleinste Bewegung lässt das tanzende Pünktchen wieder aus dem Sehfeld verschwinden.
»Trampel doch nicht so laut hier herum, Vio!«
»Welcher ist denn der Jupiter?«, fragt Martin.
Der Vater führt den Blick des Jungen von einem dunklen Föhrenwipfel zum Gürtel des Orion und von dort über den Aldebaran zu den Plejaden und dann zu dem leuchtenden Stern, der schräg darüber steht.
»Das ist er.«
Martin zieht den Mantel hoch und kramt in seiner Hosentasche herum. Dann setzt er sein Fernrohr an, beugt den Kopf zurück und sucht den Jupiter. Mit einem Male sagt er leise zu sich selbst: »Oh!« Und noch einmal wie erschrocken: »Oh!« Und dann ganz überwältigt: »Oh!«
»Was ist denn?«, fragt der Vater.
»Ich erkenne den Weihnachtsstern!«, flüstert Martin, ohne die Zwirnrolle von seinem Auge zu nehmen.
»Wirklich? Wie sieht er denn aus?«
»Mit lauter so darum herum aus Gelb und Grün und Golden.«
Da muss der Vater doch auch einmal durch Martins Fernrohr sehen. Und wirklich, es gleißt und schimmert um den Jupiter herum, dass es nur so eine Art hat. Aber der Vater erkennt auch gleich, wie das Feuerwerk zustande kommt. Auf der Glasscherbe sitzt ein fettiger Fingerabdruck über dem andern, und in den zarten Rillen bricht sich der Sternenschein, glänzt auf und versprüht zu farbigen Strahlen.
»Uh, jetzt!«, ruft Christoph. »Jetzt hab ichs. Zwei kann man sehen! Zwei Monde! Ganz deutlich!«
Viola hüpft von einem Bein aufs andere. »Ich auch mal!«
»Erst ich«, sagt Görge. »Du verstehst ja doch nichts davon.«
Der Vater legt das Fernrohr wieder in Martins ausgestreckte Hand und sagt, dass er noch nie in seinem Leben einen so zauberhaften Stern erblickt habe wie diesen. »Komm, Mutti soll sich auch einmal daran freuen«.
»Haben Christoph und Görge ihn auch erkannt?«
»Nein. Das Fernrohr von Christoph und Görge ist nur für gewöhnliche Sterne bestimmt«.
»Wen sein Fernrohr findest du besser, meins oder Christoph und Görge seins?«
»Ein besseres Fernrohr als das, womit man den Weihnachtsstern erblicken kann, dürfte es wohl nirgends auf der Welt geben«.
»Oh!«, sagt Martin.

(Vorlesezeit ca. 8 Minuten)

Etwas andere Geschenkideen

Zierliche Flaschentaucher

Aus bunten Glasröhrchen blasen Jürgen Ertel und Siggi Hauch (!) ihre Flaschentaucher. Sie sind hohl und besitzen ein kleines Loch. In eine Flasche aus klarem Glas wird Wasser gefüllt. Dann die Taucherfiguren – es gibt ganz unterschiedliche vom kleinen Kobold bis zur majestätischen Tänzerin – ins Wasser drücken und die mitgelieferte Gummikappe über den Flaschenrand ziehen. Wenn nun auf die Kappe gedrückt wird, tauchen die Figuren nach unten ab. Wieso, erklärt uns Siggi: »Beim Drücken wird der Druck auf das Wasser weitergegeben. Es dringt in das kleine Loch und presst die Luftblase dort zusammen. Der Taucher wird schwerer und schwebt hinunter zum Fuß der Flasche. Hörst du auf zu drücken, dehnt sich die Luft in der Figur wieder aus, das Wasser wird hinausgetrieben, und der Taucher steigt.« (bei »Windbruch«, Untergasse 8, D-55288 Schimsheim, Tel. 06734/6631, zu sehen unter *www.flaschentaucher.de* im Internet)

Sprechende Würfel

Die »Mimürfel« zeigen auf den sechs Seiten folgende Mimiken: strahlend, gut drauf, erstaunt, gleichgültig, schlecht drauf, wütend. In einer kleinen Dose stecken zwölf Stück zusammen mit den Regeln für über 20 Spielideen. Vom gemeinsamen Erzählen bis zum Kennenlernen, vom Einschätzen bis zu Bewegung ist alles möglich. (bei Arbeitsstelle Neues Spielen, Am Dobben 109, D-28203 Bremen, Tel. 0421/703232, zu sehen unter *www.neues-spielen.de* im Internet)

Ein Jahr voller Fotos

Ein preiswertes Geschenk ist ein Kalender, den Sie mit Fotos von sich selbst und/oder Ihrer Familie bestücken. Die schönsten Schnappschüsse haben Sie im Laufe des Jahres zur Seite gelegt. Kaufen Sie einen »Blanko«-Monatskalender für das kommende Jahr und kleben Sie die Fotos ein. Mütter und Väter, Schwiegermütter und Schwiegerväter, Omas und Opas freuen sich weiterhin über selbst gemachte Geschenke. Den Kalender gibt es in Schreibwarenläden und Kaufhäusern; oder Sie machen gleich alles selbst.

Etwas Warmes braucht der Mensch

Wie wäre es denn mit einem neuen Bewohner, einem kleinen, lieben, schmusigen? Die Voraussetzungen müssen schon stimmen, erkundigen Sie sich vorher. Und da unsere Geschmäcker nicht gleich sind, empfehlen wir ein schönes Katzenhalsband mit einem Gutschein. So kann sich der Tierfreund seinen neuen Mitbewohner selbst aussuchen. Dazu eine Wanne mit frischer Katzenstreu? Auch nicht schlecht. Oder würde ein Meerschweinchen viel besser passen?

Freie Zeit für dich

Kinder bekommen heutzutage oft auch alles, was sie haben möchten. Wirklich alles? Wie ist es denn um Ihre Zeit bestellt, würden Sie die auch verschenken? Was glauben Sie, wie sich das Kind, an das Sie jetzt gerade denken, freuen würde, wenn Sie ihm einen gemeinsamen Ausflug in einen Freizeitpark schenken würden! Die Auswahl ist übrigens riesengroß; hier sechs Beispiele:
Panoramapark Sauerland, Oberhundem (Riesenrollerbobbahn, Wildexpress 02723/774100)
Bavaria Film Park, Bottrop (02045/899111);
Fort Fun, Bestwig (02905/810);
Legoland, Billund (004575/331333);
Phantasialand, Brühl (02232/36200);
No Name City, Poing bei München (Westernstadt ... 08121/79666).

Sind so kleine Zweige

Bonsai, die aus Japan stammende Kunst, kleinste Bäume zu züchten, verzaubert uns Menschen. Ein richtiger Baum mit allem Drum und Dran, aber dabei ein wenige Zentimeter hoher Winzling, erstaunlich! Mit der Zeit gewinnt man die Zwerge lieb, kann sich gar nicht mehr von ihnen trennen. Im Übrigen ist so manch kostbarer Minibaum sehr teuer, aber es gibt sie auch schon zu akzeptablen Preisen im Blumen- und Gärtnerhandel.

Musik in den Beinen

Dieser Radler vor dem Herrn hört auch noch gerne Musik und steht auf schnelle Information? Schenken Sie ein Fahrradradio! Das hat es in sich. Über die eingebaute Antenne kann man nicht nur UKW- und Mittelwellensender anpeilen. Ein integrierter Computer zeigt auch noch die Geschwindigkeit an (aktuelle, Höchst- und Dauergeschwindigkeit). Dazu besitzt es einen Kilometerzähler und eine Stoppuhr. Halterung und das Material zur Befestigung gehören mit dazu. Im Fahrradhandel (zum Beispiel »Sports«).

Das Spiegelbild

Behinderte Menschen in der Therapeutischen Werkstatt »Spielkiste Bethel«, die Sie auf diese Weise auch unterstützen können, stellen auf Bestellung eine Marionette her, die von einem Konterfei eigens angefertigt wird. Sie kann Aussehen, Hobbys oder besondere Kleidungsvorlieben des zu Beschenkenden widerspiegeln – Ähnlichkeit ist nicht auszuschließen – und hängt an sechs Fäden. Sprechen Sie mit Bruder Thane von der Spielkiste Bethel (0521/1443953).

Doppelluftsprung

Wir wollen das hier nicht verschweigen: Nicht selten verlässt einen der Mut an der offenen Flugzeugtür. Kein Wunder, diese Probe ist schon die Härte: Ein Tandem-Fallschirmsprung bringt das Blut zum Kochen. Wers mag, für den ist es das Größte. Übrigens heißt Tandem nicht etwa, dass Sie selbst mitspringen müssen; das tut ein erfahrener Fallschirmspringer! Rufen Sie beim nächsten Sportflugplatz an.

2. Adventswoche

SONNTAG

Ihr Kinderlein, kommet

2.
O seht in der Krippe im nächtlichen Stall,
seht her bei des Lichtleins hell glänzendem Strahl
in reinlichen Windeln das himmlische Kind
viel schöner und holder, als Engel es sind.

3.
Da liegt es, das Kindlein, auf Heu und auf Stroh;
Maria und Josef betrachten es froh.
Die redlichen Hirten knien betend davor;
hoch oben schwebt jubelnd der Engelein Chor.

4.
O beugt wie die Hirten anbetend die Knie,
erhebet die Händlein und danket wie sie.
Stimmt freudig, ihr Kinder – wer sollt sich nicht freu'n? –
stimmt freudig zum Jubel der Engel mit ein.

Dinkelsbühl im Jahre 1811. »Die Krippe werden wir in der Mitte aufstellen und dann bis zum Dreikönigstag stehen lassen. Da werden eure Eltern Augen machen. Und die Ohren werden sie spitzen, wenn sie das Lied hören, das vor ihnen noch kein Mensch gehört hat. Für euch, für alle Kinder dieser Welt, habe ich die Worte gedichtet.« Der Kaplan Christoph Schmid, er war damals 26 Jahre alt, holte einen Zettel aus seiner Brusttasche und las: »Ihr Kinderlein kommet, o kommet doch all!« Wenig später schmetterten die Thannhäuser Mädchen und Jungen zum ersten Male nach einer Melodie des Komponisten Johann Abraham Peter Schulz, Hofkapellmeister in Kopenhagen, das neue Weihnachtslied in die Nacht hinaus.

Vom Himmel hoch, da komm ich her

2.
Euch ist ein Kindlein heut geborn,
von einer Jungfrau auserkorn;
ein Kindelein so zart und fein,
das soll euer Freud und Wonne sein.

3.
Es ist der Herr Christ, unser Gott,
der will euch führ'n aus aller Not,
er will euer Heiland selber sein,
von allen Sünden waschen rein.

4.
Er bringt euch alle Seligkeit,
die Gott, der Vater, hat bereit,
dass ihr mit uns im Himmelreich
sollt leben nun und ewiglich.

5.
So merket an das Zeichen recht,
die Krippe, Windelein so schlecht:
Da findet ihr das Kind gelegt,
das alle Welt erhält und trägt.

Heiligabend 1535, kurz nach Mitternacht. Es scheint, als rücken die Häuser von Wittenberg in der Dunkelheit näher zusammen. Nur in der Studierstube des Doktor Martin Luther brennt noch eine Kerze. Luther schreibt seine Weihnachtspredigt nieder. Dann lehnt er sich zurück und liest in einem handgeschriebenen Buch. Er liest die Verse: »Ich komm aus fremden Landen her und bringt auch viel der neuen Mär (=Nachricht) ...« Er liest sie einmal, zweimal; dann steckt er noch eine zweite Kerze an, rückt das Tintenfass näher zu sich heran, nimmt den Federkiel und schreibt Zeile um Zeile. Als er fertig ist, hat er den gelesenen Versen einen anderen, einen weihnachtlichen Sinn gegeben. Zwei Jahrhunderte später liest Johann Sebastian Bach die Verse und komponiert die Melodie dazu.

Wie Joschi zu seinem Meerschweinchen kam

Roswitha Fröhlich

Seit er sechs Jahre alt war, wünschte sich Joschi ein Meerschweinchen. Aber jedes Mal, wenn er davon anfing, sagte seine Mutter »Meerschweinchen stinken« oder »Meerschweinchen gehören in den Kleintierzoo« oder »Was soll das arme Tier in unserer Vierzimmerwohnung?«, und lauter solche Sachen. In diesem Jahr hatte Joschi sich geschworen, dass sein Wunsch endlich in Erfüllung gehen müsse.

»Wetten, dass ich zu Weihnachten ein Meerschweinchen kriege?«, sagte er zu seinem Freund Karli. »Du wirst schon sehen ...«

Und dann schmiedete er einen Plan.

Endlich war es so weit. »Nur noch 24 Tage bis Weihnachten«, sagte seine Mutter. »Höchste Zeit, dass du deinen Wunschzettel aufs Fensterbrett legst, damit der Weihnachtsmann ihn abholen kann.«

Joschi nickte höflich, machte ein möglichst harmloses Gesicht und begann mit der Arbeit.

»Lieber Weihnachtsmann«, schrieb er, »ich wünsche mir dringend ein Nilpferd.«

Ordentlich legte er den Zettel draußen vors Fenster und wartete gespannt, wie es weitergehen würde. Schon am nächsten Morgen konnte er feststellen, dass sein Plan sich bewährte. Als er nämlich in aller Frühe das Fenster öffnete, um zu sehen, ob der Zettel abgeholt worden war, entdeckte er etwas höchst Merkwürdiges: »Du spinnst wohl!«, hatte jemand in leuchtend roten Buchstaben auf einen Briefbogen geschrieben, der groß und deutlich die Unterschrift »Der Weihnachtsmann« trug.

Gut so! dachte Joschi. Dann nahm er den Brief an sich und schrieb einen neuen Zettel. »Und wie wärs mit einem Krokodil? Es könnte in der Badewanne schwimmen.«

Auch diesmal klappte es vorzüglich. Ein neuer Weihnachtsmannbrief leuchtete ihm am Morgen entgegen. »Krokodile leider nicht lieferbar«, stand darauf, diesmal in grünen Buchstaben.

Noch besser, dachte Joschi, nahm den Brief an sich und schrieb den nächsten Zettel. »Ein Känguru-Pärchen«, lautete sein Wunsch.

»Beuteltiere führen wir nicht«, hieß diesmal die Antwort. Von nun an war alles ganz einfach. Joschi brauchte sich nur noch ein paar ungewöhnliche Tiere einfallen zu lassen, und schon lief alles wie am Schnürchen.

»Drei Hängebauchschweine«, schrieb er am nächsten Tag. »Blödsinn«, hieß die Antwort. Und in diesem Stil ging es weiter. Zwölf volle Tage war er damit beschäftigt, neue Zettel zu schreiben und die Weihnachtsmann-Antwortbriefe einzusammeln. So lange dauerte es nämlich noch bis zum Heiligen Abend.

Die Reihenfolge, die Joschi sich errechnet hatte, war so:

12. Dezember. »Ein Schimpanse.«
Antwort: »Und wer kauft die Bananen?«
13. Dezember. »Ein Berber-Löwe.«
Antwort: »Schon mal was von menschenfressenden Raubtieren gehört?«
14. Dezember. »Dann eine Tüpfelhyäne.«
Antwort: »Und wo soll sie schlafen?«
15. Dezember. »Ein Merinoschaf.«
Antwort : »Selber Schaf!«
16. Dezember. »Ein junger Pottwal.«
Antwort: »Wohl größenwahnsinnig geworden?«
17. Dezember. »Eine Pythonschlange.«
Antwort: »Kriecher unerwünscht.«
18. Dezember. »Eine Hausziege.«
Antwort: »Ziegenmilch schmeckt abscheulich!«
19. Dezember. »Erbitte dringend wenigstens ein Bergzebra.«
Antwort: »Wo sind denn hier Berge?«

20. Dezember: »Aber ein Dromedar würde sich bei uns bestimmt wohl fühlen.«
Antwort: »Warum nicht gleich ein Kamel?«
21. Dezember: »Einverstanden. Habe mich außerdem für eine Giraffe entschieden.«
Am nächsten Tag endlich geschah das, was Joschi schon lange erwartet hatte. Auf dem Fensterbrett lag nämlich nicht die übliche kurze Antwort in roten oder grünen Buchstaben, sondern ein regelrechter Brief, hastig mit einem gewöhnlichen Tintenkuli geschrieben und fast eine halbe Seite lang.
»Lieber Joschi« , stand dort, »wie du auf dem Kalender siehst, ist übermorgen Weihnachten. Da du es bisher nicht geschafft hast, mir einen einzigen vernünftigen Wunsch aufzuschreiben, und da alle Tiere, die du mir genannt hast, nicht in eine Wohnung passen, ersuche ich dich hiermit, umgehend bescheidener zu werden und dich auf eine kleinere Tiergattung zu beschränken. Herzlichen Gruß. Der Weihnachtsmann.«
Joschi wusste sofort, was er zu tun hatte. Hundertmal hatte er das Wort, das er jetzt niederschrieb, in Gedanken geübt. Er nahm den saubersten Zettel, den er finden konnte, und verfasste den ordentlichsten Wunschzettel seit 22 Tagen:
»Lieber Weihnachtsmann«, schrieb er, »entschuldige bitte, dass ich so unbescheiden war. Ich sehe ein, dass ich zu viel von dir verlangt habe und schwöre, mich zu bessern. Darum wünsche ich mir nur noch ein winziges Meerschweinchen. Am liebsten so eins, wie das vom Karli. Also weiß mit kleinen schwarzen Tupfern. Karli sagt, dass ein Meerschweinchen überhaupt keine Arbeit macht. Außerdem finde ich es so niedlich. Vielen Dank im Voraus! Dein Joschi, Mühltalerstraße 7.«
Am nächsten Tag schlich Joschi noch früher als sonst zum Fenster, weil er es vor Spannung nicht mehr erwarten konnte. Ob der Weihnachtsmann ihm auch darauf antworten würde?
Diesmal aber war das Fensterbrett leer. Nur ein paar Schneeflocken konnte er entdecken, denn draußen hatte es angefangen zu schneien.
»Nun?«, fragten die Eltern, als er zum Frühstück kam. »Freust du dich schon auf morgen?«
»Und wie!«, antwortete Joschi. Mehr brachte er nicht heraus vor Aufregung.
Dann endlich war er da, der große Tag. 24. Dezember stand auf dem Kalender über Joschis Bett. Joschi sah das Kalenderblatt eine Weile ganz genau an und dachte an sein Meerschweinchen. Ob der Weihnachtsmann endlich begriffen hatte?
Stunde um Stunde rückte der Augenblick näher, in dem sich alles entscheiden würde. Und dann war es so weit. Die Tür zum Weihnachtszimmer wurde geöffnet, und Joschi sah etwas, das schöner war, als alle Christbaumkugeln und Weihnachtskerzen und Zimtsterne und Silbernüsse zusammen – nämlich ein winziges, schwarz getupftes Meerschweinchen in einer Kiste unter dem Tannenbaum, das neugierig den Tannenduft schnupperte und fast so aussah wie das Meerschweinchen vom Karli.
»Hoffentlich stinkt es nicht«, sagte die Mutter.
»Immer noch besser als Dromedare und Giraffen«, sagte der Vater.
Aber Joschi hörte nicht, was sie sagten. Er war viel zu sehr damit beschäftigt, sein Meerschweinchen auf den Arm zu nehmen und eine Dankesrede an den Weihnachtsmann zu verfassen – in Gedanken natürlich. Dass auch ein kleiner Trick dabei gewesen war, wusste der Weihnachtsmann ja sowieso. Denn ein Weihnachtsmann weiß alles. Oder etwa nicht? »Ich nenne es Trick«, sagte Joschi, während das Meerschweinchen leise quiekte. Fast klang es, als ob es kicherte.

(Vorlesezeit: 8 Minuten)

MONTAG

Weihnachten im Erzgebirge

Selten, dass im Erzgebirge der Winter ausbleibt. Meistens bedeckt die weiße Pracht mit Beginn der Adventszeit die Wiesen und Felder. Dann heißt es, die »Bretter« unterschnallen und durch die Winterlandschaft auf gut gespurten Loipen laufen. Die Wagemutigeren fahren mit dem Skilift hinauf zum Abfahrtshang, andere begnügen sich mit einer Schlittenpartie. Das Erzgebirge lebt zur Adventszeit so richtig auf. Aus jedem Fenster strahlen Lichterbögen, grüßen Nussknacker und Räuchermänner. Auf unzähligen Marktplätzen drehen sich kunstvoll gestaltete Pyramiden. Überall lässt sich bei Adventsveranstaltungen, den Hutzenabenden, den Metten oder Krippenspielen das besondere erzgebirgische Flair erleben.

Das Erzgebirge wurde über die Jahrhunderte hinweg vom Bergbau geprägt. Deutlich wird dies in der Volkskunst und dort besonders im Weihnachtsbrauchtum; das Erzgebirge gilt geradezu als das Weihnachtsland Deutschlands. Frömmigkeit und Heimatverbundenheit führten zum Bau von Lichterengeln und Bergmännern, Krippen und Weihnachtspyramiden, Leuchterspinnen für die Zimmerdecke und Lichterbögen für das Wohnzimmerfenster. Wann immer sich zu Weihnachten ein kleines Engelkarussell dreht, angetrieben allein von der Hitze kleiner Kerzen, dann erinnert das ans Erzgebirge.

Berühmte Krippenschnitzer wie Hermann Krüger aus Schneeberg, dessen Bethlehem aus über 650 Figuren besteht, oder der Oberwiesenthaler Malermeister Carl Friedrich Hertelt machten das Erzgebirge auch über die Grenzen unseres Landes bekannt. Und noch heute gibt es dort immer wieder etwas Besonderes zu entdecken. Möchten Sie zum Beispiel die Weihnachtsgeschichte aus astronomischer Sicht kennen lernen, dann sollten Sie einen Besuch in der Sternwarte Drebach einplanen. Denn hier erstrahlt im Planetarium im Dezember unter dem Thema »Der Stern von Bethlehem« der Sternenhimmel wie zur Geburt von Jesus Christus.

Die Entdeckung des Weihnachtsberges

Im Herbst 1986 las ich in der »Wochenpost«, einer Wochenzeitschrift der ehemaligen DDR, ein Inserat: »Verkaufe mechanischen Weihnachtsberg«. Als Orchestermusiker an einem Theater in Ostberlin beschäftigt, machte mich dieses Angebot sehr neugierig, zumal ich mit meiner Familie seit 1985 die DDR offiziell verlassen wollte. Da allen Ausreisewilligen von staatlicher Seite aus der Transfer ihres eigenen Geldvermögens versagt wurde, suchte ich auch nach einer guten Wertanlage.

Das Inserat war in dem kleinen Städtchen Neuwürschnitz II (in der Nähe von Stollberg/Chemnitz) aufgegeben, und ich fuhr hin, um mir den Weihnachtsberg anzuschauen. Bis dahin hatte ich nie etwas über Weihnachtsberge gehört, wenngleich ich am Ostrand des Erzgebirges meine Kindheit verbracht habe.

Der Adressat der Anzeige, Wolfgang Vogel, empfing mich und führte mich ohne Umschweife auf den Dachboden. Im Halbdunkel sah ich nur ein wüstes Durcheinander von Brettern, Gebäuden, Baumwurzeln, Pyramiden und mechanischen Teilen. Einiges war so verstaubt, dass man nur mit Mühe und viel Fantasie etwas erkennen konnte.

Selbst die Tochter von Max Vogel konnte sich nur vage an den Berg erinnern. Sie zeigte mir den Raum, wo der Berg immer aufgebaut worden war, 1940 leider das letzte Mal. 1943 verstarb ihr Vater im Alter von 76 Jahren. In den Kriegsjahren konnte man sich nicht um den Berg kümmern, zu groß waren Not und Elend, berichtete sie. Die jungen Leute, sagte sie, und meinte damit auch ihre Kinder, hatten dafür kein Interesse und wurden ja auch von niemandem dazu angehalten. Wie sehr sie und die »ältere Generation« an diesen Werten hingen, wurde in einer Äußerung deutlich, die mir damals noch gar nicht so recht bewusst wurde. Als ich die Teile des Weihnachtsberges abholte, sagte eine ältere Nachbarin: »Jetzt geht der Reichtum aus Neuwürschnitz fort.« Heute weiß ich, was damit gemeint war, damals jedoch trat ich mit recht gemischten Gefühlen die Heimreise an.

Der Zufall wollte es, dass ich auf dem Weg nach Berlin durch die Gemeinde Hormersdorf fuhr, wo gerade eine Volkskunstausstellung zu sehen war. Neben unzähligen Schnitzarbeiten, gedrechselten Leuchtern und Pyramiden, wunderschönen Klöppelarbeiten und vielem anderen mehr waren auch zwei kleinere Weihnachtsberge zu sehen. Erstmals sah ich, worum es sich bei einem Weihnachtsberg handelte. In einem langen Gespräch mit dem Besitzer und Erbauer dieser Weihnachtsberge erfuhr ich viel über die Volkskunst im Allgemeinen und über die Weihnachtsberge im Besonderen. Er verwies mich an das Volkskunstmuseum in Schneeberg und gab mir den Rat, den Weihnachtsberg des Friedrich Nötzel in Brünlos anzuschauen.

Bevor ich ein zweites Mal nach Neuwürschnitz fuhr, besuchte ich die mir genannten Weihnachtsberge und gewann so etwas mehr Hintergrundwissen. In Brünlos sah ich mir den Weihnachtsberg von Friedrich Nötzel an. Allein die Dramaturgie auf diesem Berg war so beeindruckend, dass man wahrhaftig das Gefühl hatte, inmitten des biblischen Geschehens zu sein.

Die einzigartige und für einen Laien nicht nachvollziehbare Mechanik versetzte mich schon in Erstaunen und ließ Zweifel in mir aufkommen, ob ich überhaupt in der Lage wäre, so etwas zu verstehen, geschweige denn, auch restaurieren zu können.

2. Adventswoche

MONTAG

Ich erzählte kurz von dem zu verkaufenden Weihnachtsberg in Neuwürschnitz und bat die Enkel von Friedrich Nötzel, mich dahin zu begleiten, um mit mir gemeinsam den Weihnachtsberg oder besser gesagt die Überbleibsel des ehemaligen Weihnachtsberges von Max Vogel, anzuschauen.
Das Urteil war deprimierend, denn sie hielten es nicht für möglich, aus diesen Fragmenten den Weihnachtsberg wieder herstellen zu können, noch dazu ohne Aufzeichnungen. Im Gespräch mit Wolfgang Vogel erfuhren wir, dass dem damaligen Museumsleiter in Schneeberg der Weihnachtsberg zum Kauf angeboten worden war, er aber zu bequem war, sich den Berg in Neuwürschnitz anzuschauen. Als ich die Enkel von Max Vogel fragte, was sie denn mit dem Weihnachtsberg machen würden, wenn sie keinen Käufer fänden, antworteten sie sinngemäß: »Dann verkaufen wir die Pyramiden mit den Figuren, und der Rest kommt weg.«

Karl-Heinz Fischer

Der Weihnachtsberg ist 12 Meter breit, 1,25 Meter tief und 2,20 Meter hoch und umfasst einen umbauten (Transport-) Raum von ca. 60 m^3. Für seinen Aufbau werden etwa 200 Arbeitsstunden benötigt. Auf den 15 m^2 stehen 328 Figuren, Hirten, Schafe, Kamele … Die Hälfte der aus Holz geschnitzten oder aus Pappmaschee angefertigten Figuren sind beweglich. Ursprünglich erfolgte die Bewegung durch Handkurbeln, heute treibt ein Motor das Ganze an. Der Weihnachtsberg wird im Berliner Museum Europäischer Kulturen alljährlich gezeigt.

Der mechanische Weihnachtsberg

Das Museum Europäischer Kulturen in Berlin-Dahlem zeigt zur Advents- und Weihnachtszeit einen mechanischen Weihnachtsberg aus dem Erzgebirge. Weihnachtsberge sind große Krippenlandschaften, die in Form eines Berges die Lebens- und Leidensgeschichte Christi darstellen. Der Erbauer dieses Weihnachtsberges war Max Vogel (1867–1943), ein gelernter Malermeister aus Neuwürschnitz bei Stollberg. Max Vogel begann um 1885 mit dem Bau seines Werkes und fügte in jahrzehntelanger Arbeit Szene um Szene dazu. Die wichtigsten Stationen aus dem Leben Jesu werden vorgeführt, von der Verkündigung und Geburt bis hin zur Passionsgeschichte.

Die Krippenkunst des Erzgebirges ist eng mit der Geschichte und Kultur des Bergbaus verbunden. Im Mittelalter und der frühen Neuzeit war das sächsisch-böhmische Erzgebirge eine der wichtigen Bergbauregionen Europas. Der Rückgang an Bodenschätzen zwang die Bevölkerung, nach anderen Erwerbsmöglichkeiten zu suchen, um ihren Lebensunterhalt zu bestreiten. Es entstanden neue Berufszweige wie der Musikinstrumentenbau, die Strohflechterei und die Klöppelei. Die Holzbearbeitung und die Schnitzerei nahmen im 18. Jahrhundert einen großen Aufschwung und standen zunächst in der Tradition der Bergwerkskultur. Die Krippenschnitzerei verbreitete sich erst seit dem ausgehenden 18. Jahrhundert von Böhmen her in das protestantisch sächsische Erzgebirge. Die böhmische Seite des Erzgebirges war durch die seit der Gegenreformation ansässigen Jesuiten nach und nach rekatholisiert worden. Die Jesuiten nutzten die kunstvollen Krippeninszenierungen zur Missionierung der Bevölkerung. Zudem wurde die Kultur der Weihnachtskrippe durch protestantische Glaubensflüchtlinge aus Böhmen über die nationale und konfessionelle Grenze hinweg nach Sachsen mitgenommen. Im sächsischen Erzgebirge heimisch geworden, stieg der Bedarf und die Beliebtheit der Krippen im 19. Jahrhundert rapide an, so dass die Produktion vor Ort nicht ausreichte und die Schnitzer und Krippenhersteller auf Figuren aus der erzgebirgischen Spielzeugherstellung, aus Tirol und dem böhmischen Niederland zurückgreifen mussten.

Seit 1940, bedingt durch den Krieg und den Tod des Erbauers, lagerte der Weihnachtsberg in Einzelteile zerlegt und in Kisten verpackt auf dem Dachboden des Vogelschen Hauses. Karl-Heinz Fischer, von Beruf Orchestermusiker, kaufte 1986 die Fragmente, zu denen jedoch keinerlei Pläne oder Aufzeichnungen vorhanden waren. Große Teile der Mechanik fehlten. Mit Hilfe seiner Familie erweckte er den Berg in fünfjähriger Arbeit zu neuem Leben. Nahezu alle Gebäude und Figuren bedurften der Restaurierung, da die klimatisch schlechte Lagerung des Berges ihre Spuren hinterlassen hatte. Als dokumentarisches Material, welches Aufschluss über den ursprünglichen Aufbau gab, standen lediglich zwei historische Fotografien, ein Inhaltsverzeichnis und diverse Kartonbeschriftungen zur Verfügung. Es bedurfte daher viel Phantasie, Sorgfalt und Fachwissen, die Puzzleteile wieder zu einem Werk zusammenzubringen. Die Mechanik baute Karl-Heinz Fischer originalgetreu nach. Auch der Hintergrund, von dem nur noch wenige Papiercollagen erhalten sind, wurde neu entworfen. Die fehlenden Passionsszenen ergänzte Johannes Strobelt, Schnitzer aus Lössnitz, im heutigen Stil.

Katharina Bieler

DIENSTAG

Köstliche Schokolade

Der richtige Trank für alle Leckereien

Die Maya, denen wir die Schokolade verdanken, wandern um 1000 v. Chr. in das Tiefland im Norden Guatemalas ein und entwickeln ihre berühmte klassische Kultur. Die von den Maya konsumierte Schokolade unterscheidet sich sehr von der heute üblichen Form. Zunächst wurde Schokolade getrunken und nicht in fester Form konsumiert (zumindest ist hiervon nichts überliefert). Des weiteren gab es die unterschiedlichsten Zubereitungsformen mit den - aus unserer Sicht - eigenartigsten Gewürzmischungen (z. B. mit Chilipfeffer). Der Kakao wurde in der Regel nicht gesüßt wie heute üblich und hatte so einen eher bitteren herben Geschmack.

Kakao war bei den Maya wie generell in seiner langen Geschichte kein Massenprodukt, sondern ein Getränk, das dem Adel vorbehalten war.

Auch bei den Azteken hatte die Schokolade einen sehr hohen Stellenwert. Sie diente dem hohen Adel und anderen privilegierten Gruppen nicht nur als Genussmittel, sondern wurde auch als Zahlungsmittel verwendet. Die Währung der Kakaobohnen bestand auch unter spanischer Herrschaft fort. Aus dem Jahre 1545 ist uns eine Preisliste verschiedener Waren überliefert, daraus ein kurzer Auszug:

❄ Ein Truthahn hat einen Wert von 200 Kakaobohnen.

❄ Ein Hase oder Waldkaninchen ist je 100 Kakaobohnen wert.

❄ Eine große Tomate entspricht dem Wert einer Kakaobohne.

❄ In Maishülsen gewickelter Fisch ist 3 Kakaobohnen wert.

Montezuma, Kaiser der Azteken, empfing Cortez, den spanischen Eroberer von Mexiko, königlich und ließ den Gästen »Xocolatl«, sein Lieblingsgetränk, in goldenen Bechern reichen. Die aus Kakao gewonnene Schokolade wurde kalt serviert und bestand aus einer breiigen schaumigen Flüssigkeit. Cortez schmeckte das Getränk nicht besonders, doch witterte er einen wirtschaftlich interessanten Rohstoff. Er hielt alles, was die Kakaobohne (aztekisch »cacauatl«) und ihren Anbau betraf, fest:

Die länglichen Samenkörner der tropischen Pflanze werden vom Fruchtfleisch getrennt, getrocknet, gereinigt und geröstet. Die »Bohnen« werden dann zu einem zähen Brei verarbeitet, dem heutzutage das Fett entzogen wird, wodurch der verbleibende Rest zu Kakaopulver wird. Cortez brachte auch das Rezept des »Xocolatl« mit nach Hause. Es wurde in Spanien begeistert aufgenommen. Noch heute wird die Trinkschokolade dort so dick serviert, dass ein Löffel darin stehen bleibt. Später in Frankreich wurde dieses Getränk verfeinert und in seine heutige Form gebracht. In Italien nennt man die Trinkschokolade oft noch »Göttergetränk«. Es wurde früher wie auch in Spanien in einem speziellen Krug aus Kupfer mit Stößel auf einem Stövchen zubereitet. In Museen kann man diese Utensilien sehen.

Für unsere Schokolade wird die gezuckerte Kakaomasse mit Milch oder Sahne und anderen Zutaten wie Nüssen, Gewürzen oder Früchten angereichert und anschließend in Tafelform gepresst.

Trinkschokolade

100 g schwarze Schokolade mit $^1/_4$ l Wasser bei sehr kleiner Hitze unter ständigem Rühren schmelzen. Mit 60 g Zucker und einer Prise Salz mischen und kurze Zeit weiter rühren. Nach und nach $^3/_4$ l Milch zufügen, zum Kochen bringen und mit dem Stabmixer schaumig schlagen. Nach Belieben mit etwas steif geschlagener Sahne garnieren. Dieses Schokoladengetränk wird auch kalt genossen: oft mit Zimt und wenig Nelkenpulver gewürzt, eine Stunde kalt gestellt und mit Sahne eisgekühlt serviert.

Barbagliata

Aus Mailand stammt eine besonders interessante Variante des »Göttertrankes«: Drei Tassen einer Mischung aus bitterem Kakao mit Wasser in ein Gefäß geben, drei Tassen Milch und zuletzt drei Tassen Espresso dazu tun, schaumig schlagen. Danach das Getränk sofort in Tassen gießen und servieren. Im Sommer wird diese Spezialität auch gekühlt serviert.

Eisschokocup

Eine Kugel Vanilleeis zusammen mit sechs Esslöffeln aufgelöster Schokolade in ein Gefäß geben und mit etwa $^1/_8$ Liter kalter Milch mixen. Mit etwas Sahne garnieren und servieren.

Frappé

In einen Becher zwei Löffel kalt lösliches Kakaopulver geben und zusammen mit 2 cl kalter Milch und zwei Esslöffeln Cognac kräftig schütteln.

Kakao oho

Etwa 40 g Kakaopulver mit zwei Esslöffeln Zucker trocken verrühren, danach mit etwas kaltem Wasser glatt rühren und in einen Liter kochende Milch geben, dabei ständig weiter rühren. Kurz aufkochen lassen, danach mit Vanillezucker würzen. In Tassen schenken und jeweils mit einem Sahnehäubchen toppen.

Mandolino

40 g süße und zwei bittere Mandeln abziehen und fein reiben. Mit einem Liter Milch aufkochen, danach eine halbe Stunde ziehen lassen, dann abseihen. 40 g Kakao mit zwei Esslöffeln Zucker trocken verrühren, in Wasser glatt rühren. Alles zusammen unter ständigem Rühren kurz aufkochen lassen.

Butterschokolade mit Rum

Je 1 Teelöffel Butter, braunen Rohzucker und Kakaopulver in einem Trinkbecher vermischen und unter Rühren mit kochendem Wasser auffüllen. Rum dazu geben. Nach Geschmack weiteren Zucker zufügen und sofort servieren.

Heiße Schokolade mit Gewürzen

2–3 Teelöffel gute Trinkschokolade, je eine Prise gemahlenen Zimt, Muskat und Ingwer mit etwas kochendem Wasser verrühren. Dann mit 250 ml heißer Milch unter ständigem Rühren aufgießen. Heiß servieren.

MITTWOCH

Spiele auf den Treppenstufen

Treppenstufen haben es in sich - und sind ein guter Spielplatz, wenn es draußen zu ungemütlich ist. Gute Kondition ist da sehr gefragt. Wer sie noch nicht hat: Ein, zwei Treppenhausrallyes, und es geht schon viel besser! Was ist angesagt? Auf alle erdenklichen Arten die Stufen hoch zu wetzen und wieder herunter zu kommen.

Dabei könnt ihr entweder jeweils zu zweit starten und dann einfach nach dem K.-o.-System Ausscheidungen veranstalten, bis einer übrig bleibt: Immer zwei starten gegeneinander, wer siegt, startet danach gegen einen anderen Sieger. Oder es wird gegen die Zeit gelaufen. Dann muss eine Stoppuhr vorhanden sein; wer die kürzeste Zeitspanne benötigt, gewinnt.

Hier folgen einige Möglichkeiten bei der Treppenhausrallye; sucht euch daraus die aus, die euch gefallen und nicht zu gefährlich sind:
1. Egal wie, so schnell wie möglich hoch.
2. So schnell wie möglich runter, aber jede Stufe muss betreten werden (das schützt vor gefährlichen Sprüngen).
3. Mit beiden Beinen gleichzeitig (im »Schlusssprung«) hoch.
4. Genauso wieder runter.
5. Mit einem Bein hoch.
6. Mit dem anderen runter.
7. Rückwärts hoch.
8. Rückwärts runter.

Wem diese Rallye zu einfach ist, der soll sich beim Deutschen Sportbund melden; eine blendende Karriere im Mehrkampf steht ihm bevor!

Wandeln

Jeder hat drei Pfennigstücke oder Knöpfe. Wir stehen nebeneinander vor der untersten Treppenstufe, unsere Fußspitzen berühren die Stufe. Nacheinander werfen wir unsere Münzen oder Knöpfe drei Stufen höher gegen die Stufenwand. Wer eine seiner Münzen am schlechtesten platziert, verliert diese. Wer keine Münze mehr hat, muss ausscheiden. Am besten hat »gewandelt«, wer bis zuletzt im Spiel bleibt. Aber was ist nun schlecht und was gut? Wenn eine meiner Münzen nicht auf der Stufe liegen bleibt, sondern auf eine der unteren zurückfällt, bin ich diese sofort los. Ansonsten sollen die Münzen mit ihrem Rand so nahe wie möglich an der Stufenwand liegen bleiben. - Die am weitesten entfernt liegende Münze muss ausscheiden.

Stufenwürfel

Mitspielen können beliebig viele beim Stufenwürfel. Start ist der Absatz vor der ersten Stufe ganz unten im Treppenhaus. Ziel ist der Absatz ganz oben. Bis dahin müssen wir kommen; wir sind nämlich selbst unsere Spielfiguren! Jeder hat einen ganz normalen Würfel in der Hand. Bin ich an der Reihe, werfe ich den Würfel und sage laut und deutlich die Augenzahl an. Werde ich beim Pfuschen erwischt, muss ich von vorn beginnen. Ein paar Regeln können wir noch vereinbaren; hier Vorschläge: Bei einer 1 darf noch einmal geworfen werden. Bei einer 6 muss ich eine Stufe zurück.

Kullerbahn

Wir bauen eine Kullerbahn, von einer Etage hinunter zur anderen. Die Bahn muss leicht zu bauen sein mit ihren Kurven und dem großen Gefälle. Am besten nehmen wir die Pappröhren, auf die Küchen- oder Toilettenpapier aufgerollt ist. Damit können wir dann den schnellsten Tischtennisball, Flumi oder sonstiges rollendes Material herausfinden, wenn wir eine Stoppuhr zur Verfügung haben.

Treppenball

Für dies Spiel braucht man nicht einmal Mitspieler/innen, es geht auch allein. – Die Treppe darf ruhig lang sein, sie sollte jedoch nicht um die Ecke gehen. Ich stelle mich mit einem Ball vor die Treppe unten auf den Absatz. Dann werfe ich den Ball auf die erste Stufe gegen die Kante der zweiten Stufe und fange ihn wieder auf. So werfe ich den Ball immer eine Stufe höher und muss ihn wieder auffangen. Der Ball darf jedoch nicht zwischendurch auf einer anderen Stufe aufprallen, weder beim Werfen noch beim Zurückspringen. Nach ein wenig Übung kann ich beginnen, Rekorde aufzustellen. Wie viel Stufen schaffe ich?

Eimerball

Ich stehe auf einem Treppenabsatz. Auf den unteren Absatz habe ich einen Eimer gestellt. Nun versuche ich, einen kleinen Vollgummiball so über die Stufen nach unten springen zu lassen, dass er in den Eimer trifft und auch noch in ihm liegen bleibt. Wenn mir dieses schwierige Unterfangen gelingt, kann ich versuchen, ob ich es auch noch schaffe, wenn ich den Ball um die Ecke zum übernächsten Absatz laufen lasse.

NIKOLAUSTAG

Der heilige Nikolaus

Am 6. Dezember eines jeden Jahres findet das Fest des heiligen Nikolaus statt. Um Nikolaus, im 11. Jahrhundert Bischof von Myra in Kleinasien, ranken sich viele Legenden. Als Schutzheiliger der Kinder gilt er, weil er einmal drei kleine Jungen wieder zum Leben erweckte, die von einem Wirt geschlachtet und in ein Pökelfass gesteckt worden waren. Eine andere Geschichte erzählt davon, dass er einem armen Vater, der seinen drei Töchtern keine Aussteuer geben konnte, mit drei Goldklumpen aus der Patsche half.
Bei uns in Deutschland stellen die Kinder am Vorabend des 6. Dezember sauber geputzte Schuhe vor die Tür. Sie hoffen darauf, dass der Nikolaus sie mit Geschenken füllt. Manchmal tritt der Nikolaus - meist ein Verwandter - im Gewand eines Bischofs auf, dem die Kinder

Verse aufsagen müssen, bevor sie mit Geschenken belohnt werden. Dabei wird er oft von Knecht Ruprecht, seinem düsteren Diener, begleitet. Der wird oft von hilflosen Eltern zur Erziehung missbraucht und droht, Kinder zu bestrafen, die nicht brav gewesen sind. Doch nach der Überlieferung bedeutet ein Streich mit Ruprechts gefürchteter Rute gar nicht Strafe, sondern Segen. Die Rute war Sinnbild der Fruchtbarkeit und wurde erst im Laufe der Zeit zur Drohung.

Bräuche

Um den Nikolaus ranken sich viele Bräuche. Im Südwesten Deutschlands liefen zwei Jungen mit angeklebtem Bart als kleine Nikoläuse herum und erschreckten die kleineren Kinder. Im Norden zogen die Kinder verkleidet von Haus zu Haus, sagten ein Weihnachtsgedicht auf und »kassierten« dafür zurechtgelegte Gaben.
In Holland findet die Bescherung bereits am Vorabend des Nikolaustages statt, die Belgier haben den gesamten Tag auf den 5. Dezember vorverlegt.
Der Brauch, am Nikolaustag einen Jungen zum Bischof zu ernennen, der dann bis zum 28. Dezember (dem Fest der Unschuldigen Kinder) im Amt blieb, war in Europa bis ins späte Mittelalter weit verbreitet.

Sinterklas: Reime und Geschenke

Bei unseren Nachbarn in den Niederlanden wird Nikolaus »Sint Niklaas« oder kurz »Sinterklas« genannt. Zum Vorabend des Nikolaustages werden Verwandte und Freunde eingeladen und mit Lebkuchen und Spekulatius bewirtet. Dann bekommt reihum jeder Anwesende ein Geschenk, verbunden mit einem Gedicht, das er vorzulesen hat. Darin wird auf liebenswürdige Art auf seine kleinen Schwächen aufmerksam gemacht, und das in gereimter Form. Den Spott gilt es auszuhalten, winkt danach doch das Geschenk. Jedoch auch mit dem hat es so seine Bewandnis: In riesigen Kartons findet sich nach endloser Auspackerei vielleicht gerade mal ein Zettel mit einem weiteren Vers.

Knecht Ruprecht

Von drauß', vom Walde, komm ich her,
Ich muss euch sagen, es weihnachtet sehr!
Allüberall auf den Tannenspitzen
Sah ich goldene Lichtlein sitzen,
Und droben aus dem Himmelstor
Sah mit großen Augen das Christkind hervor.
Und wie ich so strolcht' durch den finsteren Tann,
Da riefs mich mit heller Stimme an:
»Knecht Ruprecht«, rief es, »Alter Gesell,
Hebe die Beine, und spute dich schnell!
Die Kerzen fangen zu brennen an,
Das Himmelstor ist aufgetan,
Alt' und Junge sollen nun
Von der Jagd des Lebens einmal ruh'n;
Und morgen flieg ich hinab zur Erden,
Denn es soll wieder Weihnachten werden!«
Ich sprach: »O lieber Herre Christ,
Meine Reise fast zu Ende ist;
Ich soll nur noch in diese Stadt,
Wo's eitel gute Kinder Hat.«
»Hast denn das Säcklein auch bei dir?«
Ich sprach: »Das Säcklein, das ist hier;
Denn Äpfel, Nuss und Mandelkern
Essen fromme Kinder gern.«
»Hast denn die Rute auch bei dir?«
Ich sprach: »Die Rute, die ist hier;
Doch für die Kinder nur, die schlechten,
Die trifft sie auf den Teil, den rechten.«
Christkindlein sprach: »So ist es Recht;
So geh mit Gott, mein treuer Knecht!«
Von drauß' vom Walde, komm ich her,
Ich muss euch sagen, es weihnachtet sehr!
Nun sprecht, wie ichs hierinnen find!
Sinds gute Kind, sinds böse Kind?

Theodor Storm

NIKOLAUSTAG

Die Frau vom Nikolaus

Auch im Berchtesgardener Land ist der Nikolaus nicht alleine unterwegs. In der Gemeinde Loipl hat er das Nikoloweibl an seiner Seite. Sie ist in die Tracht der Berchtesgardener Frauen gekleidet. In einem Korb trägt sie Äpfel, Feigen, Nüsse und Früchtebrot für die braven Kinder. Der Nikolaus sagt dem Nikoloweibl, wenn die Kinder etwas aus dem Korb bekommen sollen.

Spekulatius

Früher nannte man den heiligen Nikolaus auch Spekulator, das bedeutet: der in geistliche Betrachtung Versunkene. Dieser Beiname hat sich auf ein Gebäck übertragen, das wir alle kennen. Und so wird es gemacht:

Zutaten:
500 g Mehl
250 g Butter
375 g Zucker
100 g gemahlene Mandeln
2 Eier
Gewürzmischung
Zimt, Backpulver, Salz, Zitrone

So gehts:
Die Zutaten mit einem halben Teelöffel Zimt, einem Teelöffel Backpulver, einer Prise Salz und der abgeriebenen Schale einer Zitrone zu einem Teig kneten. Den fertigen Teig mehrere Tage an einem kalten Ort lagern. Dann den Teig ausrollen und Rechtecke ausschneiden. Wenn möglich, Formen (Nikolaus auf seinem Schimmel ...) auf den Teig pressen. Die Spekulatius auf einem gefetteten Backblech bei mittlerer Hitze etwa 15 Minuten backen.
In Holland werden die Spekulatius mit Marzipan gefüllt bevorzugt. Am Bodensee werden Nikoläuse aus Hefeteig gebacken. Sogar den westfälischen Pumpernickel bringt man mit den Nikolaus in Verbindung.

Verse

Lieber guter Nikolaus,
komm doch mal in unser Haus!
Hab so lang an dich gedacht!
Hast du mir was mitgebracht?

....

Ich bin zwar nur ein kleiner Mann,
doch weiß ich, was ich will.
Und wenn ich nicht mehr weiter kann,
dann bin ich einfach still.

....

Nikolaus, ich will artig sein.
Leg mir was auf mein Tellerlein.
Äpfel, Nüsse, eins, zwei, drei,
und ein Püppchen auch dabei.

....

Sause, Bursche, sause.
Der Nikolaus steht hinterm Hause.
Er hat einen goldnen Schlitten mit
Und nimmt die bösen Buben mit.

....

Eher für Erwachsene:

Lieber guter Nikolaus,
zieh doch deine Kleider aus.
Wenn ich wüsste, wer du bist,
hätt' ich dich schon längst geküsst.

....

Ruprecht, Ruprecht, Guter Gast,
Hast du mir was mitgebracht?
Hast du was, dann setz dich nieder,
Hast du nichts, dann geh nur wieder.

Allerlei Leckerei

Zimtstangen

Zutaten:
250 g Mehl
250 g Zucker
2 Eier
50 g flüssige Butter
1 ganzer Esslöffel Zimt
1 Prise Ingwer

Alle Zutaten werden zu einem glatten Teig verknetet, den man über Nacht ruhen lässt und am nächsten Tag zu Stangen oder Buchstaben formt, mit Eiweiß bepinselt und bei 180 °C etwa 20 bis 30 Minuten hellbraun backt.

Butterplätzchen »Sassnitzer Rolle«

Zutaten:
110 g Butter
40 g Puderzucker
125 g Mehl
Eigelb
Hagelzucker
Zitronensaft oder Vanille-Aroma

Butter und Zucker schaumig rühren, die übrigen Zutaten hinzugeben und schnell zu einer oder mehreren Teigrollen mit einem Durchmesser von ca. 3 cm formen. Über Nacht zugedeckt ruhen lassen. Am nächsten Tag die Rollen reichlich mit Eigelb bepinseln, in Hagelzucker wenden und in schmale Streifen von ca. 4 bis 5 mm schneiden. Bei 180 °C etwa 30 Minuten backen.

Schaumgebäck (Baisers)

Zutaten:
4 Eiweiß
250 g feinen Kristallzucker
einige Tropfen Zitronensaft
etwas Vanille-Aroma

DONNERSTAG

Das Eiweiß zu steifem Schnee schlagen, den feinen Zucker dazugeben und die Schaummasse mit etwas Vanille würzen. Ein paar Tropfen Zitronensaft fördern das Steifwerden des Eischnees.Mit einem Löffel oder der Spritztüte kleine Plätzchen auf Backpapier legen, mit feinem Zucker bestäuben und den Zucker einziehen lassen. Die Baisers in den auf 150 °C vorgeheizten Ofen schieben und die Temperatur auf 80 °C vermindern. Bei konventionellen Herden die Tür einen Spalt öffnen (Kochlöffel einklemmen), damit die Feuchtigkeit entweichen kann. Etwa drei bis vier Stunden mehr trocknen als backen.

Saure-Sahne-Kringel

Zutaten für ca. 50 Stück:
250 g Mehl
175 g kalte Butter
100 g saure Sahne
1 Eigelb
30 g Zucker
1 bis 2 Teelöffel Zimt

Mehl auf die Arbeitsfläche häufen. Kleingeschnittene Butter und saure Sahne daraufgeben. Alles mit einem grossen Messer durchhacken. Mit bemehlten Händen rasch zum Mürbeteig verkneten. Eine Kugel formen, in Folie wickeln, eine Stunde kaltstellen. Den Teig zwischen zwei Lagen leicht bemehlter Klarsichtfolie ca. 4 mm dick ausrollen. Plätzchen ausstechen (Kringel). Teigreste rollen, wieder kaltstellen, weitere Plätzchen ausstechen. Backofen auf 180 °C vorheizen. Plätzchen auf ein mit Backpapier belegtes Blech setzen, dünn mit verquirltem Eigelb bestreichen, Zucker und Zimt vermischen und darüberstreuen. Saure-Sahne-Kringel im Ofen auf der mittleren Schiene bei 200 bis 220°C 10 bis 12 Minuten backen. Auf Kuchengitter abkühlen lassen.

Spritzgebäck (klassisch)

Zutaten:
250 g Butter
250 g Zucker
2 Eier
1 Teelöffel Wasser
500 g Mehl
etwas Zitronenschale

Butter sahnig rühren, nach und nach Zucker, Wasser, Eier, Zitrone und zuletzt das Mehl locker hinzugeben. Mit der Teigspritze zu S-Formen, Kränzen und Stangen formen. Der Teig muss im kühlen Raum schnell gespritzt und sofort bei 180°C etwa 10 Minuten gebacken werden. Wenn man dem Teig eine Messerspitze Backpulver zusetzt, wird er zwar lockerer, verliert aber leicht die Form. Nach dem Abkühlen ganz oder teilweise mit Schokolade überziehen.

Thorner Katharinchen

Zutaten für ca. 40 Stück:
200 g Honig
200 g Zucker
50 g Margarine oder Schmalz
5 g Pottasche
500 g Mehl
1 Ei
2 Esslöffel Lebkuchengewürz
1 unbehandelte Zitrone
Mehl zum Ausrollen
Fett fürs Blech
3 Esslöffel Dosenmilch
50 g abgezogene Mandeln

Honig, Zucker und Fett bei kleiner Hitze unter Rühren erwärmen, bis der Zucker geschmolzen ist. Abkühlen lassen. Pottasche in einem Esslöffel Wasser auflösen. Mehl, Ei, Lebkuchengewürz, abgeriebene Zitronenschale und Pottasche in einer Schüssel mischen. Honigmischung zugießen und alles erst mit den Knethaken des Handrührers, dann mit den Händen verkneten, den Teig bei Zimmertemperatur zwei bis drei Tage stehen lassen, die Schüssel dabei mit einem feuchten Tuch abdecken. Den Teig portionsweise auf wenig Mehl oder zwischen Klarsichtfolie etwa 3 mm dick ausrollen, Plätzchen ausstechen und auf gefettete Backbleche legen.
Blech in den Backofen schieben, auf 200 °C 10 bis 15 Minuten backen, abkühlen lassen.

Sandmoppen

Zutaten für ca. 50 Stück:
150 g weiche Butter
125 g Puderzucker
1 Ei, Vanilleschote
Salz, 150 g Mehl
125 g Speisestärke

Butter, Puderzucker, Ei, ausgeschabtes Vanillemark und Prise Salz mit dem Handrührgerät dick schaumig rühren. Nach und nach Mehl und Speisestärke gründlich unterkneten. Teig zu Rollen von ca. 3 cm Durchmesser formen, eingewickelt über Nacht kaltstellen. Am nächsten Tag den Backofen auf 180 °C vorheizen. Teigrollen in ca. 1 cm dicke Scheiben schneiden, Kugeln formen, auf ein mit Backpapier belegtes Blech setzen, mit einer Gabel etwas flachdrücken. Sandmoppen auf der mittleren Schiene im Backofen in 10 bis 15 Minuten hellbraun backen, auf einem Kuchengitter abkühlen lassen.

Nusstaler

für ca. 70 Taler
200 g Mehl
200 g gemahlene Haselnüsse
100 g Puderzucker
1 Prise Salz
200 g Butter
1 Ei, 50 g gehackte Haselnüsse
Fett für das Blech

Mehl, gemahlene Haselnüsse, Puderzucker, Salz, weiches Fett und Eigelb erst mit dem Knethaken des Handrührers, dann mit den Händen verkneten. Den Teig in Folie packen und 30 Minuten kaltstellen. Dann aus dem Teig eine Rolle von 3 bis 4 cm Durchmesser formen, rundherum mit Eiweiß bestreichen und in gehackten Nüssen wälzen. Nochmals 30 Minuten kaltstellen. Rolle in 5 mm dicke Scheiben schneiden, auf gefettete Backblecke legen. Das erste Blech 20 Minuten auf 200 °C backen, die nächsten Bleche nur 15 Minuten.

FREITAG

Heiße Suppen für kalte Tage

Nichts ist angenehmer an kalten Tagen, als von einem langen Spaziergang durch die kalte Winterluft nach Hause zu kommen und dort eine Tasse heiße Suppe vorzufinden. Wie gut es tut, in netter Runde zu sitzen und die heiße Suppe zu genießen und zu spüren, wie sich die Wärme im ganzen Körper ausbreitet. Und damit es viel von diesen angenehmen Erfahrungen gibt, werden jetzt einige leckere Suppenrezepte mit und ohne Fleisch vorgestellt.

Mitternachtssuppe

Material: Suppentopf, Brett, Messer, Dosenöffner, Messbecher, Sieb, Holzlöffel
Zutaten:
250 g Hackfleisch
25 g Pflanzenfett
125 g Kabanossi
1 große Gemüsezwiebel
2 Knoblauchzehen
1 kleine Dose Tomatenmark
250 g grüne Paprikaschoten
1 Dose (425 g) rote Kidney Bohnen
1/4 l Rotwein
2 Brühwürfel
Salz, Zucker, Chilipulver, milder Paprika, Glutamat

Das Fett wird in dem Topf erhitzt und darin das Hackfleisch kräftig angebraten, die Kabanossi wird in Scheiben geschnitten, die Zwiebel grob gehackt, die Knoblauchzehen halbiert und dann dem Hackfleisch zugegeben. Anschließend wird die grüne Paprika von ihren Kernen befreit, die Schote in dünne Scheiben geschnitten und mit dem Tomatenmark in den Topf gegeben. Alles wird nochmals gut durchgebraten. Die Bohnen werden in einem Sieb abgegossen, die Flüssigkeit dabei in einem Messbecher aufgefangen und mit Wasser auf 1/2 l aufgefüllt. Damit wird das Fleisch-Gemüse-Gemisch abgelöscht, anschließend der Rotwein und die Brühwürfel zugefügt. Alles zusammen köchelt 10 Minuten, bevor die Bohnen dazugegeben werden und noch weitere 5 Minuten köcheln. Die Suppe wird dann mit den angegebenen Gewürzen pikant abgeschmeckt. Man muss natürlich nicht einen Mitternachtsspaziergang unternehmen, um sich mit dieser köstlichen Suppe zu verwöhnen.

Borschtsch – die russische Nationalsuppe

»Hast du ein gutes Weib und einen fetten Borschtsch, dann sei zufrieden«, heißt ein russisches Sprichwort. Verleitet es nicht geradezu, Borschtsch zu kochen? Es ist einfacher als man denkt.
Material: 2 Töpfe, Pfanne, Küchentuch, Brettchen, Messer, Holzlöffel, Pfannenwender

Zutaten:
500 g Rindfleisch
1 Gemüsezwiebel, 2 Möhren
3 Kartoffeln, 2 rote Rüben
1/2 Kopf Weißkohl, 4 Tomaten
80 g Butter, 1 Zehe Knoblauch
1/4 l saure Sahne, 250 g Buchweizen
Salz, Pfeffer, Essig, Petersilie

Das Rindfleisch wird gewaschen, mit einem Küchentuch abgetrocknet und mit einem scharfen Messer in Würfel geschnitten und mit etwa 1 1/2 l Wasser, Salz, Pfeffer und dem zerdrückten Knoblauch aufgesetzt und 30 Minuten gekocht. In der Zwischenzeit werden die Zwiebeln geschält und grob gehackt, die Möhren, Kartoffeln und roten Rüben in Würfel und der Weißkohl in schmale Streifen geschnitten. Die Tomate wird gehäutet und grob klein geschnitten. 40 g der Butter wird in einer Pfanne zum Schmelzen gebracht und die klein geschnittenen Gemüseteile darin kräftig angeröstet und dann in den Topf mit der Fleischsuppe gegeben, wo alles zusammen bei schwacher Hitze so lange kocht, bis das Fleisch und das Gemüse gar sind. Die Suppe wird dann mit Salz, Pfeffer und dem Essig abgeschmeckt. Kurz vor dem Servieren streut man die klein gehackte Petersilie auf die Suppe und gibt die saure Sahne darüber. Während die Suppe kocht, bereitet man die Grütze zu, die zum Borschtsch gereicht wird. Der Buchweizen wird mit Fett in einer Pfanne hellbraun geröstet, in einen Topf gegeben und mit kochendem Wasser übergossen (bis 3 cm über der Grütze) und gesalzen und in den Backofen geschoben, wo die Grütze bei 200 °C (Umluftherd 180 °C) ungefähr 30 Minuten quillt und dann mit gebräunter Butter übergossen zum Borschtsch serviert wird. Ja, die Russen wissen ganz genau, was einem an kalten Tagen gut tut.

Kastaniensuppe

Wie heißt es so schön: »Suppen stimmen den Magen freundlich!« Und die folgende Kastaniensuppe wird das bestimmt schnell vollbringen. Da nicht jeder im Herbst Esskastanien sammeln konnte, wird dafür zur Dose gegriffen.
Material: Messer, Brettchen, Messbecher, Topf, Sieb, Holzlöffel, Handrührgerät
Zutaten:
½ Sellerieknolle
1 Gemüsezwiebel
200 g Champignons
1 l Fleischbrühe
½ Dose Kastanienpüree (Maronen) (ca. 225 g), Salz, Pfeffer, Curry
8 Esslöffel Schlagsahne

Der Sellerie und die Zwiebel werden geschält, der Sellerie dann gewürfelt, die Zwiebel grob gehackt, die Champignons werden geputzt und in Scheiben geschnitten, bevor alles zusammen in die kochende Fleischbrühe gegeben und 15 bis 20 Minuten gegart wird. Ein paar Champignons werden zum Garnieren später aus der Brühe herausgeholt, der Rest durch ein Sieb gestrichen.
Dann füllt man die restliche Fleischbrühe und das Kastanienpüree zu der Mischung und erhitzt sie unter Rühren. Die Suppe wird mit Salz und Pfeffer abgeschmeckt. Wer will, kann noch Curry hinzufügen.
Die Sahne wird geschlagen, die Suppe in Teller gefüllt und die Sahne unter die Suppe gezogen und jede Portion mit den Champignonscheiben garniert.

Tomatencremesuppe

»Glück wird vom Magen hervorgerufen!«, sagte schon Voltaire, und vielleicht hat diese leckere Tomatencremesuppe dazu beigetragen, dass er diesen Ausspruch getan hat.
Material: Messer, Brettchen, Topf, Holzlöffel, Sieb
Zutaten:
250 g Suppenfleisch vom Rind (mit Knochen)
375 g Tomaten
1 Gemüsezwiebel
Salz, Zucker, Basilikum, Zitrone
1 Becher Sahne
Das Suppenfleisch wird in kaltem Wasser gewaschen und mit kaltem, leicht gesalzenem Wasser sowie der geschälten und in dünne Scheiben geschnittenen Zwiebel aufgesetzt und ungefähr 1 ½ Stunden leicht geköchelt, eher ziehen gelassen. Dann wird das Ganze durch ein Sieb gegossen. Die Tomaten werden, in Stücke geschnitten, in die Brühe gegeben und 10 bis 15 Minuten darin gekocht, dann durch ein Sieb passiert. Die Suppe kommt erneut in den Topf, wird noch einmal erhitzt, die Sahne untergerührt, und dann wird mit Salz, ein wenig Zucker und Zitrone gewürzt. Zuletzt wird das fein geschnittene Basilikum darüber gestreut . Die Suppe wird mit Eckchen von Toastbrot serviert.

SONNABEND

Das Weihnachtsgebäck

Lebkuchen ist das Weihnachtsgebäck schlechthin, sehr haltbar und aus einem schweren Teig mit vielerlei Zutaten angefertigt. Das Gebäck hat eine große Tradition und ist besonders als Nürnberger Lebkuchen bekannt geworden. Auf unserem Weihnachtstisch ist es stets eine Bereicherung.

Einfacher Lebkuchen

Zutaten für 40 Stück: 500 g Mehl, 200 g Honig, 200 g Zucker, 2 Eier, abgeriebene Schale einer Zitrone, je 50 g Zitronat und Orangeat, 70 g Mandelstifte, 1/2 Teelöffel gemahlener Zimt, je 1 Prise Salz, geriebener Muskat, Nelkenpfeffer und Kardamom, 1 Päckchen Backpulver, Mehl zum Ausrollen.

Honig mit Zucker in einem Topf erhitzen. Auskühlen lassen. Eier, abgeriebene Zitronenschale, Zitronat, Orangeat, Mandelstifte und die Gewürze einrühren. Mehl und Backpulver mischen, sieben und unterrühren. Teig kräftig durchkneten. Auf einem Backblech 1/2 cm dick ausrollen. 5 x 8 cm große Rechtecke ausschneiden. Die Stücke auf ein mit Wasser bestrichenes Backblech legen und in den vorgeheizten Ofen auf die mittlere Schiene schieben. 15 Minuten bei 220 °C backen.

Gefüllte Lebkuchen

Zutaten für ca. 70 Stück:
Für den Teig: 500 g Mehl, 200 g Honig, 120 g Zucker, 75 g Butter, 1 Ei, 1 Prise Salz, 1 Esslöffel Rum, 1 Teelöffel Backpulver, 1/2 Teelöffel gemahlene Nelken, 1 Messerspitze gemahlener Kardamom, 2 Teelöffel Zimt, abgeriebene Schale einer halben Zitrone.
Für die Füllung: 250 g Rosinen, 200g gemahlene Haselnüsse, 100 g Honig, 100 g geriebene Blockschokolade, 2 Esslöffel Rum, Mehl zum Ausrollen, Margarine.

Honig und Butter in einem Topf unter Rühren langsam erwärmen, bis der Teig entsteht. In eine Schüssel geben und etwas abkühlen lassen. Mehl, Ei, Zucker, Salz, Rum, Backpulver, die Gewürze und Zitronenschale dazugeben. Miteinander verrühren und zu einem geschmeidigen Teig kneten. Für die Füllung Honig in einem Topf erwärmen, bis er flüssig wird. Schokolade, Haselnüsse und Rum einrühren. Rosinen in einem Sieb unter heißem Wasser waschen. Abtropfen lassen und in einem Küchentuch trocknen. In die Füllung geben. Teig auf der Arbeitsfläche in der Breite eines Backblechs etwa 3 mm dick ausrollen. Halbieren. Eine Teigplatte auf das eingefettete Blech legen. Füllung darauf streichen und mit der zweiten Teigplatte abdecken. Blech in den vorgeheizten Ofen auf die mittlere Schiene schieben: 40 Minuten bei 180 °C backen. Aus dem Ofen nehmen und sofort in 3 x 6 cm große Rechtecke schneiden. Vom Blech lösen und auf einem Kuchendraht abkühlen lassen.

Mandellebkuchen

Zutaten für 90 Stück:
1 kg Rohzucker, 1 kg Mehl, 600 g gehackte Mandeln, 12 Eigelb und 12 Eiweiß, 2 Päckchen Vanillezucker, Salz, 2 Esslöffel Rum, 1 Esslöffel Zimt, je 1 Prise gemahlene Nelken und geriebene Muskatnuss, je 100 g Rosinen, Orangeat und Zitronat, dazu 90 Oblaten.
Für Guss und Garnierung
500 g Puderzucker, je 200 g Mandeln und kandierte Kirschen, 12 Esslöffel Rum.

Mandeln in einer beschichteten Pfanne rösten, bis sie hellgelb sind. Eigelb mit Rohzucker- und Vanillezucker in einer Schüssel schaumig rühren. Salz in Rum auflösen. Mit Zimt, gemahlenen Nelken, Muskat, gewaschenen und abgetropften Rosinen, Orangeat, Zitronat und den gerösteten Mandeln zu dem Eischaum geben. Mehl darüber sieben und unterrühren. Eiweiß in einem Topf steif schlagen. Unter den Teig heben. Teig fingerdick auf rechteckige oder runde Oblaten streichen. Aufs Backblech setzen und vor dem Backen 3 Stunden trocknen lassen. Backblech dann auf die mittlere Schiene in den vorgeheizten Ofen schieben. Backzeit: 13 Minuten bei 180 °C. Für den Guss Puderzucker mit Rum 10 Minuten glatt rühren. Die noch warmen Lebkuchen damit bestreichen. Mit geschälten, halbierten Mandeln und kandierten Kirschen garnieren.

Lebkuchenherzen

Zutaten für 90 Stück:
1 kg Mehl, 500 g Honig, 250 g Zucker, 125 g Butter, 2 Eier, Salz, je 30 g Zitronat und Orangeat, 2 Teelöffel gemahlener Zimt, je 1/2 Teelöffel gemahlene Nelken und Muskatblüte, 1 1/2 Päckchen Backpulver, Margarine.
Für die Glasur: 20g Kokosfett, 200 g zartbittere Schokolade.

Honig mit Zucker und Butter in einem Topf aufkochen. Topf vom Herd nehmen und rühren, bis die Masse lauwarm ist. Eier verquirlen und mit Salz, fein gewürfeltem Zitronat und Orangeat, Zimt. Nelkenpulver und Muskatblüte dazugeben. Mehl und Backpulver mischen, drüber sieben und unterrühren. Teig gut kneten. Auf der Arbeitsfläche 1 cm dick ausrollen und etwa 4 cm hohe und 5 cm breite Herzen ausstechen. Backblech mit Margarine einfetten, Lebkuchenherzen drauflegen. In den vorgeheizten Ofen auf die mittlere Schiene schieben und 15 Minuten bei 220 °C backen. Die Lebkuchenherzen herausnehmen, vorsichtig ablösen und abkühlen lassen. Für die Glasur Schokolade in Stücke brechen und mit Kokosfett im Wasserbad unter Rühren schmelzen. Topf mit Glasur aus dem Wasserbad nehmen und weiter rühren, bis die Masse streichfähig wird. Die abgekühlten Lebkuchenherzen sofort damit überziehen.

Nürnberger Lebkuchen

Zutaten für etwa 70 Stück:
Je 500 g Mehl und Zucker, je 150 g gehackte Mandeln, gewürfeltes Zitronat und Orangeat, 8 Eier, Salz, Wasser, 5 g Zimt, je 1 Messerspitze Nelkenpulver, geriebene Muskatnuss und Kardamom, 70 Oblaten (12 x 5 cm).

Eier und Zucker in einer Schüssel schaumig rühren. Zitronat, Orangeat und Mandeln zugeben. Mehl mit den Gewürzen mischen und in die Zuckermasse rühren. Den Teig 5 Stunden ruhen lassen. Oblaten mit dem Teig bestreichen. Aufs Backblech legen, über Nacht trocknen lassen. In den vorgeheizten Ofen auf die mittlere Schiene schieben, Ofentür nicht ganz schließen, 20 Minuten bei 160 °C backen.

Spiele für draußen

Es ist nicht mehr warm draußen; außerdem wird es sehr schnell dunkel. Also sind die Möglichkeiten für Spiele etwas begrenzt. Am besten so weit wie möglich vom Boden weg bleiben, der ist nämlich gerade jetzt nicht ganz so einladend. Und los geht es:

Wie die Kängurus

Hüpfen lässt es sich auf fast jedem Boden zu jeder Zeit. Gebraucht wird zum Känguru nur Kreide, zum Adventskranz Kreide und ein großer Schaumstoffwürfel. Außerdem wäre von Vorteil ein breiter Bürgersteig, ein für Autos gesperrter Platz oder eine Spielstraße. Es macht nicht besonders viel Spaß, ständig schauen zu müssen, ob ein Fahrzeug naht – und dann das Spiel zu unterbrechen.

Känguru

Mit Kreide wird das Känguru wie hier zu sehen auf den Boden gemalt, am besten auf das Pflaster. Dann starten die Hüpfer einzeln und müssen folgende Aufgabe lösen: Mit beiden Beinen auf die 1 und von dort auf die 5 hüpfen. Dann so springen, dass der linke Fuß auf der 4 und der rechte auf der 2 landet. Nun mit nur dem rechten Bein auf das Feld 3 hüpfen und von dort auf das linke Bein wechselnd auf Feld 6. Von 6 aus geht es mit beiden Füßen auf die 10, ein Riesensatz. Von dort mit dem rechten Fuß auf die 11 und danach auf die 12 hüpfen. Auf dem Kopf des Känguru kurz ausruhen und dann weiter, und zwar nur auf dem linken Bein: erst auf die 10 zurück, dann auf die 8 und dann auf die 3. Auf das rechte Bein wechseln und zurück auf die 1. Geschafft. Geschafft? Wer mit einem Fuß eine Trennlinie zwischen den Feldern auch nur berührt, muss von neuem beginnen.

Adventskranz

Wir starten alle nacheinander; jeder hat ein Stück Kreide in der Hand. Tabea wirft den dicken Schaumstoffwürfel und erzielt eine »5«. Sie hüpft nun auf einem Bein auf dem Adventskranz fünf Felder nach vorne, bei der 1 beginnend. Auf dem Zielfeld angekommen, bückt sie sich, weiter auf dem einen Bein balancierend, nach unten und malt auf das Feld ein großes »T« für Tabea. Dann stellt sie sich neben das Feld. Jan ist an der Reihe, würfelt, hüpft, kennzeichnet das Zielfeld mit seinem »J« und stellt sich daneben. So geht es weiter. Wer ein Feld verfehlt oder umkippt, muss noch einmal

ten Stein. Sind alle drei Steine »gelandet«, geht Marco zum Ziel und kennzeichnet mit Kreide (Anfangsbuchstaben des Vornamens, hier also »M«) die Stellen, wo die Steine hingefallen sind. Schließlich bringt er die drei geworfenen Steine dem nächsten Spieler. Wer am Ende die meisten »Treffer« nahe am Ziel hat, hat bestens gezielt.

Gut gesprungen

Katharina nimmt einen Stein und wirft ihn so weit, dass sie ihn mit einem einzigen Sprung erreichen kann. Sie darf aber keinen Anlauf nehmen, sondern muss da losspringen, wo sie gerade steht. Wenn sie den Stein erreicht hat, darf sie noch

bei der 1 beginnen. Wer zuerst die 24 erreicht hat, ist Sieger – und wird Heiligabend bestimmt reich beschenkt werden.

Steine im Brett

Steine sind überall zu finden. Sucht euch einige aus, und schon können die steinigen Spielchen beginnen:

Gut gezielt

Gebraucht werden ein kleiner, einen mittlerer und einen großer Stein, Kreide und ein Ziel, vielleicht ein anderer Stein oder ein mit Kreide auf den Boden gemalter Kreis. Mit der Kreide wird zuerst eine Linie auf den Boden gezeichnet, die darf nicht überschritten werden. Dann nimmt Marco den kleinen Stein in beide Hände und schleudert ihn zum Ziel. Danach nimmt er den mittleren und zuletzt den drit-

einmal werfen und springen. Und wenn sie auch beim zweiten Mal den Stein erreicht, darf sie sogar noch ein drittes Mal werfen und springen. Danach bleibt sie stehen. Ob eins von den anderen Kindern weiter kommt als sie?

Gut geworfen

Ein Steinturm wird gebaut, nicht zu klein und so, dass er gut hält. Oben auf den Turm legt ihr einen flachen Stein und auf diesen entweder einen runden Kiesel, etwa so groß wie eine Faust. Nun markiert etwa zwei Meter vom Turm entfernt mit Kreide auf dem Boden die Grenze, die nicht übertreten werden darf. Jetzt gilt es, mit einem anderen Stein, den jeder für sich selbst aussuchen kann, den Kiesel vom Turm herunter zu werfen. Das Ziel kann übrigens auch etwas anderes sein, ein kleiner Ball oder eine Figur.

Strohsterne basteln

Strohsterne finden in der Weihnachtszeit vielfache Verwendung. Sie können an den Adventskranz, au den Weihnachtsbaum, an Fenster und Türen gehängt oder auf die Tische gelegt werden.

Vorbereitung

Die Strohhalme sollen die gleichen Stärken haben, damit sie gut verarbeitet werden können. Außerdem müssen sie geschmeidig sein. Also werden sie etwa eine halbe Stunde lang in warmes Wasser gelegt. Das testen Sie und drücken Sie einen Halm zusammen. Wenn er nicht bricht und beim Loslassen wieder in die alte Form zurückgeht, lässt er sich auch gut verarbeiten. Hier werden nur Strohsterne mit ungebügelten Halmen gefertigt.

Grundformen

Gehen Sie von einem Grundkreuz mit zwei Halmen aus, dann können auch Kinder mitarbeiten. Die Halme werden zu einem Kreuz übereinander gelegt und mit einem Faden zusammen gebunden, wobei der Faden unter den unteren Halm gelegt und dann zum oberen geführt wird. Danach gut verknoten. (Zeichnung 1)

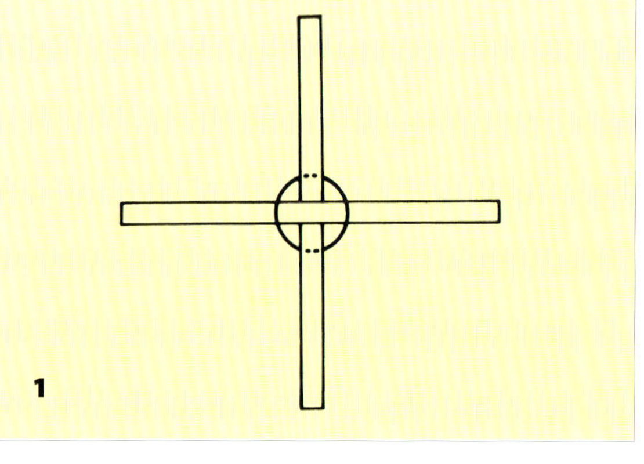
1

Aus mehreren solcher Grundkreuze entstehen weitere Formen. Fertigen Sie zunächst zwei Grundkreuze an. Legen Sie das obere Kreuz in die Zwischenräume des unteren und führen Sie den Faden unter den unteren und über den oberen Halmen durch. Das Verknoten nicht vergessen. Tun Sie dies zweimal, haben Sie einen Stern aus acht Halmen wie auf der Zeichnung 2.

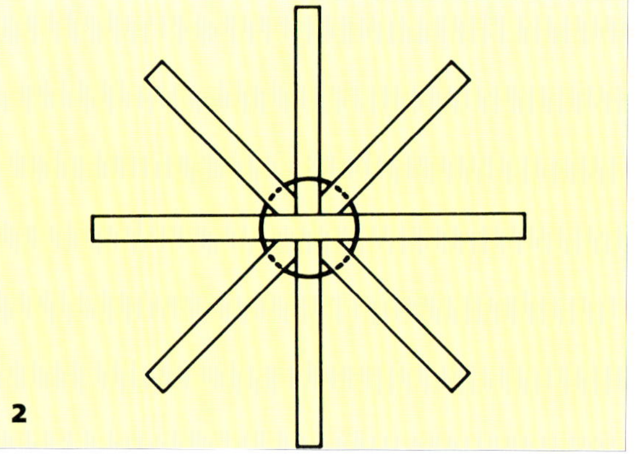
2

Sterne

1 und 2: Binden Sie zwei der oben erklärten Grundformen zusammen. Sie erhalten einen Stern aus 16 Halmen, also 32 Strahlen. (Zeichnung 3)

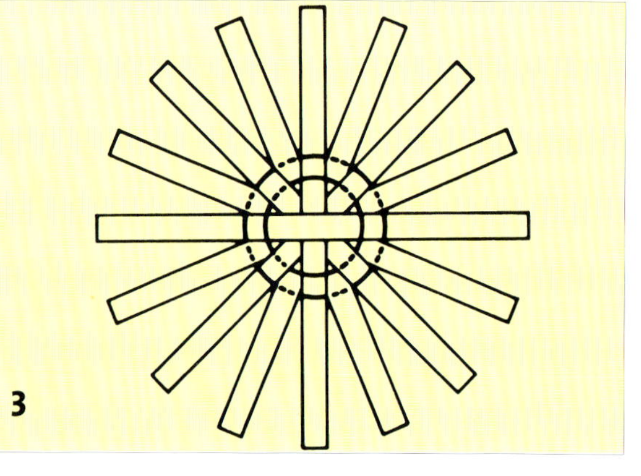
3

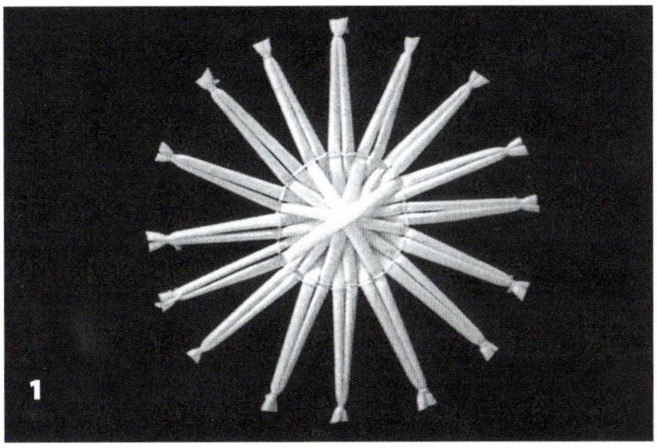

Für die Form 1 binden Sie nun jeweils zwei Strahlen an den Enden zusammen, für die Form 2 binden Sie vier Strahlen zusammen.

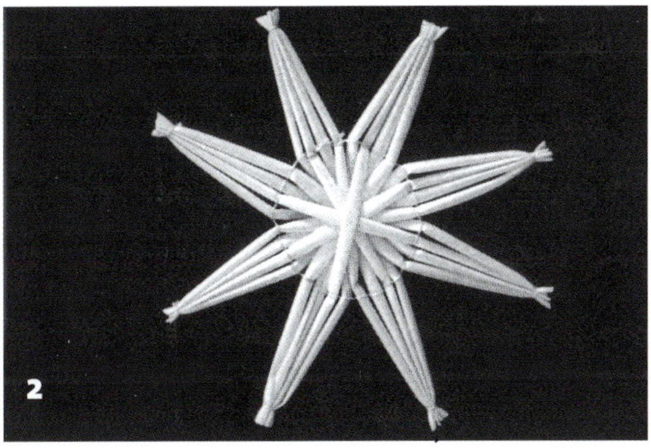

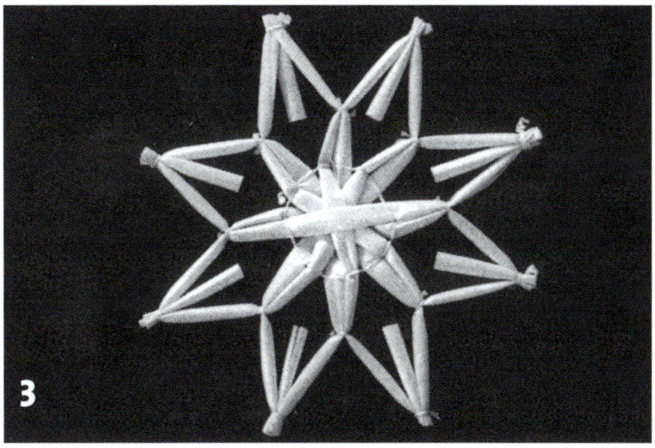

3: Für diesen Stern brauchen Sie eines der Grundkreuze aus acht Halmen, Sie nehmen dazu acht starke Halme und acht etwa 4 cm lange Halmstücke. Binden Sie nun nach 1,5 cm jeweils zwei Halme zusammen. Dann, nach noch einmal 3 cm, binden Sie zwei Halme zur Spitze, wobei Sie das Halmstück mit einbinden. Nach dem Zusammenbinden der Spitzen schneiden Sie die Halmabschnitte auf 2,5 cm.

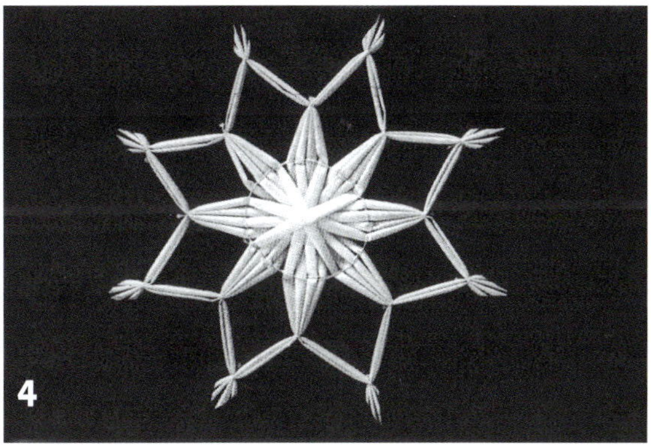

4: Dieser Stern hat wieder die Grundform der 16 Halme oder 32 Strahlen. Binden Sie jeweils 4 Halme nach 2 cm zusammen und dann nach 2,5 cm immer die äußeren Halme der Vierergruppe zur Spitze zusammen. Diese aus vier Halmen bestehende Spitze wird zum Schluss schräg zugeschnitten.
Basteln Sie mehrere solcher Strohsterne; sie vertragen es gut, nebeneinander zu hängen.

Engel oder Weihnachtsmann?

Schlupfpuppen basteln

Die Zeit vor Weihnachten schleicht für Kinder nur so dahin. Und wie geheimnisvoll die Erwachsenen dann immer tun! Der Nikolaus packt gerade seinen Sack, die Engelchen müssen doch noch die Geschenke einpacken – das dauert eben für so viele Kinder! Wer bringt denn jetzt eigentlich die Geschenke? Jeder erzählt was anderes, die Erwachsenen sind in dieser Zeit sehr verwirrend.
Mit diesem Spielzeug können die Kinder selber entscheiden, wer denn für sie die Geschenke einpackt. Entscheiden sie sich für den Weihnachtsmann, dann können sie ihn nach Belieben erscheinen und verschwinden lassen und mit ihm sogar ein kleines Theaterstück spielen.

Die Schlupfpuppe

Für den Kopf wird ein Trikotball gebraucht. Der ist aus einem alten T-Shirt ganz leicht herzustellen (siehe S. 97). Wer will, kann jetzt mit einem dünnen, aber stabilen Faden eine kleine Knubbelnase abbinden. Sie wie das übrige Gesicht kann aber auch genauso gut mit einem wasserfesten Filzstift (wer perfekt sein will, nimmt Stoffmalstifte) aufgemalt werden. Anstelle eines Trikotballes kann genau so gut eine Holz- oder eine Styroporkugel verwendet werden. Sie sollte jedoch mit Stoff bezogen werden.

Tipp: Das Gesicht wird vielleicht erst einmal zart mit Bleistift aufgezeichnet, bevor es mit Filzstift nachgezogen wir. Dann kann der Sitz der Augen und damit der Ausdruck des Gesichtes noch verändert werden. Man kann auch die Augen vorher aus Papier ausschneiden und mit Stecknadeln am Kopf anpinnen, damit man sehen kann, wie sich der Gesichtsausdruck verändert: Eng zusammenstehende Augen geben dem Gesicht einen zusammen-

gekniffenen Ausdruck, weit auseinander stehende Augen wirken erstaunt. Allein damit zu spielen macht schon großen Spaß. Was für ein Typ soll die Figur werden? Schüchtern oder draufgängerisch, kess oder bescheiden – es gibt so viele Typen.
Der Bart oder die Haare entscheiden auch über das Aussehen der Figur. Sie können aus Wolle oder Watte oder Füllwatte aufgeklebt werden. Die Nähte der Kugel verschwinden unter den Haaren und sind nicht mehr zu sehen. Die Mütze wird aus Stoff oder weichem Filz hergestellt und auf dem Kopf festgeklebt.

Die Tüte

Jetzt muss noch die Tüte hergestellt werden, aus der die Figur schlüpfen und in der sie wieder verschwinden kann. Aus einem großen

Bogen fester Pappe wird eine Tüte (s. Vorlage) gerollt und zugeklebt, der Tütenrand wird gerade geschnitten. Sie kann vorher schon verziert oder mit Stoff beklebt werden. Geschieht das mit demselben Stoff, aus dem die Kleidung der Figur gemacht wird, trägt die Puppe so ein schickes bodenlanges Kleid oder einen langen Mantel. Die Spitze der Tüte wird abgeschnitten, weil dort später das Rundholz durchgesteckt wird, auf dem der Kopf sitzt. Nun braucht nur noch die Kleidung hergestellt zu werden. Dazu wird die große Öffnung der Kartontüte auf den Stoff gestellt und um sie herum ein Kreis gezeichnet. Der Kreis wird mit mindestens 4 cm Zugabe ausgeschnitten. In die Mitte wird noch ein kleines Loch geschnitten, durch das später das Rundholz geführt wird. Den Stoffkreis klebt man jetzt an die Tüte. Wird er innen angeklebt, sieht es besser aus, ist aber ein wenig schwieriger zu kleben.

Bald ist die Figur fertig, denn nun wird nur noch das Rundholz von der Tütenspitze aus zur breiten Öffnung und dort durch den Stoff geführt. Ragt es aus dem Stoff heraus, wird das Ende mit Kleber bestrichen, der Kopf aufgesetzt und der Stoff am Hals (Stock) fest angedrückt. Nach kurzem Trocknen ist die Figur zum Spielen bereit und kann in der Tüte verschwinden, wenn man an dem Stab zieht, und erscheinen, wenn der Stab nach oben gedrückt wird. Mal schauen, auf welche Ideen die Kinder kommen. Ob sie einen Dialog zwischen Engeln spielen, in dem widergespiegelt wird, welche verrückten Erklärungen die Erwachsenen den Kindern in der Vorweihnachtszeit geben? Man kann gespannt sein.

Material: Holz- oder Styroporkugel
und Trikotstoff oder ausgestopfter Trikotball,
Rundholz, Pappe, Stoff oder Filz,
Watte oder weiße Wolle
Farben: rote und schwarze Filzstifte
Klebstoff: Alleskleber
Werkzeug: Schere, Bleistift

Nach dem gleichen Prinzip, nur mit anderen Stoffen und Dekor, können Engel, andere Krippenfiguren oder Personen hergestellt werden, Alle zusammen können dann ein kleines Theaterstück aufführen, Sie erscheinen immer dann, wenn sie gefragt sind, und verschwinden in der Tüte, wenn ihr Auftritt vorbei ist, Das kann eine schöne (manchmal auch sehr alberne) Inszenierung werden.

Sonntag

Familienfest

Keto von Waberer

»Basta ... ich kann nicht mehr, Weihnachten macht alle Leute so grässlich«, sagte Emilio, der ansonsten höflichste und geduldigste aller Kellner, und stellte einen Teller Gnocchi mit so kühnem Schwung vor mir ab, dass ich zusammenfuhr. Wir schrieben den 21. Dezember, und fürwahr, um mich herum im Lokal saßen lauter grämliche, nervöse Leute und starrten aggressiv auf ihre Teller.
»Du fährst doch sicher heim«, fragte ich, ängstlich bemüht, Emilios Laune zu heben. Ich hatte Erfolg, seine verkniffene Miene erhellte sich, und er rief:
»Natürlich – am 23. fahr' ich los und brettere durch bis Sizilien – ich habe heute in Milazzo angerufen ...«
Er blickte um sich und flüsterte: »Mama hat schon angefangen zu kochen!« Damit eilte er weiter und ließ mich etwas betäubt vor meinem Teller sitzen. Jawohl, ich fühlte Neid – an den Tisch in Milazzo hätte ich mich gerne auch gesetzt. Wie kommt es nur, dass ich mir ein Weihnachten bei einer fremden italienischen Familie so weitaus genüsslicher vorstelle als das Fest im Kreise meiner Lieben?
Ich kenne in Deutschland nur wenige Leute, die so gerne nach Hause »brettern« zu Weihnachten wie Emilio. Ich weiß nicht genau, woran das liegt, vielleicht am psychologischen Druck, mit dem das Fest einhergeht. Zu Weihnachten muss man nach Hause! Harmonie, Geselligkeit, Dankbarkeit, Kinderseligkeit und Mutterliebe, alles soll an diesem Abend hergestellt werden – und dann die weihnachtlichen Festessen, ohne die es einfach nicht geht. Alle glücklich zusammen unterm Lichterbaum! Guter Gott, da führt kein Weg vorbei.
Natürlich fällt einem dabei sofort die fatale Weihnachtshysterie ein, die Bölls Bürgersfamilie in der Geschichte ›Nicht nur zur Weihnachtszeit‹ befällt, in der die von einem Bombenangriff aus dem Konzept gebrachte Mutter nur mit einem allabendlichen Weihnachtsfamilienfest beruhigt werden kann – und das jahrelang.
Bei uns zu Hause warf das Fest in meiner Kindheit schon wochenlang seine Schatten voraus, nicht nur die lästige Schenkerei, die Frage, wer kommt, wer nicht, die Frage, Krippe ja oder nein (eine Krippe, die das halbe Zim-

mer einnahm). Der kitzligste Punkt war der stille Kampf der Veranstalter um das Liebesmahl. Drei klassische Vorstellungen prallten aufeinander. Großmutter: Karpfen, Mutter: Gans, Vater: Truthahn. Jeder hatte seine Strategie im Durchsetzen seines bevorzugten Gerichts. Mein Vater schwärmte von seiner Kindheit, mit umflortem Blick und, wenn nötig, mit bebender Stimme. Oma: »Karpfen bis die Zähne schnarpfen« war ihr Kampfruf, führte ihr empfindliches Pankreas ins Feld. Meine Mutter kämpfte verbissen mit der Verschleppungsmethode. »Bitte jetzt nicht«, sagte sie am Familientisch, wenn das Thema Weihnachtsessen angeschnitten wurde. »Ich kann mich jetzt nicht verrückt machen lassen mit einer Streiterei, morgen vielleicht«, und sie legte die Hand über die Augen.

Uns Kindern war es ziemlich egal, was es geben sollte, und bis heute ist mir schleierhaft, wieso es ausgerechnet an diesem Abend jedem so wichtig zu sein schien, seine Vorstellung vom Weihnachtsessen zu verwirklichen. Leimers allerdings von nebenan, bei denen es immer heiße Würstchen und Kartoffelsalat gab, verachteten wir insgeheim, und auch die neureiche Familie Posch, die im Kerzenschein immer Fleischfondue aß, schien uns unwürdig und nicht traditionsbewusst. Selbstverständlich rief Tante Berta an und plädierte für Sauerbraten. Sie wurde abgeschmettert. Meist setzte sich Omas Karpfen durch, denn sie, als lachende Dritte, bot die Alibilösung im verhärteten ehelichen Machtkampf.

Nun war es aber so: Im Vorfeld des Geschehens wurden bereits solche Massen an Energie verpulvert, dass die Hausgemeinde am Heiligen Abend flach atmend in den Seilen hing. Nur die zugereisten Verwandten hatten noch die Kraft, eine festliche Konversation aufrechtzuerhalten und bei auftretenden Stromschnellen im Ablauf des Abends erste Hilfe zu leisten, zum Beispiel, als der Herd ausfiel (die Gans halb gar im Rohr und keine Sicherung zu finden) oder als der Karpfen zu Brei zerfallen war, weil ... (es konnte nie geklärt werden, wen die Schuld traf), oder als Tante Cleo nach dem ersten Mund voll Preiselbeersauce diese fürchterliche Allergie bekam und ihre Augen zuschwollen wie Schlitze in einer Spardose. Irgendwie mit übermenschlicher Anstrengung und nicht ganz ohne Opfer gelang es aber doch stets, den Abend in die für ihn vorgesehene goldene Form zu pressen, und nach dem letzten Schnaps, bei niedergebrannten Kerzen (Oma saß neben einem Eimer mit Sand), versicherte man sich mit Rührung in der Stimme, dass noch nie, noch nie ein Weihnachtsfest so schön gewesen sei. So ist das eben. Oma weinte dann und sagte – und wir Kinder warteten schon darauf –, das sei nun gewiss ihr letztes Weihnachten. Meine Mutter stellte wie immer fest, dass die Geschenke meines Vaters ihr nicht wirklich passten oder gefielen, und mein Vater schaute auf die Uhr und drängte zur Christmette (das einzige Mal im Jahr, dass er in die Kirche kam). Damals, so scheint es mir heute, lag immer Schnee, und wenn man hinaustrat in die kalte klare Luft, den neuen Schal um den Hals gewickelt, atmete man auf, wie nach einer gewonnenen Schlacht.

Heutzutage sind die Dezember oft sonnig und lau. Man selbst ist mit einem Hausstand behaftet und hat sich vorgenommen, die Sache ganz locker anzugehen. Man hat Weihnachtsmenus in etlichen Gazetten studiert, die Schenkerei, schon vorher, durch einen Rundruf auf ein Minimum beschränkt, den Champagner bestellt und glaubt nun, diesmal ohne Stress durch den 24. zu kommen. Weit gefehlt!

Der alte Weihnachtsdruck holt einen ein, und ich gebe Emilio Recht, dieses Fest bringt nicht

MONTAG

gerade das Beste im Menschen hervor. Das Fest der Liebe eben. Einsame Freunde fordern plötzlich gebieterisch, eingeladen zu werden, aber davon will der inzwischen verwitwete alte Vater nichts hören, er trägt schon schwer genug daran, dass es keinen Baum mehr geben soll. Leute rufen einen an und fragen, was sie dem oder jenem schenken sollen, andere zetern über den Aufwand, den die Stadt mit ihren Lichtergirlanden treibt, schicken einem Pamphlete mit hungernden Kindern, drängen einen, das Fest zu boykottieren. Redakteure und Ladeninhaber, Kollegen und Familienmütter taumeln auf den endgültigen Kollaps zu und lassen einen dies deutlich fühlen. Jugendliche geben kurz vor dem Fest bekannt, sie kämen diesmal nicht, diese Feierei hinge ihnen zum Halse raus (ist das zu glauben?), Tante Cleo isst nur noch vegetarisch, aber wo soll sie hin, die Gute? Seit Jahrzehnten ist sie es gewohnt, zu Weihnachten ihre Kräutersäcke hier bei ihren Lieben abzustellen.
Gelegentlich denke ich mit nebulösem Mitgefühl an meine Mutter, seltsamerweise bleibt der Weihnachtsaufwand, auf dem alle bestehen, dies aber nicht zugeben, doch immer an den Frauen hängen. Aber weiß Gott, ich habe noch Glück. Meine Freundin Gesine muss jedes Julfest ihre zänkische Mutter, ihren depressiven geschiedenen Ehemann (Vater ihres Sohnes) und den jeweiligen Freund unter einen Baum kriegen. Der Lover, je nachdem, wie vertraut er schon mit familiären Weihnachtskrisen ist. verschwindet womöglich auf Nimmerwiedersehen, noch ehe der Baum entzündet wird. Das ist schon vorgekommen - jawohl, er wollte Zigaretten holen - lachen Sie bitte nicht -, und das zu Heiligabend.
Seit mein Freund Klaus die Frau mit dem Adelstick geheiratet hat, sitzen ganze Heerscharen verarmter Nobelleute um seinen Festtisch. Sie bestehen auf Stil und guter Garderobe und sind trinkfester als das Gastehepaar.
Adelheid, die Gute, lud zum Heiligabend zwei entlassene Strafgefangene zu sich, die wohnen jetzt bei ihr in der kleinen Wohnung. Die Katze musste sie aufgeben.
Holger feiert diesmal nur mit seiner Frau, seit dem letzten Fest sprechen die beiden Familien nicht mehr miteinander, dafür rufen sie alle oft bei Holger an, meist gerade, wenn das erste Lied gesungen wird - zweistimmig diesmal.
Aus der Statistik weiß man, dass zu Weihnachten die Rate der abhanden gekommenen Männer steigt, mittlerweile auch die der Frauen, das wundert mich nicht. Außerdem, so liest man mit flauem Gefühl im Magen, steigen die Polizeieinsätze in bürgerlichen Haushalten, nein, nicht um brennende Bäume zu löschen, sondern weil Mama mit dem Tranchierbesteck auf Papa losgegangen ist, weil Papa dem Verlobten seiner Tochter eine Sektflasche über den Kopf gehauen hat und weil Oma vom Enkel an den Rollstuhl gefesselt wurde, weil sie ihn daran hindern wollte, alle Heidesandplätzchen auf einmal aufzuessen. Schon wahr, das hats früher alles auch gegeben, nur damals trachtete man danach, es nicht an die Öffentlichkeit dringen zu lassen. Meine Mutter hätte auch nie vor Außenstehenden zugegeben, dass der Gänsebraten zäh war wie Leder und dass Onkel Bertold nach zu viel Weihnachtswhisky mit einer Lebkuchendose auf seine Kusine zielte, damit Vetter Egon traf und ein blaues Auge von ihm verpasst kriegte.
Zurück zum modernen Christfest unserer Tage, dem Fest der Fressereien. Nicht alle Leute kochen noch so wie Emilios Mutter und meine gute Mama seinerzeit. Wer am Weihnachtstag entsetzlicherweise einkaufen gehen muss, Lachs, Kaviar, Gänseleberpastete und so, Sie verstehen?, findet sich in der Gesellschaft

von wild vor den Glastheken wuchernden, gehetzten Menschen am Rande des Nervenzusammenbruchs. Es überkommt einen ein seltsames Gefühl von Weltuntergang. Diese Leute kaufen so verzweifelt ein, als wäre schon morgen eine Hungersnot zu erwarten, die Sintflut - was weiß ich. Das sind die, die nicht kochen, sondern es »kalt und fein« wollen unter den Tannenzweigen. Man stelle sich vor, es wäre plötzlich keine geräucherte Gänsebrust mehr zu kriegen, oder die französischen Käse wären schon alle. Das würde die Sternenstimmung am Gabentisch empfindlich stören.
Beim Friseur letztes Jahr am 23. 12. hockten lauter Damen, die sich gegenseitig erzählten, was sie noch kaufen müssten, was sie schon gekauft hätten und wo, es ging immer nur ums Essen. Die Hand meiner Friseurin zitterte

beim Schneiden meines Ponys. »Die ganze Familie von meinem Kuno kommt«, sagte sie, »und letztes Jahr hab ich doch das Kalbsgulasch versalzen, jetzt gibts griechisch - kalt ... aber mir selber schmeckt das gar nicht, ich machs nur wegen ihm.« Es hätte nicht viel gefehlt, und sie hätte die Hände gerungen. Harmonie, die sich unter Druck entfalten soll, ist flüchtig. Der despotische Wunsch nach Frieden, am Fest des Friedens, erweist sich als Sprengsatz. Also gut, Weihnachten ist eine emotionelle und kulinarische Hürde, die sozusagen als dickes Ende dem vergangenen Jahr folgt. Seltsam. Noch nie habe ich so viel Aufhebens um Silvester erlebt.
Es ist wahr, dass ich, so wie der eine Sohn in Bölls Geschichte, jahrelang in ein tropisches Land entwichen bin, das sich dadurch auszeichnete, dass es dort keine Tannenbäume gab. Wer nun glaubt, ich wäre am Heiligabend mit einem Cuba libre am Strand gelegen, täuscht sich. Die alten Muster sitzen teuflisch fest. Was tat ich? Ich stand Kopf, um einen geeigneten Baum aufzutreiben, ich riss mir ein Bein aus, um Kerzen beizubringen, Schmuck und Plätzchen. Ich fuhr tagelang über Land, um einer Gans habhaft zu werden, und wenns mir irgendwie möglich gewesen wäre, hätte ich falschen Schnee gekauft, für die Fensterbretter. Mit meinem frisch gebackenen mexikanischen Ehemann hatte ich am Heiligenabend den ersten handfesten Krach. Ich warf den selbst gebackenen Stollen nach ihm, und der, weil er hart wie Beton war und schwer wie Blei, gab ein verletzendes Wurfgeschoss ab - über die Folgen will ich hier nicht weiter sprechen. Fest steht, die goldene deutsche Weihnacht im Familienkreis verfolgt einen Menschen bis ans Ende der Welt.

(Vorlesezeit ca. 15 Minuten)

MONTAG

Unser Freund, der Baum

Der Tannenbaum ist mit etwa 400 Jahren ein noch recht junges Kind in der Familie der Bräuche und löste eine andere Tradition ab. Bevor nämlich der Christbaum eingeführt wurde, hatten die Familien ihre Zimmer wie eine »Sommerlaube« bis zur Decke mit immergrünen Zweigen dekoriert. Die Sitte, grüne Tannenzweige (Weihnachtsmaien) ins Haus zu stellen, wird für 1494 im »Narrenschiff« von Sebastian Brant bezeugt. Schon von 1535 ist überliefert, dass in Straßburg kleine Eiben, Stechpalmen und Buchsbäumchen verkauft wurden, die noch ohne Kerzen in den Stuben aufgehängt wurden. 1605 soll es bereits einen mit Äpfeln geschmückten, aber noch kerzenlosen Weihnachtsbaum in Straßburg gegeben haben. 1611 stand angeblich in Schlesien der erste mit Kerzen geschmückte Tannenbaum im Schloss der Herzogin Dorothea Sybille. Erst im 17. Jahrhundert wurde der Baum zu einem Weihnachtssymbol der Protestanten. Zwei Jahrhunderte später war er von beiden Konfessionen angenommen und schmückte Wohnhäuser wie Kirchen, die katholischen jedoch meist ohne Schmuck.

Deutschen Soldaten wurden im Kriegswinter 1870/71 Christbäume in die Schützengräben nach Frankreich gebracht. Nachdem Auswanderer den Tannenbaum im 18. Jahrhundert in Nordamerika einführten, wurde 1891 erstmals ein Lichterbaum vor dem Weißen Haus, dem Amtssitz des Präsidenten der USA, in Washington aufgestellt. In Österreich stellte die deutsche Prinzessin von Nassau-Weilburg 1816 zu ersten Male einen Weihnachtsbaum auf, in Frankreich die Prinzessin von Mecklenburg. Bereits im 16. Jahrhundert soll Heinrich VIII. in England gleich drei Bäume auf seinem Weihnachtstisch stehen gehabt haben. Dort, nämlich auf dem Trafalgar Square in London, steht jedes Jahr der wohl berühmteste Weihnachtsbaum. Seit dem Zweiten Weltkrieg erinnert er als Geschenk aus Norwegen an den gemeinsamen Widerstand gegen die Nazis.

Die andere Art Christbaumkugel

Sie haben zu Hause ein paar alte T-Shirts? Warum liegen lassen? Aus ihnen können beinahe im Handumdrehen ganz besondere Christbaumkugeln entstehen. Und das geht so: Schneiden Sie aus dem doppelt liegenden Trikotstoff für jede Kugel ein Stück von etwa 8 x 11 cm aus. Nähen Sie die lange Seite zu, sodass eine Röhre entsteht. Ziehen Sie an den kurzen Enden der Röhre mit einer Stopfnadel mit lockeren Stichen einen festen Faden durch den Stoff. Die Fadenenden hängen heraus. Ziehen Sie nun einen Stoffrand zusammen, verknoten Sie den Faden und stülpen Sie die Röhre auf die andere Seite. Nun haben Sie ein Beutelchen, das mit Füllwatte ausgestopft wird. Danach ziehen Sie den oberen Rand zusammen und knoten ihn fest. Ein paar Dekosterne aufgeklebt, und schon ist Ihr spezieller Weihnachtsbaumschmuck fertig.

DIENSTAG

Ein Geschenk der Götter

Der köstliche Met-Honigwein selbst gemacht

Ein Getränk, eine alkoholische Spezialität, wie sie die alten Germanen liebten, ist wieder entdeckt worden – und vielleicht für den Herrn des Hauses das Geschenk der Götter. Egal ob erfrischend herb oder eher berauschend süß, dies ist eines der ältesten alkoholischen Getränke und seit jeher nicht nur als Labsal gedacht, sondern auch als Schlaftrunk und sogar als Medizin vielfach verwendet. Gegen die Schwindsucht und allerlei andere »Kränkungen« sollte Met eine überzeugende, heilende Wirkung haben.
Im Mittelalter bildete sich die deutsche Stadt Passau als Hochburg dieses Getränkes heraus, das entfernte Ähnlichkeit mit einem alten Sherry besitzt. Gegen Ende des 14. Jahrhunderts wurden die Passauer Met-Sieder hoch in Ehren gehalten, verarbeiteten sie doch Tonnen von Honig zu Hektolitern Met. Doch einige Jahrzehnte später verlor der Met seine beherrschende Stellung. Das Bier, gerade erfunden, lief dem Met als Hauptgetränk bei den Mahlzeiten den Rang ab. Nur in Skandinavien und Russland hielt sich der uralte Brauch des Metsiedens, den hierzulande Imker wieder entdeckt haben.

Wenn Sie es selbst einmal versuchen wollen, das edle alte Getränk herzustellen und den einen oder anderen damit zu überraschen, dann brauchen Sie einige Gerätschaften, und zwar eine Ballonflasche (10 Liter), ein Gärrohr mit Verschlusskorken und zum Abfüllen sauber gespülte Flaschen sowie Korken, die zuvor sterilisiert worden sind.

Zutaten:
4 kg Honig
5 l Wasser
zerstoßene Nelken
Ingwerpulver
Anispulver
400g Reinzuchthefe (Weinhefe aus der Drogerie)

Den Honig (Linden- oder Obstblüten-, Heide-, Tannen- oder Imkerhonig) mit dem Wasser in einem Topf gut vermischen und zusammen unter oftmaligem Umrühren aufkochen, dabei mit Nelkenpulver, Ingwerpulver oder Anis leicht würzen. Den entstehenden Schaum mit einer Schaumkelle sauber entfernen und die Flüssigkeit abkühlen lassen. Die Schaumreste nochmals entfernen. Einen kleinen Teil der Flüssigkeit abnehmen, solange sie noch lauwarm ist, die Hefe darin auflösen und in das Honigwasser rühren. Die abgekühlte Flüssigkeit in den Ballon füllen, mit dem Gärrohr verschließen und den Ballon warm stellen und ruhig aufbewahren, damit der Gärvorgang vonstatten gehen kann. Nach etwa drei Tagen bilden sich Blasen im Gärrohr, das Zeichen für den Gärvorgang. Dieser dauert je nach Menge etwa zehn Tage und ist vorbei, wenn sich keine Blasen mehr im Gärrohr bilden. Den Met auf Flaschen ziehen, mit einem sauberen Korken verschließen und kühl im Keller lagern. Je älter er wird, desto besser wird er – und kann übrigens auch heiß getrunken werden.

Turdilli

Turdilli werden die aus Italien stammenden Honigstäbchen genannt, die sich als kleine Leckereien ganz besonders eignen, den Met zu begleiten.

Zutaten für ca. 30 Stück:
500 g Mehl
300 g Honig
750 g Kokosfett
$^{1}/_{2}$ Teelöffel Zimt
$^{1}/_{4}$ Liter Weißwein
8 Esslöffel Öl
Wasser
Abgeriebene Apfelsinenschale

Das Mehl auf der Arbeitsfläche ausbreiten und in die Mitte eine Mulde drücken, Zimt, Schale, Wein und Öl dazugeben und von außen nach innen zu einem Teig kneten. Zwei Zentimeter breite und etwa vier Zentimeter lange Stäbchen formen. Das Kokosfett in einem Topf oder einer Friteuse auf 280°C erhitzen. Die Stäbchen darin jeweils sechs Minuten lang hellbraun ausbacken, dann herausnehmen und das Fett abtropfen lassen. Den Honig mit wenig Wasser in einem Topf zehn Minuten einkochen lassen, dabei ständig rühren. Die Stäbchen hineingeben und einzeln mit einem Holzspieß herausnehmen. Den Honig antrocknen lassen.

Wenn Sie denn nur die Idee gut finden, sich aber die Arbeit des Met-Herstellens nicht selber machen wollen, ist das verständlich. Met können Sie auch kaufen. Stellvertretend für alle Anbieter hier die Adresse des Ritterladens: Birgit Mohn, Am Katzengraben 7, 63546 Hammersbach, Telefon 06185 2667 oder im Internet unter *Ritterladen.de*.
Met (herb oder lieblich) gibt es dort für ca. 10 Mark die 0,75-Liter-Flasche.

MITTWOCH

Winterzeit ist Bratapfelzeit

Ein Winter ohne Bratäpfel ist wie ein Bett ohne Federn, hat mal ein schlauer Mensch gesagt. Es gibt zwar auch Betten ohne Federn, aber die köstlichen Bratäpfel dürfen in der Tat im Winter nicht fehlen. Sie gehören zum Winter wie die Weihnachtsplätzchen und schmecken dann auch am besten.
Es gibt so leckere Zubereitungsarten, dass man sich daran eigentlich nie satt essen kann.

»Dies für den und das für jenen,
viele Tische sind gedeckt.
Keine Zunge soll verhöhnen,
was der andren Zunge schmeckt!«

So hat Wilhelm Busch gesprochen, und vielleicht hat er damals schon gewusst, wie viele unterschiedliche Apfelsorten es heutzutage auf dem Markt gibt, wobei zu seinen Zeiten die meisten Äpfel bestimmt intensiver im Geschmack waren als heute.
Natürlich ist der Geschmack unterschiedlich, aber am besten schmecken Bratäpfel, die aus leicht säuerlichen Äpfeln, wie zum Beispiel Boskop, zubereitet werden.
Die Mengenangaben richten sich nach der Größe der Äpfel, deshalb werden hier diesmal nur die Zutaten aufgeführt. Es ist überhaupt nicht schlimm, wenn man etwas mehr eingekauft hat, dann sind schon Zutaten für die nächsten Bratäpfel im Haus und die Gelegenheit für einen nächsten Bratapfelschmaus wird sicher nicht lange auf sich warten müssen.

Material:
Apfelausstecher, Messer, Brettchen, Auflaufform, Schüssel, Schneebesen
Zutaten:
Pro Person 1–2 Äpfel
Mandeln
Rosinen
braunen Zucker
Zimt
oder: Korinthen, Backobst, Honig, weißer Zucker
evtl. Rum oder Calvados

Die Äpfel werden gewaschen und dann mit einem Apfelausstecher vom Kerngehäuse befreit, sodass im Innern ein tunnelförmiger Freiraum entsteht. Die Äpfel kommen in eine Auflaufform (wer will, kann diese leicht einbuttern) und werden je nach Geschmack mit Mandeln und Rosinen gefüllt. Der braune Zucker wird mit Zimt gemischt und über die Füllung gestreut, damit er an den Mandeln und Rosinen vorbei rieseln und die Lücken füllen kann. Schon bei der Füllung kann variiert werden. Manchen schmeckt weißer Zucker besser als brauner, andere ziehen Honig vor. Die Mandeln können, ganz klein gehackt, als Stifte oder Plättchen eingefüllt werden. Es können statt der Rosinen Korinthen oder anderes klein geschnittenes Trockenobst genommen werden. Manche geben auch einen Schuss Rum oder Calvados über die Äpfel, bevor sie in den Backofen kommen und dort je nach Größe ungefähr 15 bis 20 Minuten bei 175 °C (Umluftherd 155 °C) garen.
Wenn sich die Apfelhaut etwas aufplustert, ist der Bratapfel in der Regel gut. Er wird auf kleinen Desserttellern serviert, und dazu wird eine leckere Sauce gereicht. Hier werden drei verschiedene vorgestellt, fangen wir mit der traditionellen Vanillesauce an.

Vanillesauce

Material:
Topf, Schüttelbecher, Holzlöffel, Sieb, Schüssel, Gabel
Zutaten:
½ Vanilleschote
¼ l Milch
50 g Zucker
1 Teelöffel Kartoffelmehl
1 Eigelb

Die Vanilleschote wird in der Milch aufgekocht und dann herausgenommen. Der Zucker und das mit Wasser angerührte Kartoffelmehl werden untergemischt und kurz aufgekocht. Dann wird die Sauce durch ein Sieb gegeben und mit einem gut verrührten Eigelb legiert.

Vanillecreme

Material:
Schüssel, Schneebesen
Zutaten:
1 Becher Schmand
1 Becher Vanillepudding
Bourbon-Vanille

Das ist ein Rezept für ganz Schnelle, denn diese Creme ist im Nu fertig: Der Schmand wird mit dem Vanillepudding verrührt und mit einigen Tropfen Bourbon-Vanille zusätzlich gewürzt, fertig. So schnell wie man das hier liest, so fix ist die Creme auch schon zubereitet.

Vanilleeis

Material:
Eisportionierer oder Löffel und heißes Wasser
Zutaten:
Vanilleeis
evtl. Rum oder Calvados

Hier kommt das Rezept für die ganz Eiligen. Die brauchen nur über die fertigen Bratäpfel einige Bällchen Vanilleeis zu packen, und schon können sie serviert werden. Ob noch ein Schuss Rum oder Calvados dazu gegeben wird, kann jeder selber entscheiden. Auf jeden Fall ist diese Mischung aus Heiß und Kalt köstlich, und wenn das Eis so langsam schmilzt, ist das auch noch ein zusätzlicher Genuss fürs Auge.

LUCIATAG

Legende der heiligen Lucia

Die Heilige Lucia wurde im Jahre 281 in Sizilien geboren. Lucia (von Lux, lat. Licht) lebte als Christin in Syrakus. Damals hatte sich das Christentum rund um das Mittelmeer ausgebreitet. Aber die Christen wurden verfolgt. Auch Lucia fiel den Verfolgern in die Hände. Die Legende erzählt, dass sie von Ochsen zu Tode geschleift werden sollte. Doch die Tiere bewegten sich nicht von der Stelle, so sehr man sie auch antrieb. Da wurde Lucia enthauptet oder, glaubt man anderen Quellen, erstochen. Die Legende weiß auch zu berichten, dass Lucia ihren Glaubensgenossen Lebensmittel in die Verstecke brachte. Damit sie beide Hände frei hatte zum Tragen der Speisen, setzte sie sich einen Lichterkranz aufs Haupt und fand so auch in der Dunkelheit den Weg.

In Schweden wird das Fest der Heiligen Lucia auf besondere Weise gefeiert. Dort ist es im Dezember nur wenige Stunden hell, sodass die Menschen das Licht sehr zu schätzen wissen. Die älteste Tochter im Hause stellt die Heilige dar. Sie trägt einen grünen Kranz mit einer Reihe brennender Kerzen. So geht sie von Zimmer zu Zimmer und weckt Eltern und Geschwister auf. Alle warten schon darauf, denn Lucia bringt die ersten Kostproben der Weihnachtsplätzchen mit, die »Lussekotter«. In anderen Gegenden werden Makronen gereicht. Aber Lucia bringt noch viel mehr mit: Ihr Licht erhellt den Morgen des neuen Tages, die brennenden Kerzen sind Vorboten des Weihnachtslichtes.

Viele Lucia-Bräuche haben mit Licht zu tun. In einem Dorf nahe bei München bringen die Kinder selbst gebastelte Lucienhäuschen mit in den Gottesdienst, der am Lucia-Abend dort gefeiert wird. Lucienhäuschen sind kleine Papphäuschen aus leichtem Karton, die auf ein Holzbrett geklebt sind und im Inneren eine Kerze haben. Nach dem Gottesdienst ziehen alle hinunter zum Fluss, und die Kinder setzen die Häuschen mit brennenden Kerzen auf das Wasser. Langsam treiben die Häuschen flussabwärts. Der Brauch diente ursprünglich der Abwehr von Hochwassern und ist auch in anderen süddeutschen Orten bekannt.

13. Dezember – Lucias böse Schwester

In der Schweiz und in Österreich hat die Lucia der Sage nach eine böse Schwester, die Luzelfrau, die mit ihr herumzieht. Für sie wird alles gründlich aufgeräumt und gefegt, denn man sagt, ihre Rache an Kindern und Mägden sei grausam, wenn noch irgendwo Schmutz zu finden sei! Lucia selbst war aber früher auch diejenige, die Geschenke für die Mädchen brachte, so wie Sankt Martin es in diesen Gegenden für die Jungen war.

Lussekotter

Zutaten:
100 g Hefe
5 g Safran
3/4 Liter Milch
400 g Butter oder Margarine
330 g Zucker
2 Teelöffel Salz
3 Teelöffel gestoßener Kardamom
2 Eier
1 1/2 kg Mehl
nach Geschmack:
150 g Rosinen
150 g geschälte, gemahlene Mandeln
zum Verzieren:
Rosinen
grober Zucker
gehackte Mandeln

Die Hefe in eine Teigschüssel zerbröckeln. Das Fett schmelzen und Milch zugeben.
Die lauwarme Flüssigkeit über die Hefe gießen. Safran, Zucker, Salz, Kardamom und Eier einrühren. Die Hälfte des Mehls einarbeiten und die gemahlenen Mandeln und/oder Rosinen nach Geschmack zugeben. Das restliche Mehl nach und nach untermischen und den Teig schlagen, bis er geschmeidig und glatt ist.
Die Schüssel zugedeckt an einen warmen Ort stellen, bis der Teig zur doppelten Menge aufgegangen ist (ca. 1 Stunde). Den Teig auf ein gemehltes Kuchenbrett legen, gut durchkneten. Den Teig aufteilen und Brötchen, Rollen, Ringe, Zöpfe etc. formen. Die Hefestücke auf ein gefettetes Backblech legen und nochmals 20 Minuten aufgehen lassen. Mit verquirltem Eigelb bepinseln, nach Belieben mit Rosinen und grobem Zucker verzieren. Das Gebäck im vorgeheizten Backofen bei 200°C etwa 20 Minuten backen.

Kokosmakronen

Zutaten:
150 g feine Kokosflocken
3 Eiweiss, 120 g Zucker
1 Tütchen Vanillezucker

Eiweiß zu steifem Schnee schlagen, mit dem Zucker noch kurze Zeit weiter schlagen, dann mit den Kokosflocken und dem Vanillezucker vermischen. Im Wasserbad angerührte Schaummasse bindet besser und verleiht den Makronen einen schönen Glanz. Mit zwei Löffeln kleine Bällchen formen, in Kokosflocken wälzen, auf einem gut gefetteten Blech bei 200 °C etwa 15 Minuten backen.

Lucia vermachte ihr ganzes Vermögen den Armen. Noch heute wird an dem Tag »Torrone die poveri«, eine Mahlzeit für die Armen vorbereitet. Sie besteht aus Kichererbsen, die mit Zucker gekocht werden, bis daraus eine feste Masse entsteht.

Mandelmakronen

Zutaten:
300 g gemahlene Mandeln
50 g Mandeln, 3 Eiweiss
250 g Zucker, etwas Vanille

Eiweiß zu steifem Schnee schlagen, mit dem Zucker noch kurze Zeit weiter schlagen, dann mit den Mandeln und nach Belieben mit etwas Vanille vermischen. Möglichst groben Zucker verwenden. Mit zwei Löffeln Bällchen formen, in jedes eine Mandel drücken, auf einem gut gefetteten Blech bei 200 °C 15 Minuten backen.

Das Lucialied

Dunkelheit liegt so schwer
auf allem Leben.
Sonne scheint nicht mehr.
Nachtschatten schweben.
Durch dunkle Stub und Stall
schreitet im Lichterstrahl
Sancta Lucia, Sancta Lucia.

Nacht war so groß und stumm,
nun hört ein Brausen
ums stille Haus herum
wie Flügelsausen.
Seht dort, wie wunderbar
kommt her mit Licht und Haar
Sancta Lucia, Sancta, Lucia.

Bald flieht die Dunkelheit
aus dieser Welt.
Bald steigt der Tag erneut
vom Himmelszelt.
Welch wunderbarer Geist,
der uns dies Licht verheißt:
Sancta Lucia, Sancta Lucia.

Tierische Raterei

Für Kinder ab vier Jahren ist dieses Spiel: Vier Tiere suchen wir heute. Hört euch die Geschichten an. Wenn ihr wisst, welches Tier gesucht wird, dann ruft es laut.

Das erste Tier

In den afrikanischen Savannen leben die pflanzenfressenden Tiere in großen Herden zusammen, um sich besser vor den Raubtieren schützen zu können. Auch die von uns gesuchten Tiere versuchen, sich durch Lebensgemeinschaften mit anderen vor den Räubern abzusichern. Sie wandern zusammen mit Gnus, Straußen und Antilopen. Ihre Heimat sind die östlichen Steppen Afrikas. Die Herden wandern in großen Familienverbänden äsend durch das rote Hafergras der Serengeti.

Eine Familie hat einen Hengst als Führer, fünf bis sechs Stuten und ihre Kinder. Diese Familien halten fest zusammen. Wird etwa der Hengst von einem Raubtier getötet, so übernimmt ein anderer Hengst die ganze Gruppe. Die gesuchten Tiere halten viel von Körperpflege. Sie lecken sich gegenseitig sauber und baden so oft wie möglich in Wasserlöchern. Das Einmalige an diesen Tieren, die dem Pferd und dem Esel ähneln, ist ihre Fellfärbung. Es wäre anzunehmen, dass sie damit besonders stark auffallen und von den Raubtieren leichter gejagt werden können. Doch das Muster bedeutet in den Savannen durchaus eine Tarnung, weil der Boden hell ist und die Büsche dunkel sind. Hier bei uns ist es genau umgekehrt; durch die Streifen können Autofahrer schon von weitem Fußgängerübergänge erkennen und entsprechend vorsichtig fahren.

(Das Zebra)

Das zweite Tier

Es kommt auf die Welt und kann schon nach einigen Minuten auf vier langen Beinen stehen. Bei seiner Geburt ist es bereits größer, als die meisten Menschen überhaupt werden, nämlich fast zwei Meter. Ich erinnere mich an ein Lied, das wir früher oft gesungen haben. Es begann so: »Die süßesten Früchte essen nur die größten Tiere, weil die Bäume hoch sind und diese Tiere groß sind ...«. Genauso ist es auch bei diesen Tieren. Sie knabbern allzu gerne an den jungen Trieben der Bäume. Um so hoch hinauf zu gelangen, müssen sogar sie ihre langen Hälse strecken. Ein ausgewachsenes Tier trägt seinen Kopf in der luftigen Höhe von über fünf Metern. Beim Fressen von hohen Bäumen hat es dadurch Vorteile. Aber bei anderen Anlässen ist diese riesige Größe auch ganz schön hinderlich. Wenn das Tier Durst hat und zu einem Bach oder einer Quelle kommt, muss es seine Vorderläufe (Läufe nennt man die Beine) weit auseinanderstellen, um mit Maul und Zunge das Wasser überhaupt zu erreichen.

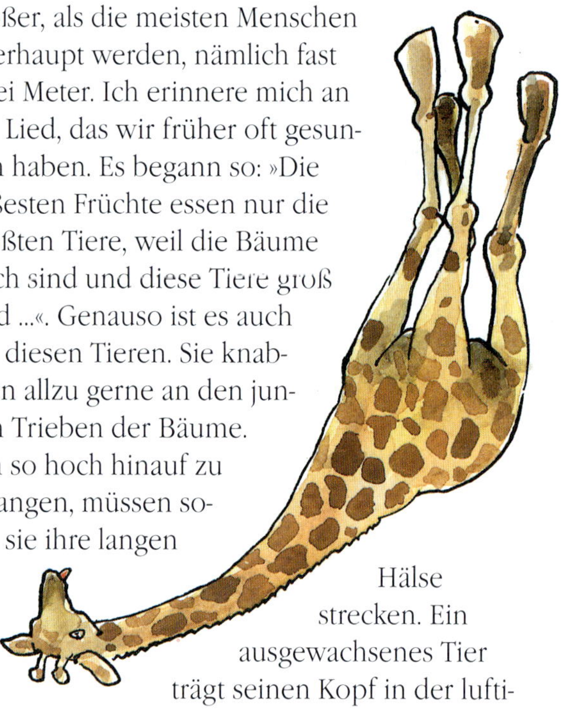

(Die Giraffe)

Das dritte Tier

Wenn du eine Wanderung machst, nimmst du einen Rucksack oder eine Tasche mit. Du willst ja schließlich unterwegs nicht verhungern oder verdursten. Dein Proviant - Brot oder Früchte, dazu ein Getränk - findet im Rucksack Platz, er ist deine »Reserve«. Eine solche Reserve schleppen die gesuchten Tiere immer mit sich herum. Dafür brauchen sie keine Rucksäcke, ihre Höcker sind die Fettpolster, von denen sie zehren können. Manche von ihnen haben einen, manche sogar zwei Höcker. Ihre Heimat ist Afrika und Asien. Dort können sie tagelang ohne Nahrung und ohne zu trinken durch die Wüste laufen. Deshalb sind sie auch besonders gut geeignet für Karawanen, für Reisen durch die Wüste.

(Das Kamel)

Das vierte Tier

Es ist schon ein Rätsel, wie man diesen Dickhäutern den Namen Pferd geben konnte. Sie sind die größten Säugetiere im Süßwasser. Sie werden bis zu drei Tonnen schwer, das sind 3000 Kilogramm, also fast unvorstellbar viel! Sie sind im größten Fluss Afrikas zu Hause, dem Nil. Im Wasser fühlen sie sich so wohl, dass sie sogar darin schlafen. Wenn sich eine Gefahr nähert, tauchen sie so weit unter, dass nur noch Augen und Nasenlöcher über der Wasseroberfläche liegen. Beim Untertauchen können die Dickhäuter Nasenlöcher und Augen schließen und so bis zu einer halben Stunde unter Wasser bleiben. Zu den Mahlzeiten müssen sie ihren Lieblingsplatz allerdings verlassen, weil sie Grasfresser sind. Die dicken Pferde sind so verliebt in das Wasser, dass sie dort sogar ihre Jungen zur Welt bringen. Der Nachwuchs wird also gleich von den ersten Lebensstunden an daran gewöhnt, Flüsse und Seen als die natürliche Umgebung anzusehen.

(Das Nil- oder Flusspferd)

FREITAG

Neue Schachteln

Weihnachtliche Faltschachteln zum Einpacken von Geschenken lassen sich ohne große Kenntnisse selbst herstellen. Dazu benötigen Sie nur eine Schere und Papier Ihrer Wahl, dazu noch das eine oder andere Band, um festliche Schleifen auf der Schachtel zu befestigen.

Die Größe der Schachtel wird meist durch den Inhalt bestimmt. Wir fertigen hier eine Schachtel an, die eine Seitenlänge von 10 cm hat. Dazu muss für den Boden ein 30 x 30 cm großes Quadrat aus dem Papier geschnitten werden; für den Deckel muss das Quadrat 31 x 31 cm groß sein.

Auf den Zeichnungen ist zu sehen, wie die Schachtel entsteht. Dabei werden Deckel und Boden in den gleichen Schritten angefertigt:

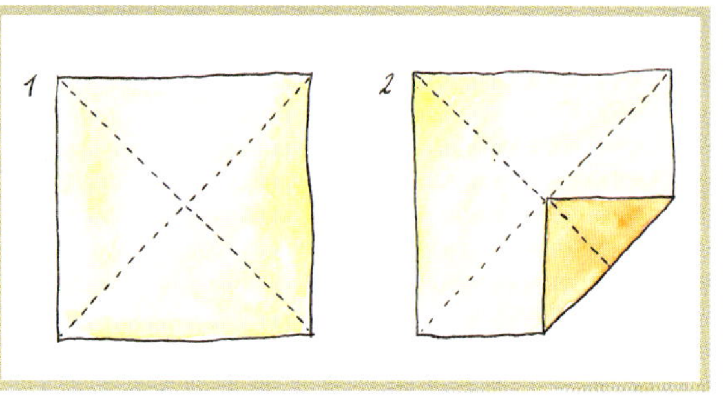

1. Zuerst wird ein diagonales Kreuz gefaltet.
2. Die vier Ecken werden jeweils zur Mitte gefaltet. Danach wieder zurücklegen.

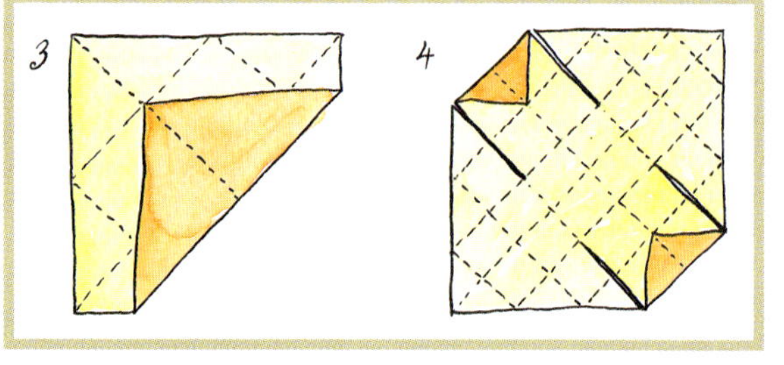

3. Die vier Ecken noch einmal falten, und zwar über die Mitte an die Seiten des eingefalteten Quadrats. Wieder zurücklegen.
4. Zwei gegenüber liegende Ecken umknicken; das Papier rechts und links neben diesen Ecken wie gezeigt einschneiden.

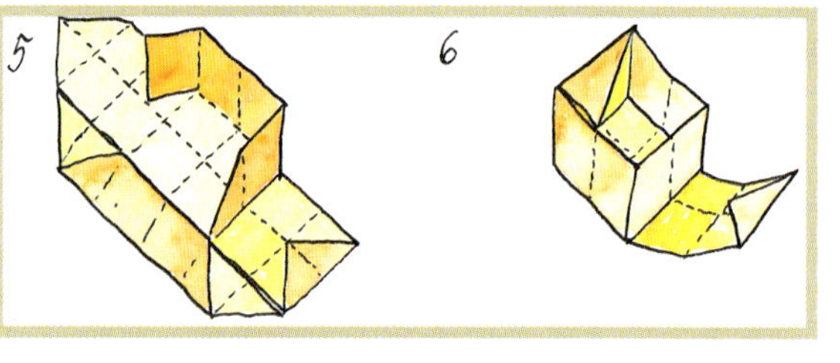

5. Die beiden anderen Ecken zweimal umlegen, zur Schachtelwand hin aufrichten und an den Einschnitten nach innen biegen.
6. Die flach liegenden Ecken über die beiden Wandteile in das Innere der Schachtel falten. Fest nachdrücken.

Frohe Weihnachten
Frohe Weihnachten

3. Adventswoche

FREITAG

Alle Jahre wieder

2.
Kehrt mit seinem Segen
ein in jedes Haus,
geht auf allen Wegen
mit uns ein und aus.

3.
Ist auch mir zur Seite
still und unerkannt,
dass es treu mich leite
an der lieben Hand.

Die Worte dieses christlichen Weihnachtsliedes für Kinder schrieb der Superintendant und Fabeldichter Wilhelm Hey (1782-1854) auf eine Melodie von C. H. Kinck. Die heutige Fassung, in der das Lied bekannt und beliebt wurde, verfasste Friedrich Silcher im Jahre 1842.

Kommet, ihr Hirten

2.
Lasset uns sehen in Bethlehems Stall,
was uns verheißen der himmlische Schall.
Was wir dort finden, lasset uns künden,
lasset uns preisen in frommen Weisen:
Halleluja.

3.
Wahrlich, die Engel verkündigen heut
Bethlehems Hirtenvolk gar große Freud.
Nun soll es werden Frieden auf Erden,
den Menschen allen ein Wohlgefallen:
Ehre sei Gott!

Die tänzerisch schwingende Melodie besticht bei diesem Weihnachtslied, das vom Leipziger Chordirigenten Carl Riedel 1880 in der Sammlung »Altböhmische Gesänge« veröffentlicht wurde.

SONNABEND

Das Mittelmeer bittet zu Tisch

Kuchenspezialitäten aus vier Ländern

Vier süße Spezialitäten aus Ländern am Mittelmeer zeugen davon, dass dort nicht nur Fisch gegessen und Wein getrunken wird. Auch Süßigkeiten sind bei den mediterranen Feinschmeckern äußerst beliebt.

Aus Portugal: Filhos de Natal

Zutaten:
1 Tütchen Trockenhefe
1/4 Tasse lauwarme Milch
4 Tassen Mehl
1 Teelöffel Salz
5 leicht geschlagene Eier
4 Esslöffel Cognac
Öl zum Ausbacken
1/4 Tasse Honig
1/4 Tasse heißes Wasser

Die Weihnachtsküchlein entstehen so: Die Hefe in der Milch lösen und 5 Minuten stehen lassen. Dann Mehl, Salz, Eier und Cognac dazu geben, einen Teig kneten, in eine gebutterte Schüssel geben und zugedeckt an einem warmen Platz zwei Stunden gehen lassen. Einen halben Zentimeter dick ausrollen und in 1 cm breite und 5 cm lange Streifen schneiden. In heißem Öl zwei bis drei Minuten goldbraun backen, abtropfen und in das Gemisch aus Wasser und Honig tauchen. Heiß oder kalt essen.

Aus Mallorca: Johannisbrot

Zutaten:
1 Paket Trockenhefe
350 g Mehl
½ Teelöffel Salz
½ l lauwarme Milch
150 g Zucker
100 g weiche Butter
3 Eier
150 g gemischte kandierte Früchte
50 g Pinienkerne
abgeriebene Zitronenschale
je ½ Teelöffel gemahlener Zimt und gemahlener Anis
Stücke kandierter Früchte (Kirschen, Ananas, Pomeranzen)
1 Teelöffel Pinienkerne

Hefe, Mehl und Salz gut durchmischen, Milch und Zucker unterrühren, im abgestellten Backofen 45 min. aufgehen lassen. Die übrigen Zutaten beifügen. Nochmals gehen lassen. Teig in zwei Teile trennen, jedes Stück zu einem länglich flachen Fladen formen, nebeneinander auf das gefettete Blech legen. Vor dem Backen mit einigen kandierten Früchten und den Pinienkernen verzieren. Im vorgeheizten Backofen bei 180 °C (Gas: Stufe 2) 25 – 30 min. backen.

Aus Griechenland Karidopita

Zutaten:
½ Tasse Pflanzenfett
8 Eier
1 ½ Tassen Zucker
2 Teelöffel Zimt
2 Päckchen Vanillezucker
3 Tassen Mehl
2 Teelöffel Backpulver
3 Tassen fein gehackte, 1 Tasse grob gehackte Walnüsse
Prise Salz
Für den Sirup:
1 ½ Tassen Zucker, 2 Tassen Wasser
abgeriebene Zitronenschale
Zimtstange
2 Schnapsgläser Weinbrand
Puderzucker

Der Nusskuchen entsteht so: Fett und Eidotter weich rühren, Zucker, Zimt und Vanillezucker zugeben und schaumig schlagen. Gesiebtes Mehl und Backpulver sowie fein gehackte Walnüsse zugeben und gut verrühren. Eiweiß mit einer Prise Salz zu festem Schnee schlagen und unterrühren. In gebutterte Springform geben, grob gehackte Nüsse darüber streuen und bei mäßiger Hitze (ca. 120 °C) etwa 50 Minuten backen. Zucker, Wasser und Gewürze 10 Minuten kochen, Weinbrand zugeben, Gewürze entfernen und den entstandenen Sirup siedend über den lauwarmen Kuchen gießen. Zum Schluss mit Puderzucker bestreuen.

Aus Spanien: Morgado de figo

Zutaten:
1 Tasse Wasser
60 g bittere Blockschokolade
2 Tassen Zucker
1 Esslöffel Zimt
1 Teelöffel Anispulver
Geriebene Schale von 1 Zitrone
500 g getrocknete, fein gehackte Feigen
500 g abgezogene, geröstete, gemahlene Mandeln

Die Mandelküchlein mit Feigen entstehen so: Wasser, Schokolade, Zucker, Zimt, Anis und Zitronenschale im großen Topf mischen und unter Rühren zum Köcheln bringen, Feigen und Mandeln hinzufügen, 5 Minuten weiter köcheln lassen und in den Kühlschrank stellen. Blech gut einölen, kleine runde Küchlein formen, auf das Blech legen und zum Bräunen 5 Minuten in den Ofen (220 °C) schieben. Auf dem Blech abkühlen lassen und mit einem Messer abheben.

Die Plätzchen auf dem Foto sind mit kandierten Früchten verziert, die vor dem Backen in den Teig gedrückt werden.

SONNTAG

Ausflug zum Christkindlmarkt

Der Besuch auf einem der zahlreichen Christkindlmärkte in Deutschland oder dem europäischen Ausland gehört einfach in die Weihnachtszeit. Wohl der bekannteste Weihnachtsmarkt ist der Christkindlmarkt in Nürnberg. Er hat eine lange Tradition, die auf das Luthertum zurück geht, wo die Kinder zum Jahreswechsel beschenkt wurden. Im Jahr 1564 wurde die Bescherung der Kinder dann auf Weihnachten vorverlegt.

Die Fußgängerzone Nürnbergs ist vom Hauptbahnhof bis zum Markt festlich geschmückt. Von den weiß angestrichenen Masten hängen Weihnachtssymbole, Tannengirlanden und Lichterketten. In seinem Mittelpunkt steht eine liebevoll gestaltete Krippe. Die Geschäfte auf dem Weg zum Markt sind ebenfalls festlich geschmückt. An allen Verkaufsbuden erhält man den typischen Christbaumschmuck, Rauschgoldengel und auch das fränkische Zwetschgenmännle. Nicht fehlen dürfen die weltberühmten Nürnberger Lebkuchen und Bratwürste, genau so beliebt sind der wärmende Glühwein und kerniges Früchtebrot.

Diese vorweihnachtliche Verkaufsmesse lässt sich bis in die Mitte des 16. Jahrhunderts zurückverfolgen. Historiker nennen derzeit jedoch das Jahr 1628 als ersten Nachweis des Marktes, da es aus diesem Jahr ein eindeutiges Zeugnis gibt: Auf dem Boden einer 19 Zentimeter langen, ovalen und mit Blumen bemalten Spanschachtel aus Nadelholz, die das Germanische Nationalmuseum besitzt, wurde die mit schwarzer Tinte bemalte Inschrift gefunden »Regina Susanna Harßdörfferin von der Jungfrau Susanna Eleonora Erbsin (oder Elbsin) zum Kindles-Marck überschickt 1628.« Die Schachtel mit originalem Inhalt gilt derzeit

als der älteste Nachweis. Aus dem Jahr 1737 gibt eine Liste Hinweise auf die Marktbeschicker. Sie zeigt, dass fast alle Nürnberger Handwerker in der Budenstadt vertreten waren. 140 Personen waren damals berechtigt, Waren anzubieten. Heute stehen auf dem Christkindlmarkt etwa 200 Verkaufsstände.

Berlin

Ein aufstrebender Weihnachtsmarkt findet alljährlich rund um die Gedächtniskirche in Berlin statt. Er ist besonders bekannt geworden für sein ausgewähltes Sortiment an traditionellem Kunsthandwerk wie der Glasbläserei, dem Zinngießen und dem Kerzenziehen. Über 100 Weihnachtsstände und fast 100 Schausteller sorgen für rote Backen und glänzende Augen, für die Kleinen ist ganz besonders die Kinderbastelstube interessant. Einzigartig ist die Weihnachtsbeleuchtung um den Kurfürstendamm herum. Jedes Jahr erhellen Dutzende von Weihnachtsfiguren, Adventskalendern und Sternen die Straßen. Eine besondere Attraktion bilden dabei die Nachbildungen berühmter Gebäude wie Eiffelturm oder Big

ßen. Der Berliner Weihnachtsmarkt zeichnet sich durch sein soziales Engagement aus. Verschiedene Wettbewerbe werden mit Spendenaufrufen gekoppelt und haben großen Erfolg. Im Januar können beachtliche Summen an soziale Projekte übergeben werden.

München

Zwischen dem ersten Adventssamstag und Heiligabend findet seit dem Jahr 1310 der Münchner Christkindlmarkt statt. Seinerzeit wurde er allerdings Nikolaustag genannt. Ein Bummel über den Marienplatz hinter der Kulisse des Rathauses ist für Kripperlfreunde immer lohnend. Hinter dem Rathaus auf dem Kripperlmarkt kann man zahlreiche selbstgeschnitzte Figuren und ganze Krippen bewundern und kaufen. Das Angebot an Christbaumschmuck ist sehenswert.

Dresden

Mittelpunkt des seit 1434 bestehenden Striezelmarktes (27. 11.-24. 12.) auf dem Dresdener Altmarkt ist die sechs Etagen hohe Stufenpyramide. 14 Meter ragt der Koloss in den Himmel, 43 Figuren schmücken ihn. Ringsherum werden Pulsnitzer Pfefferkuchen, Pflaumentoffel, Holzspielzeug aus dem Erzgebirge und Vogtländer Spitzen feil geboten. Der Name rührt übrigens vom Dresdner Christstollen, auch Striezel genannt.

Würzburg

In Würzburg (26. 11.-23. 12.) scharen sich die weihnachtlichen Stände rings um die gotische Marienkapelle, das Falkenhaus und auf der Alten Mainbrücke. Beim wärmenden Glühwein genießt man zwischen Gewürzläden, Keramikkiosken und Spielwarenbuden den Blick auf die Festung Marienberg.

Leipzig

Für alle Anwohner sorgt der Weihnachtsmarkt auf dem Leipziger Marktplatz seit 1767 für winterliche Stimmung (26. 11.- 22. 12.). 260 Händler und Handwerker stellen zum Teil

SONNTAG

in historischen Kostümen aus. Kids kommen in der Bastelstube im Alten Rathaus und im Märchenwald in der Grimmaischen Straße auf ihre Kosten. Auf dem Sachsenplatz wird täglich um 16.30 Uhr feierlich ein Fenster des weltgrößten Adventskalenders (857 m²) geöffnet.

Brüssel

Auf der in hellem Lichterglanz erstrahlenden Grand Place in Brüssel dreht sich vom 10. bis 19. Dezember beim europäischen Weihnachtsmarkt alles um Weihnachtstraditionen in Europa. Über 20 Nationen stellen landestypisches Handwerk und Spezereien aus. So locken die Deutschen mit einem typischen Christkindlstand, die Franzosen mit Nougat und die Norweger mit Strickwaren. Dazwischen tummeln sich Gaukler, Musiker und Poeten.

Straßburg

Wunderschön beleuchtet sind auch die Kathedrale und die Altstadt von Straßburg im Elsass. Der »Christkindelsmärik« hat hier Tradition. Seit 1570 findet er jedes Jahr auf der Place Broglie und der Rue de la Comédie statt. Naschkatzen sei jedoch der »Bredle« -Markt zu Fuße des 30 Meter hohen Tannenbaumes auf dem Place Kléber empfohlen. Auf dem kleinen, aber feinen Markt wird gebacken und gekostet, was das Zeug hält. Unbedingt probieren: »pain d'épice«, das typisch elsässische Ingwerbrot.

Weihnachtslied, chemisch gereinigt

Morgen, Kinder, wird's was geben!
Nur wer hat, kriegt noch geschenkt.
Mutter schenkte euch das Leben.
Das genügt, wenn man's bedenkt.
Einmal kommt auch eure Zeit.
Morgen ist's noch nicht so weit.

Doch ihr dürft nicht traurig werden.
Reiche haben Armut gern.
Gänsebraten macht Beschwerden.
Puppen sind nicht mehr modern.
Morgen kommt der Weihnachtsmann.
Allerdings nur nebenan.

Lauft ein bißchen durch die Straßen!
Dort gibt's Weihnachtsfest genug.
Christentum, vom Turm geblasen,
macht die kleinsten Kinder klug.
Kopf gut schütteln vor Gebrauch!
Ohne Christbaum geht es auch.

Tannengrün mit Osrambirnen .
Lernt drauf pfeifen, werdet stolz!
Reißt die Bretter von den Stirnen,
denn im Ofen fehlt's an Holz!
Stille Nacht und heil'ge Nacht;
Weint, wenn's geht, nicht! Sondern lacht!

Morgen, Kinder, wird's nichts geben!
Wer nichts kriegt, der kriegt Geduld!
Morgen, Kinder, lernt fürs Leben!
Gott ist nicht allein dran schuld.
Gottes Güte reicht so weit ...
Ach, du liebe Weihnachtszeit!

Erich Kästner

Morgen, Kinder, wirds was geben

2.
Wie wird dann die Stube glänzen
von der großen Lichterzahl,
schöner als bei frohen Tänzen
ein geputzter Kronensaal.
Wisst ihr noch, wie voriges Jahr
es am heil'gen Abend war?

3.
Welch ein schöner Tag ist morgen!
Neue Freuden hoffen wir.
Uns're guten Eltern sorgen
lange, lange schon dafür.
O gewiss, wer sie nicht ehrt,
ist der ganzen Lust nicht wert.

4.
Wisst ihr noch, mein Räderpferdchen,
Malchens nette Schäferin?
Jettchens Küche mit dem Herdchen
und dem blank geputzten Zinn?
Heinrichs bunten Harlekin
mit der gelben Violin?

5.
Wisst ihr noch den großen Wagen
und die schöne Jagd von Blei?
Unsre Kinderchen zum Tragen
und die viele Nascherei?
Meinen fleiß'gen Sägemann
mit der Kugel unten dran?

Oder
Wisst ihr noch die Spiele, Bücher,
und das schöne Hottepferd,
schöne Kleider, woll'ne Tücher,
Puppenstube, Puppenherd?
Morgen strahlt der Kerzen Schein,
morgen werden wir uns freu'n!

Carl Gottlieb Hering schrieb die Melodie zu diesem Lied, das um 1800 nur in begüterten Häusern gesungen werden konnte. Wohl auch deshalb die bissige Alternative von Erich Kästner, s. S. 114. Wer den Text schrieb, steht nicht ganz fest. Es gibt auch mehrere Vertonungen, so eine von Beethoven aus dem Jahre 1798.

SONNTAG

Die Leihgabe

Wolfdietrich Schnurre

Am meisten hat sich Vater jedes Mal zu Weihnachten Mühe gegeben. Da fiel es uns allerdings auch besonders schwer, drüber wegzukommen. dass wir arbeitslos waren. Andere Feiertage, die beging man oder man beging sie nicht, aber auf Weihnachten lebte man zu, und war es erst da, dann hielt man es fest; und die Schaufenster, die brachten es ja oft noch nicht mal im Januar fertig, sich von ihren Schokoladen-Weihnachtsmännern zu trennen.

Mir hatten es vor allem immer die Zwerge und Kasperles angetan. War Vater dabei, sah ich weg, aber das fiel meist mehr auf, als wenn man hingesehen hätte; und so fing ich dann allmählich doch wieder an, in die Läden zu gucken.

Vater war auch nicht gerade unempfindlich gegen die Schaufensterauslagen, er konnte sich nur besser beherrschen. Weihnachten, sagte er, wäre das Fest der Freude; das Entscheidende wäre jetzt nämlich: nicht traurig zu sein; auch dann nicht, wenn man kein Geld hätte.

»Die meisten Leute«, sagte Vater, »sind bloß am ersten und zweiten Feiertag fröhlich und vielleicht nachher zu Silvester noch mal. Das genügt aber nicht; man muss mindestens schon einen Monat vorher mit Fröhlichsein anfangen. Zu Silvester«, sagte Vater, »da kannst du dann getrost wieder traurig sein; denn es ist nie schön, wenn ein Jahr einfach so weggeht. Nur jetzt, so vor Weihnachten, da ist es unangebracht, traurig zu sein.«

Vater selber gab sich auch immer große Mühe, nicht traurig zu sein um diese Zeit; doch er hatte es aus irgendeinem Grund da schwerer als ich, wahrscheinlich deshalb, weil er keinen Vater mehr hatte, der ihm dasselbe sagen konnte, was er mir immer sagte. Es wäre bestimmt auch alles leichter gewesen, hätte Vater noch seine Stelle gehabt. Er hatte jetzt sogar wieder als Hilfspräparator gearbeitet; aber sie brauchten keine Hilfspräparatoren im Augenblick. Der Direktor hatte gesagt, aufhalten im Museum könnte Vater sich gern, aber mit Arbeit müsste er warten, bis bessere Zeiten kämen.

»Und wann, meinen Sie, ist das?«, hatte Vater gefragt.

»Ich möchte Ihnen nicht wehtun«, hatte der Direktor gesagt.

Frieda hatte mehr Glück gehabt; sie war in einer Großdestille am Alexanderplatz als Küchenhilfe eingestellt worden und war dort auch gleich in Logis. Uns war es ganz angenehm, nicht dauernd mit ihr zusammen zu sein; sie war jetzt, wo wir uns nur mittags und abends mal sahen, viel netter.

Aber im Grunde lebten auch wir nicht schlecht. Denn Frieda versorgte uns reichlich mit Essen, und war es zu Hause kalt, dann gingen wir ins Museum rüber; und wenn wir uns alles angesehen hatten, lehnten wir uns unter dem Dinosauriergerippe an die Heizung, sahen aus dem Fenster und fingen mit dem Museumswärter ein Gespräch über Kaninchenzucht an.

An sich war das Jahr also durchaus dazu angetan, in Ruhe und Beschaulichkeit zu Ende gebracht zu werden. Wenn Vater sich nur nicht solche Sorge um einen Weihnachtsbaum gemacht hätte.

Es kam ganz plötzlich.

Wir hatten eben Frieda aus der Destille abgeholt und sie nach Hause gebracht und uns hingelegt, da klappte Vater den Band »Brehms Tierleben« zu, in dem er abends immer noch las und fragte zu mir rüber:

»Schläfst du schon?«

»Nein«, sagte ich, denn es war zu kalt zum Schlafen.

»Mir fällt eben ein«, sagte Vater, »wir brauchen ja einen Weihnachtsbaum.« Er machte eine Pause und wartete auf meine Antwort.

»Findest du?«, sagte ich.

»Ja«, sagte Vater, »und zwar so einen richtigen, schönen; nicht so einen murkligen, der schon umkippt,

wenn man bloß mal eine Walnuss dranhängt.«
Bei dem Wort Walnuss richtete ich mich auf.
Ob man nicht vielleicht auch ein paar Lebkuchen kriegen könnte zum Dranhängen? Vater räusperte sich. »Gott ...«, sagte er, »warum nicht; mal mit Frieda reden.«
»Vielleicht«, sagte ich, »kennt Frieda auch gleich jemand, der uns einen Baum schenkt.«
Vater bezweifelte das. Außerdem: So einen Baum, wie er ihn sich vorstellte, den verschenkte niemand, der wäre ein Reichtum, ein Schatz wäre der.
Ob er vielleicht eine Mark wert wäre, fragte ich.
»Eine Mark ...?!« Vater blies verächtlich die Luft durch die Nase: »Mindestens zwei.«
»Und wo gibts ihn?«
»Siehst du«, sagte Vater, »das überleg ich auch gerade.«
»Aber wir können ihn doch gar nicht kaufen«, sagte ich, »zwei Mark - wo willst du die denn jetzt hernehmen?«
Vater hob die Petroleumlampe auf und sah sich im Zimmer um. Ich wusste, er überlegte, ob sich vielleicht noch was ins Leihhaus bringen ließe; es war aber schon alles drin, sogar das Grammophon, bei dem ich so geheult hatte, als der Kerl hinter dem Gitter mit ihm weggeschlurft war.
Vater stellte die Lampe wieder zurück und räusperte sich. »Schlaf mal erst; ich werde mir den Fall durch den Kopf gehen lassen.«
In der nächsten Zeit drückten wir uns bloß immer an den Weihnachtsbaumverkaufsständen herum. Baum auf Baum bekam Beine und lief weg; aber wir hatten noch immer keinen.
»Ob man nicht doch ...?«, fragte ich am fünften Tag, als wir gerade wieder im Museum unter dem Dinosauriergerippe an der Heizung lehnten.
»Ob man was?«, fragte Vater scharf.
»Ich meine, ob man nicht doch versuchen sollte, einen gewöhnlichen Baum zu kriegen?«
»Bist du verrückt?!« Vater war empört. »Vielleicht so einen Kohlstrunk, bei dem man nachher nicht weiß, soll es ein Handfeger oder eine Zahnbürste sein? Kommt gar nicht in Frage.«
Doch was half es; Weihnachten kam näher und näher. Anfangs waren die Christbaumwälder in den Straßen noch aufgefüllt worden; aber allmählich lichteten sie sich, und eines Nachmittags waren wir Zeuge, wie der fetteste Christbaumverkäufer vom Alex, der Kraftriemen-Jimmy, sein letztes Bäumchen, ein wahres Streichholz von einem Baum, für drei Mark fünfzig verkaufte, aufs Geld spuckte, sich aufs Rad schwang und wegfuhr. Nun fingen wir doch an, traurig zu werden. Nicht schlimm; aber immerhin, es genügte, dass Frieda die Brauen noch mehr zusammenzog, als sie es sonst schon zu tun pflegte, und dass sie uns fragte, was wir denn hätten.
Wir hatten uns zwar daran gewöhnt, unseren Kummer für uns zu behalten, doch diesmal machten wir eine Ausnahme, und Vater erzählte es ihr.
Frieda hörte aufmerksam zu. »Das ist alles?«
Wir nickten.
»Ihr seid aber komisch«, sagte Frieda; »wieso geht ihr denn nicht einfach in den Grunewald einen klauen?«
Ich habe Vater schon häufig empört gesehen, aber so empört wie an diesem Abend noch nie. Er war kreidebleich geworden, »Ist das dein Ernst?«, fragte er heiser.
Frieda war sehr erstaunt. »Logisch«, sagte sie; »das machen doch alle.«
»Alle ...!«, echote Vater dumpf. »Alle ...!«
Er erhob sich steif und nahm mich bei der Hand.
»Du gestattest wohl«, sagte er darauf zu Frieda, »dass ich erst den Jungen nach Hause bringe, ehe ich dir hierauf die gebührende Antwort erteile.«
Er hat sie ihr niemals erteilt, Frieda war vernünftig; sie tat so, als ginge sie auf Vaters Zimperlichkeit ein, und am nächsten Tag entschuldigte sie sich.
Doch was nützte das alles; einen Baum, gar einen Staatsbaum, wie Vater ihn sich vorstellte, hatten wir deshalb noch lange nicht.

SONNTAG

Aber dann – es war der dreiundzwanzigste Dezember, und wir hatten eben wieder unseren Stammplatz unter dem Dinosauriergerippe bezogen – hatte Vater die große Erleuchtung.
»Haben Sie einen Spaten?«, fragte er den Museumswärter, der neben uns auf seinem Klappstuhl eingenickt war.
»Was habe ich?!«, rief der und fuhr auf.
»Einen Spaten, Mann«, sagte Vater ungeduldig: »ob Sie einen Spaten haben.«
Ja, den hätte er schon.
Ich sah unsicher an Vater empor. Er sah jedoch leidlich normal aus; nur sein Blick schien mir eine Spur unsteter zu sein als sonst.
»Gut«, sagte er jetzt; »wir kommen heute mit Ihnen nach Hause, und Sie borgen ihn uns.«
Was er vorhatte, erfuhr ich erst in der Nacht.
»Los«, sagte Vater und schüttelte mich, »steh auf!«
Ich kroch schlaftrunken über das Bettgitter,
»Was ist denn bloß los?«
»Pass auf«, sagte Vater und blieb vor mir stehen: »Einen Baum stehlen, das ist gemein; aber sich einen borgen, das geht.«
»Borgen ...?«, fragte ich blinzelnd.
»Ja«, sagte Vater. »Wir gehen jetzt in den Friedrichshain und graben eine Blautanne aus. Zu Hause stellen wir sie in die Wanne mit Wasser, feiern morgen dann Weihnachten mit ihr, und nachher pflanzen wir sie wieder am selben Platz ein. Na?« Er sah mich durchdringend an.
»Eine wunderbare Idee«, sagte ich. Summend und pfeifend gingen wir los; Vater den Spaten auf dem Rücken, ich einen Sack unter dem Arm. Hin und wieder hörte Vater auf zu pfeifen, und wir sangen zweistimmig »Morgen, Kinder, wirds was geben« und »Vom Himmel hoch, da komm ich her«. Wie immer bei solchen Liedern hatte Vater Tränen in den Augen, und auch mir war schon ganz feierlich zumute.
Dann tauchte vor uns der Friedrichshain auf, und wir schwiegen. Die Blautanne, auf die Vater es abgesehen hatte, stand inmitten eines strohgedeckten Rosenrondells. Sie war gut anderthalb Meter hoch und ein Muster an ebenmäßigem Wuchs.
Da der Boden nur dicht unter der Oberfläche gefroren war, dauerte es auch gar nicht lange, und Vater hatte die Wurzeln freigelegt. Behutsam kippten wir den Baum darauf um, schoben ihn mit den Wurzeln in den Sack, Vater hing seine Joppe über das Ende, das raussah, wir schippten das Loch zu, Stroh wurde drübergestreut. Vater lud sich den Baum auf die Schulter, und wir gingen nach Hause. Hier füllten wir die große Zinkwanne mit Wasser und stellten den Baum rein.
Als ich am nächsten Morgen aufwachte, waren Vater und Frieda schon dabei, ihn zu schmücken. Er war jetzt mit Hilfe einer Schnur an der Decke befestigt, und Frieda hatte aus Stanniolpapier allerlei Sterne geschnitten, die sie an seinen Zweigen aufhängte; sie sahen sehr hübsch aus. Auch einige Lebkuchenmänner sah ich hängen.
Ich wollte den beiden den Spaß nicht verderben; daher tat ich so, als schliefe ich noch. Dabei überlegte ich mir, wie ich mich für ihre Nettigkeit revanchieren könnte. Schließlich fiel es mir ein: Vater hatte sich einen Weihnachtsbaum geborgt, warum sollte ich es nicht fertig bringen, mir über die Feiertage unser verpfändetes Grammophon auszuleihen? Ich tat also, als wachte ich eben erst auf, bejubelte vorschriftsmäßig den Baum, und dann zog ich mich an und ging los.
Der Pfandleiher war ein furchtbarer Mensch; schon als wir zum ersten Mal bei ihm gewesen waren und Vater ihm seinen Mantel gegeben hatte, hätte ich dem Kerl sonst was zufügen mögen; aber jetzt musste man freundlich zu ihm sein.
Ich gab mir auch große Mühe. Ich erzählte ihm was von zwei Großmüttern und »gerade zu Weihnachten« und »letzter Freude auf alte Tage« und so, und plötzlich holte der Pfandleiher aus und haute mir eine herunter und sagte ganz ruhig: »Wie oft du sonst schwindelst, ist mir egal; aber zu Weihnach-

ten wird die Wahrheit gesagt, verstanden?«
Darauf schlurfte er in den Nebenraum und brachte das Grammophon an.
»Aber wehe, ihr macht was an ihm kaputt! Und nur für drei Tage! Und bloß, weil du's bist!«
Ich machte einen Diener, dass ich mir fast die Stirn an der Kniescheibe stieß; dann nahm ich den Kasten unter den einen, den Trichter unter den anderen Arm und rannte nach Hause. Ich versteckte beides erst mal in der Waschküche, Frieda allerdings musste ich einweihen, denn die hatte die Platten; aber Frieda hielt dicht.
Mittags hatte uns Friedas Chef, der Destillenwirt, eingeladen. Es gab eine tadellose Nudelsuppe, anschließend Kartoffelbrei mit Gänseklein. Wir aßen, bis wir uns kaum noch erkannten; darauf gingen wir, um Kohlen zu sparen, noch ein bisschen ins Museum zum Dinosauriergerippe; und am Nachmittag kam Frieda und holte uns ab. Zu Hause wurde geheizt. Dann packte Frieda eine Riesenschüssel voll übrig gebliebenem Gänseklein, drei Flaschen Rotwein und einen Quadratmeter Bienenstich aus. Vater legte für mich seinen Band »Brehms Tierleben« auf den Tisch, und im nächsten unbewachten Augenblick lief ich in die Waschküche runter, holte das Grammophon rauf und sagte Vater, er sollte sich umdrehen.
Er gehorchte auch; Frieda legte die Platten raus und steckte die Lichter an, und ich machte den Trichter fest und zog das Grammophon auf.
»Kann ich mich umdrehen?«, fragte Vater, der es nicht mehr aushielt, als Frieda das Licht ausgeknipst hatte.
»Moment«, sagte ich; »dieser verdammte Trichter – denkst du, ich krieg das Ding fest?«
Frieda hüstelte.
»Was denn für ein Trichter?«, fragte Vater.
Aber da ging es schon los. Es war »Ihr Kinderlein, kommet«; es knarrte zwar etwas, und die Platte hatte wohl auch einen Sprung, aber das machte nichts.

Frieda und ich sangen mit, und da drehte Vater sich um. Er schluckte erst und zupfte sich an der Nase, aber dann räusperte er sich und sang auch mit.
Als die Platte zu Ende war, schüttelten wir uns die Hände, und ich erzählte Vater, wie ich das mit dem Grammophon gemacht hatte.
Er war begeistert. »Na ...?«, sah er nur immer wieder zu Frieda und nickte dabei zu mir rüber: »Na ...?"
Es wurde ein sehr schöner Weihnachtsabend. Erst sangen und spielten wir die Platten durch; dann spielten wir sie noch mal ohne Gesang: dann sang Frieda noch mal alle Platten allein; dann sang sie mit Vater noch mal, und dann aßen wir und tranken den Wein aus, und darauf machten wir noch ein bisschen Musik; und dann brachten wir Frieda nach Hause und legten uns auch hin.
Am nächsten Morgen blieb der Baum noch aufgeputzt stehen. Ich durfte liegen bleiben, und Vater machte den ganzen Tag Grammophonmusik und pfiff zweite Stimme dazu. Dann, in der folgenden Nacht, nahmen wir den Baum aus der Wanne, steckten ihn, noch mit den Stanniolpapiersternen geschmückt, in den Sack und brachten ihn zurück in den Friedrichshain.
Hier pflanzten wir ihn wieder in sein Rosenrondell. Darauf traten wir die Erde fest und gingen nach Hause. Am Morgen brachte ich dann auch das Grammophon weg. Den Baum haben wir noch häufig besucht; er ist wieder angewachsen. Die Stanniolpapiersterne hingen noch eine ganze Weile in seinen Zweigen, einige sogar bis in den Frühling.
Vor ein paar Monaten habe ich mir den Baum wieder mal angesehen. Er ist jetzt gute zwei Stock hoch und hat den Umfang eines mittleren Fabrikschornsteins. Es mutet merkwürdig an, sich vorzustellen, dass wir ihn mal zu Gast in unserer Wohnküche hatten.

(Vorlesezeit ca. 18 Minuten)

Der Waldspaziergang

»Von drauß', vom Walde, komm ich her ...«
Wir alle kennen dieses Gedicht; zum Nachlesen oder Vortragen steht der Text von Theodor Storm auf der Seite 77. In der Weihnachtszeit erscheint uns der Wald besonders geheimnisvoll. Es ist immer wieder spannend und aufregend, an einem klaren Wintertag einen Spaziergang in den Wald zu machen. Also los, warm angezogen, einen Beutel oder einen Korb mitgenommen und hinein.
Im Wald ist es ruhig, deshalb sind wir selber es auch. Wir wollen ja die Tiere nicht stören und erschrecken, nur zuhören. Wenn wir ganz still sind, hören wir ab und zu sicher das Knacken und Knistern von kleinen Ästen und Zweigen, die von Rehen, Hasen und anderen Tieren umgeknickt werden. Vielleicht haben wir Glück und hören ein Käuzchen. Ahmt den Ruf nach und ruft das Käuzchen. Antwortet es? Schön. Aber nicht übertreiben, lasst ihm dann wieder seine Ruhe.
Könnt ihr Spuren entdecken? An Futterkrippen sind sie sehr zahlreich zu entdecken. Aber auch an den Krippen sind wir ganz ruhig und gehen bald weiter. Die Tiere brauchen im Winter die Unterstützung des Försters; gerade in harten Wintern finden die Tiere nicht genügend Nahrung. – Wenn ihr auch noch das Glück habt, auf einen Förster zu treffen, fragt ihn doch mal danach, ob es dem Wald schadet, dass er Jahr für Jahr so viele Weihnachtsbäume liefern muss.

Blattgut

Im Wald gibt es viel zu sehen, viel zu entdecken und viel zu sammeln. Da sind zum Beispiel die Herbstblätter, jetzt schon sehr ausgetrocknet. Wenn wir die mit nach Hause nehmen, können wir daraus Blätterbilder machen:

Zuerst werden auf ein Blatt Papier, es kann weiß, ruhig aber auch braun, gelb oder orange sein, die Umrisse etwa eines Drachens gezeichnet. Der bekommt seine Schuppenhaut dann aus Blättern aufgeklebt. Oder wir kleben einzelne große Blätter auf und machen sie zum Mittelpunkt eines Bildes, das gemalt wird. Ganz bestimmt aber versuchen wir, jedes einzelne Blatt zu benennen, herauszufinden, von welchem Baum es stammt und wie es heißt.

Verstecken

Wir finden bestimmt auch eine ganze Reihe von kleinen und großen Tannenzapfen, die sicherlich gar nicht alle von Tannenbäumen sind, sondern von den unterschiedlichsten Nadelbäumen. Die schleppen wir nach Hause, genauso wie Bucheckern, Eichelhütchen oder Haselnüsse. Zu Hause nehmen wir einen Karton, einen alten Schuhkarton zum Beispiel. In den kommen jede Menge Blätter und unsere Beute. Dann bekommt jedes Kind nacheinander die Augen verbunden und darf eine Minute lang (Stoppuhr oder Sanduhr!) im Blätterhaufen nach natürlichen Schätzen suchen. Wer ist der Eifrigste gewesen?

Kastanietten

Ganz besonders beachten wir jedoch Kastanien - mit denen kann man nämlich viel spielen. Beginnen wir mit der »Kür«: Jedes Kind zeigt, welch fantastische Kunststückchen es mit einer Kastanie oder mehreren fertig bringt. Da wird eine Kastanie auf der Stirn balanciert, von der Nase rutscht sie immer wieder ab. Petra kann mit drei Kastanien ein wenig jonglieren. Und Vati verblüfft alle: Er legt drei Kastanien nebeneinander auf den Tisch, wirft die erste in die Luft und fängt sie auf, nimmt dann die nächste, wirft beide in die Luft und fängt sie und macht dasselbe schließlich mit allen drei Kastanien - und nur einer Hand. Er bekommt den erhofften und verdienten Applaus.

Ist die Umgebung für ein solches Spiel nicht so gut geeignet, nehmen wir einfach eine Schüssel und stellen sie auf den Boden. Wiederum von zwei Metern Entfernung wirft jeder abwechselnd seine Kastanien und versucht, sie in der Schüssel unterzubringen. Jedem Mitspieler sollten erst einmal ein paar Testversuche gestattet sein. Die Schüssel zu treffen ist nicht so schwer. Aber es zu schaffen, dass die Kastanien auch in der Schüssel bleiben und nicht wieder herausspringen, das ist schon eine Kunst.

Jetzt zieht eure Schuhe aus, spielt mit bloßen Füßen oder (schwieriger, weil rutschiger) in Strümpfen. Setzt euch im Kreis auf den Boden um die Schüssel herum. Jedem werden fünf Kastanien hinter den Rücken gelegt. Auf ein Kommando versuchen wir, die Kastanien einzeln und nur mit den Füßen - ohne mit den Händen zu helfen - in der Schüssel unterzubringen. Schwer? Stimmt.

DIENSTAG

Der letzte Backtag

Süßes für den Baum

Material:
Messer, Glas mit kaltem Wasser, mit Backpapier ausgelegtes Backblech, Schere, Zwirn, dicke Nadel, Untertassen, Pinsel

Zöpfe und Kränze sind traditionelle Baumdekorationen, die von Generation zu Generation überliefert werden. Weil sie in dem grünen Baum so schön aussehen und gut duften, gehören sie in vielen Familien einfach zum Baum. Fast niemand kennt ihren Ursprung.

Die kleinen Zöpfen und Kränze sind im ursprünglichen Sinn Symbole für ein altes Haaropfer, gehören mit zum Totenzeremoniell: Altes, Absterbendes wird abgelöst vom Neuen und Nachwachsenden. Deshalb werden viele Zöpfe auch zu Kränzen geschlossen, um diesen ewigen Kreislauf noch stärker zu verdeutlichen.

Zöpfe und Kränze

Die Zöpfe werden aus Mürbeteig hergestellt. Das Grundrezept steht auf S. 18. Nachdem der fertige Teig 1 Stunde an einem kühlen Ort geruht hat, wird er in kleine Stücke unterteilt. Für einen Zopf werden drei dünnen Teigstreifen benötigt. Sie dürfen nicht zu dick sein, damit der Zweig des Tannenbaumes das Gewicht tragen kann.

Die drei Streifen sind ungefähr 15 cm lang und 0,5 cm dick und werden dann ganz normal zu einem Zopf geflochten: Die Teigstreifen liegen senkrecht parallel nebeneinander auf der zart mit Mehl bestreuten Arbeitsfläche. Die Enden werden mit einem Messer gleich lang geschnitten, das sieht hübscher aus.

Wer einen Kranz machen will, dessen Streifen sollten etwas länger, also mindestens 20 cm lang sein, die Dicke von 0,5 cm bleibt gleich. Es wird wieder ein Zopf geflochten, nur werden diesmal nach der Fertigstellung beide Enden mit einem Messer abgeschnitten und dann zu einem Kranz zusammengedrückt. Die Schnittstelle wird mit dem Finger, der vorher in kaltes Wasser getaucht wird, glatt gestrichen. Wer will, kann ein kleines Teigstückchen auf diese Stelle setzen und mit einem Messer ein Muster einritzen, das sieht auch sehr hübsch aus.

Damit die Kränze und Zöpfe aufgehängt werden können, wird mit einer dicken Nadel noch ein Loch in die fertigen Teigstücke gestochen, durch das nach dem Backen dann der Zwirn gezogen wird.

Die Zöpfe und Kränze werden auf ein mit Backpapier ausgelegtes Backblech gelegt und auf der mittleren Schiene bei 200 °C (Umluftherd 180 °C) 10 Minuten goldgelb gebacken. Auch wenn Kränze und Zöpfe Symbole für Sterben und Neubeginn sind, sollten sie dennoch nicht schwarz werden. Da sie sehr zart sind, empfiehlt es sich daher, nach sieben Minuten in den Backofen zu schauen, um ein eventuelles Anbrennen zu verhindern. Die hellbraunen Gebäckstücke mit den dunkelbraunen Mandelstückchen sehen im Baum sehr natürlich aus und harmonieren gut mit dem Grün des Baumes.

Wer es gerne bunt hat, kann die Zöpfe auch noch mit buntem Zuckerguss bestreichen, der ganz leicht herzustellen ist. Dazu wird Puderzucker mit ein wenig Rosenwasser oder Zitronensaft glatt gerührt und auf Untertassen oder Eierbecher verteilt, sodass unterschiedliche Lebensmittelfarben zugefügt und vermischt werden können. Der Zuckerguss wird dann mit einem Pinsel auf die Kränze und Zöpfe gestrichen.

Makronenschneebälle

Heute ist vielen die Bedeutung der Symbole nicht mehr wichtig, und die Tannenbäume werden gerne sehr fantasievoll geschmückt. Dann können diese Makronenbälle vielleicht genau das Richtige sein. Sie wirken am Baum wie kleine Schneebälle, und wenn der ganze Baum nur mit weißen Sachen, wie beispielsweise weißer Watte, ausgestanzten Schneeflocken und weißen Kerzen geschmückt ist, sieht er sehr festlich aus und schafft eine winterliche Atmo-

sphäre, die besonders gut wirkt, wenn es draußen nicht schneit.

Material:
Schüssel, Tassen, Zitronenpresse, Messbecher oder Waage, Handrührgerät mit Schneebesen, zwei kleine Löffel, Zwirn, Schere, ein mit Backpapier ausgelegtes Blech, Pfannenwender
Zutaten:
4 Eiweiß
300 g Zucker
2 Vanillezucker
1 Prise Zimt
300 g Kokosflocken
Saft von 1/2 Zitrone
Die Zitrone wird entsaftet, das Eiweiß mit dem Schneebesen und ein wenig Zucker steif geschlagen, dann lässt man den restlichen Zucker nach und nach langsam in die Masse hinein rieseln. Anschließend werden noch die Kokosraspeln und der Vanillezucker zugefügt, schon ist der Teig fertig. Mit den beiden Teelöffeln werden kleine Bällchen ausgestochen und auf das Backblech gesetzt. Wenn alle Bällchen fertig geformt auf dem Blech sitzen, werden ca. 20 cm lange Zwirnstücke von dem Döckchen abgeschnitten, zu Schlaufen gebogen und mit den beiden Enden in die Kugeln gesteckt. Damit der Faden nicht wieder herausrutscht, drückt man das Einsteckloch mit den Fingern zusammen.
Die Schneebällchen kommen dann für 10 Minuten in den Backofen und werden dort auf der mittleren Schiene bei 175° C (bei Umluftherd 155° C) gebacken.
Nach dem Backen löst man sie mit einem Pfannenwender am besten sofort ganz vorsichtig vom Papier, weil sie sehr leicht brechen, lässt sie dann aber auf dem Blech abkühlen.

MITTWOCH

Worüber das Christkind lächeln musste

Karl Heinrich Waggerl

Als Josef mit Maria von Nazareth her unterwegs war, um in Bethlehem anzugeben, dass er von David abstamme, was die Obrigkeit so gut wie unsereins hätte wissen können, weil es ja längst geschrieben stand – um jene Zeit also kam der Engel Gabriel heimlich noch einmal vom Himmel herab, um im Stalle nach dem Rechten zu sehen. Es war ja sogar für einen Erzengel in seiner Erleuchtung schwer zu begreifen, warum es nun der allererbärmlichste Stall sein musste, in dem der Herr zur Welt kommen sollte, und seine Wiege nichts weiter als eine Futterkrippe.

Aber Gabriel wollte wenigstens noch den Winden gebieten, dass sie nicht gar zu grob durch die Ritzen pfiffen, und die Wolken am Himmel sollten nicht gleich wieder in Rührung zerfließen und das Kind mit ihren Tränen überschütten, und was das Licht in der Laterne betraf, so musste man ihm noch einmal einschärfen, nur bescheiden zu leuchten und nicht etwa zu blenden und zu glänzen wie der Weihnachtsstern. Der Erzengel stöberte auch alles kleine Getier aus dem Stall, die Ameisen und Spinnen und die Mäuse, es war nicht auszudenken, was geschehen konnte, wenn sich die Mutter Maria vielleicht vorzeitig über eine Maus entsetzte! Nur Esel und Ochs durften bleiben, der Esel, weil man ihn später ohnehin für die Flucht nach Ägypten zur Hand haben musste, und der Ochs, weil er so riesengroß und so faul war, dass ihn alle Heerscharen des Himmels nicht hätten von der Stelle bringen können.

Zuletzt verteilte Gabriel noch eine Schar Engelchen im Stall herum auf den Dachsparren, es waren solche von der kleinen Art, die fast nur aus Kopf und Flügeln bestehen. Sie sollten ja auch bloß stillsitzen und Acht haben und sogleich Bescheid geben, wenn dem Kinde in seiner nackten Armut etwas Böses drohte.

Noch ein Blick in die Runde, dann hob der Mächtige seine Schwingen und rauschte davon.

Gut so. Aber nicht ganz gut, denn es saß noch ein Floh auf dem Boden der Krippe in der Streu und schlief. Dieses winzige Scheusal war dem Engel Gabriel entgangen, versteht sich, wann hatte auch ein Erzengel je mit Flöhen zu tun!

Als nun das Wunder geschehen war, und das Kind lag leibhaftig auf dem Stroh, so voller Liebreiz und so rührend arm, da hielten es die Engel unterm Dach nicht mehr aus vor Entzücken, sie umschwirrten die Krippe wie ein Flug Tauben. Etliche fächelten dem Knaben balsamische Düfte zu, und die ande-

ren zupften und zogen das Stroh zurecht, damit ihn ja kein Hälmchen drücken oder zwicken möchte.
Bei diesem Geraschel erwachte aber der Floh in der Streu. Es wurde ihm gleich himmelangst, weil er dachte, es sei jemand hinter ihm her, wie gewöhnlich. Er fuhr in der Krippe herum und versuchte alle seine Künste, und schließlich, in der äußersten Not, schlüpfte er dem göttlichen Kinde ins Ohr.
»Vergib mir!«, flüsterte der atemlose Floh, »aber ich kann nicht anders, sie bringen mich um, wenn sie mich erwischen. Ich verschwinde gleich wieder, göttliche Gnaden, lass mich nur sehen, wie!«
Er äugte also umher und hatte auch gleich seinen Plan.

»Hör zu«, sagte er, »wenn ich alle Kraft zusammennehme, und wenn du still hältst, dann könnte ich vielleicht die Glatze des heiligen Josef erreichen, und von dort weg kriege ich des Fensterkreuz und die Tür ...«
»Spring nur!«, sagte das Jesuskind unhörbar, »ich halte still!«
Und da sprang der Floh. Aber es ließ sich nicht vermeiden, dass er das Kind ein wenig kitzelte, als er sich zurechtrückte und die Beine unter den Bauch zog.
In diesem Augenblick rüttelte die Mutter Gottes ihren Gemahl aus dem Schlaf.
»Ach, sieh doch!«, sagte Maria selig, »es lächelt schon!«

(Vorlesezeit ca. 5 Minuten)

Schreib dem Christkindl

Wohl kein Lexikon und kein Atlas nannte diesen auf den Globus einzigartigen Flecken, bis ihn ein Poststempel in aller Welt bekannt gemacht hat: Christkindl in Oberösterreich, ein Wallfahrtsort etwa 2 km westlich der Stadt Steyr a. d. Enns gelegen. Seine Geschichte begann im Jahre 1695 oder 1696 mit dem Steyrer Thurnermeister Ferdinand Sertl, der von der als unheilbar geltenden Epilepsie befallen war. Die Zölestinerinnen in Steyr hatten ihm eine Wachsfigur des Jesuskindes gegeben, die er in der Höhlung eines Baumes in der Gegend des heutigen Ortes Christkindl aufstellte und jeden Samstag zu Gebet und Andacht aufsuchte. Sertl wurde geheilt, was sich sehr schnell herum sprach. Der mehr weltlich bestimmte Ruhm von Christkindl begann im Jahre 1950 mit der erstmaligen Einrichtung eines Sonderpostamts zur Weihnachtszeit, über das seither alljährlich von Ende November oder Anfang Dezember bis einschließlich 6. Januar Briefe zum Weihnachtsfest in alle Welt geleitet und mit einem jährlich wechselnden Sonderstempel versehen können.
Wie kann man sich selbst, seinen Kindern oder Bekannten diese Freude machen? Angenommen werden alle Arten von Briefsendungen des In- und Auslandes, die man ordnungsgemäß frankiert mit einem adressierten, besonderen Umschlag zur Abstempelung und Weiterleitung an das
Postamt
A-4411 Christkindl in Oberösterreich
sendet.

4. Adventswoche
MITTWOCH

Geschenke in letzter Minute

Das kann doch nicht wahr sein: Nur noch ein paar Stunden bis zu Bescherung, und da haben wir die Bescherung. Es fehlen noch ein paar Geschenke, kleine, aber feine. Woher nehmen? Hier sind die ultimativen Last-Minute-Präsente!

Das Sitzkissen

Kaum zu glauben, wie kalt es in einem Fußballstadion sein kann. Da sollte wenigstens der Po des Fans nicht einfrieren. 20 mal 20 cm Schaumstoff, in einen Bezug gesteckt und in der Mitte zusammenzuklappen, das ist alles, was ein Sportfan braucht, um am Wochenende heil zu seinem Lieblingsverein und wieder zurück zu kommen. So ein Sitzkissen lässt sich leicht selber machen. Es gibt sie aber natürlich auch zu kaufen, etwa in den Fanshops, mit dem »richtigen« Logo bedruckt und etwa 20 Mark teuer.

Der Spaziergang

Verschenk etwas von deiner Zeit. Wenn dieses Geschenk an den »richtigen« Menschen gerät, wird er es hoch schätzen. Lass den Termin offen, den sollte er sich selbst aussuchen dürfen. Fertige einen Gutschein an und verpack ihn ein bisschen originell ...

Der Eiskratzer

Du verpackst ein großes Paket mit einem winterlichen Geschenkpapier und einer großen silbernen Schleife. Zwischen jeder Menge altem Zeitungspapier versteckst du einen Eis-

kratzer. Aufschrift: »Das ultimative Auto-Winter-Set«. Bestens geeignet für jeden Autofahrer. Oder kennst du einen, der gerne in aller Herrgottsfrühe an der Frontscheibe des fahrbaren Untersatzes herumschrubbt? Kostet nur Pfennige!

Die Steckdose

Mehr unterwegs als zu Hause ist dieser Mensch? Dann ist hier das richtige kleine Geschenk für ihn: die internationale Steckdose, solch einen Zwischenschalter mit allen nur erdenklichen Anschlüssen. Gibt es in Elektrogeschäften oder Fachabteilungen und kostet etwa 3 Mark.

Das Stirnband

Du kannst stricken? Wunderbar, dann ist ein Geschenk doch kein Problem. In der kalten Jahreszeit friert vor allem der Kopf. Ein gutes Werk wäre also ein wollenes Stirnband, äußerst praktisch und gar nicht teuer, es kann ja aus bunten Wollresten bestehen!

Die Schneekugel

Immer noch ein tolles Geschenk, die Schneekugeln. Einmal schütteln, und schon betrachten wir staunend die rieselnden Schneeflocken. Es gibt da übrigens ganz besondere, etwa eine kleine Westernstadt im weißen Kleid, ein Vogelhaus und vieles mehr. Doch es ist auch schon Mickey Mouse im Schneegestöber gesichtet worden. In den verschiedensten Geschäften zu finden.

Der Schnupperkurs

So manches Mal ist nur ein Anstoß nötig, damit wir uns Neuem zuwenden. Ein solcher Anstoß kann eine »Schnupperstunde« sein. Verschenke doch einfach eine Reitstunde, einen Schnupperkurs in Badminton, Golf oder Hochseeangeln.

Das Schönste am Schenken ist das Leuchten in den Augen des Beschenkten.

Russisches Sprichwort

Güte in den Worten erzeugt Vertrauen, Güte beim Denken erzeugt Tiefe, Güte beim Schenken erzeugt Liebe.

Laotse

Man irrt, wenn man glaubt, dass Schenken eine leichte Sache sei. Es hat recht viel Schwierigkeiten, wenn man mit Überlegung geben und nicht nach Zufall und Laune verschleudern will.

Seneca

Der Ton macht die Musik

Oft kommt es auf die Verpackung an

Geschenke sind, wie wir schon gehört haben, ganz besondere Kostbarkeiten. Deshalb sollten sie auch in außergewöhnlichen Gewändern präsentiert werden. Ein paar Gedanken für gute Ideen sollten wir uns also schon machen um stilgerechte und passende Verpackungen.

Gut: Scheine

Gutscheine haben einen schlechteren Ruf, als sie verdient haben. Welcher geplagte Gartenbesitzer etwa hätte schon etwas dagegen, bei der Gartenarbeit Hilfe zu bekommen? Keiner. Also fertigen Sie einen Gutschein an. Natürlich lässt sich der in einen Umschlag stecken, Namen drauf und fertig. Wenn Sie jedoch eine Collage aus kleinen Werkzeugen (Spielzeug) auf eine Karte kleben und mit Packpapier und Herbstblättern einpacken, wirkt es schon ganz anders.

Stecken Sie einen Gutschein für ein Konzert in eine CD-Hülle, den für ein sportliches Ereignis in ein kleines Trikot. Ein Gutschein für eine Kahnpartie könnte in einem Handtuch stecken; nass wird es bestimmt ... Und ein Gutschein über »Freie Zeit« könnte von einer Uhr begleitet sein. Achten Sie aber darauf, dass sie läuft ....

Wenn Sie sich dazu entscheiden, Geld zu schenken, gibt es auch dafür Ideen. Basteln Sie einen kleinen Drachen und hängen Sie zu Schleifchen gefaltete Geldscheine an seinen Schwanz. Falten Sie einen Geldschein zu einem Fächer, oben ausgefächert, unten mit einer silbernen Kordel zusammengebunden. Oder lassen Sie aus dem Sack des Weihnachtsmannes ein Scheinchen heraus ragen.

Druck: Stempel

Ihr weihnachtlich bedrucktes Papier können Sie - vielleicht zusammen mit den Kindern? - recht einfach selbst herstellen, und zwar mit Kartoffeldruck. Dazu wird eine Kartoffel in der Mitte glatt durchgeschnitten. Aus den beiden Oberflächen werden nun Teile ca. 5 mm tief herausgeschnitten, so dass zum Beispiel auf dem einen Teil ein Stern (erhaben) zu sehen ist, auf dem anderen ein kleiner Tannenbaum usw. Jetzt können Sie Farbe auftragen und den weißen Bogen Papier stempeln, ruhig wild durcheinander.
Wenn Sie mit Textilfarbe arbeiten, können Sie auch Stoff bedrucken und so zum Beispiel ein Säckchen verzieren, in dem dann ein Geschenk Platz findet. Oder Sets für die Oma. Mit Bastel- und Wasserfarben können Briefbögen und Karten zu Weihnachtspost werden. Sogar Papierservietten können Sie bestempeln und damit dann den Weihnachstisch schmücken.

Rund: Schatulle

Malen Sie eine Spanschachtel mit goldener Farbe an. Dann halbieren Sie Waldnüsse und malen Sie jeweils eine Schalenhälfte silbern und die andere golden an. Kleben Sie die Hälften auf den Deckel der Spanschachtel - und schon ist eine wertvolle Schatulle entstanden.

Netz: Weihnachtsmann

Kleine Hilfen für die Vorbereitung auf das Fest gefällig? Bei der Internet-Adresse *www.weihnachtsmann.com* klicken Sie richtig! Sieben Angebote hat der Weihnachtsmann für Sie:
Ziehen Sie den Mauszeiger auf den Schneemann, und unter dem Stichwort »Grüßen« werden fünf Weihnachtsmotive angeboten, mit denen E-Mails zu Weihnachten verziert werden können. Eins weiter nach rechts finden Sie eine Christbaumkugel. Sie verbirgt hinter dem Stichwort »Schmücken« 24 Icons (Ikonen) zum Herunterladen.
Klicken Sie auf das Paket, können Sie sich unter dem Begriff »Schenken« vier verschiedene weihnachtliche Geschenkpapiere abholen.
Der Schuh des Weihnachtsmannes steht für eine Menge von mehr oder weniger originellen Wünschen - Ihren eigenen können Sie hinzufügen. Ein goldener Sack verbindet Sie praktischerweise mit festlichen Angeboten des KaDeWe in Berlin.
In der nächsten Rubrik kann man die Englein im Himmel singen hören, sozusagen: Zehn Lieder stehen zum Abspielen bereit. Und wenn es Ihnen jetzt immer noch nicht reicht, dann hören Sie sich - Klick auf die Harfe - ein paar Originalgeräusche aus dem Alltag des Weihnachtsmannes an, sei es nun das »Rutentraining«, die »Pflege des Rauschebartes« oder der »Flügelschlag der Weihnachtsengel«.

DONNERSTAG

Was den Bauern zu Weihnachten einfällt ...

Geht Barbara im Klee,
kommt das Christkind im Schnee.

Grüne Weihnachten, weiße Ostern.

Hängt um Weihnacht Eis von den Weiden,
kannst du zu Ostern Palmen schneiden.

Helle Christnacht, finst're Scheuer,
finstre Christnacht, helle Scheuer.

Ists im Juli hell und warm,
frierts um Weihnacht Reich und Arm.

Je dicker das Eis um Weihnacht liegt,
je zeitiger der Bauer Frühling kriegt.

Watet die Krähe an Weihnacht im Klee,
sitzt sie an Ostern im Schnee.

Zu Weihnachten getanzt im Schnee,
zu Ostern Frost im Zeh.

... und was anderen klugen Menschen einfällt

Der Winter ist den Kindern hold,
Die jüngsten sinds gewohnt.
Ein Engel kommt, die Flüglein Gold,
Der gute Kindern lohnt.

Johann Wolfgang von Goethe

Für mich war der Weihnachtsmann immer so etwas wie ein reaktionäres Symbol für Trost und Überfluss.

Peter Ustinov

Ich wärme mich an diesem Stück Christentum und nehme es entgegen wie ein Märlein. Und dann ist es solch ein Fest für Frauen, denn diese Mutterbotschaft lebt ja immer noch weiter in jedem Weibe.

Paula Modersohn-Becker

In der Heiligen Nacht tritt man gern einmal aus der Tür und steht allein unter dem Himmel, nur um zu spüren, wie still es ist, wie alles den Atem anhält, um auf das Wunder zu warten.

Karl Heinrich Waggerl

O Weihnacht! Weihnacht! Höchste Feier!
Wir fassen ihre Wonne nicht.
Sie hüllt in ihre heil'gen Schleier
das seligste Geheimnis dicht.

Nikolaus Lenau

Wo immer wir Weihnachten feiern – es wäre uns zu wünschen, dass wir in aller Unruhe und Fremde doch bei uns bleiben können und dass wir bei aller Häuslichkeit uns auf den Weg machen zu neuem Leben.

Odile Lechner

Ein Leben ohne Feste ist wie ein langer Weg ohne Einkehr.

Demokrit

Nötige nie beim Feste den Gast,
ungern zu weilen,
noch auch mahn ihn zu gehn,
eh es ihm selber gefällt!

Theognis

Weihnachtszeit ist die Zeit, in der man für andere Leute Dinge kauft, die man sich selbst nicht leisten kann.

Alberto Sordi

Die Ware Weihnacht ist nicht die wahre Weihnacht.

Kurt Marti

In der allgemeinen Geschenkwut zu Weihnachten steckt sowohl ein gut Teil Gleichgültigkeit wie unterdrückter Zorn. Das Gefühl des Verpflichtetseins verdirbt alles.

Alain

Nach Weihnachten: Ich habe viel zu tun; alle Straßen gehe ich ab und entferne vorsichtig die platten Kindernasen von den Schaufensterscheiben.

Manfred Hausin

Auch Kindern fällt einiges ein

Nun komm, Christkind, ich bitte dich,
denk auch im Himmel mal an mich,
pack mir bloß viel Geschenke ein,
dann lass ich dich zur Not auch rein!

....

Hallo, lieber Weihnachtsmann,
kommst du mit Geschenken,
zieh ich mir was Schönes an.
... solltest du bedenken!

....

Lieber guter Weihnachtsmann,
schenk mir einen Kuchenmann,
nicht zu groß und nicht zu klein.
Ich will auch immer artig sein.
Gibst du mir einen kleinen,
dann fang ich an zu weinen.

....

Bitte, lieber Weihnachtsmann,
schau mich nicht so böse an!
Bei so vielen Feiern
Muss man auch mal reihern!

FREITAG

Schneespiele ohne Schnee

Wie oft haben wir in den vergangenen Jahren auf den lang ersehnten Schnee gewartet. Und wieder war es nichts mit der weißen Pracht. Das ist doch zum ... Nur die Ruhe; hier haben wir – vor allem für Kinder – Schneespiele gesammelt, die auch ohne Schnee drinnen gespielt werden können. Und so strecken wir dem Wettergott die Zunge heraus!

Der lebendige Schneemann

Für dieses Spiel brauchen wir Platz im Zimmer, einen weißen Kittel, einen Hut, einen Schal und einen Besen.

An den Bildern in Bilderbüchern kann man gar nicht erkennen, wie denn so ein Schneemann läuft. Also probieren das die Kinder erst einmal aus: Watschelt ein Schneemann, oder schlurft er über den Schnee, kugelt er sich herum? Ach, und wichtig ist noch zu wissen, was ja eigentlich jeder weiß: Ein Schneemann wird nur lebendig, wenn man ihm ein Zauberwort zuflüstert (natürlich ein Wort mit »Schnee«). Jetzt geht es los. Ein Kind steht ganz steif da. Die anderen ziehen ihm in Windeseile die Sachen an und geben ihm den Besen in die Hand, sodass ein Schneemann entstanden ist. Ein anderes Kind flüstert ihm das Zauberwort ins Ohr. Jetzt ist der Schneemann entzaubert und bewegt sich auf seine eigene Art einmal im Kreis durch den Raum, von den anderen Kindern umtanzt. Das Kind, das ihm das Zauberwort ins Ohr geflüstert hat, stellt sich in einer Raumecke steif hin. Kommt der Schneemann bei ihm an, helfen alle Kinder, den alten Schneemann von seinen Sachen zu befreien und den neuen »aufzubauen«. Das Spiel wird fortgesetzt, bis alle einmal Schneemann waren. Der Zauber hält nur eine Nacht, da die Sonne am nächsten Morgen die weiße Pracht schmilzt. Sobald also alle Kinder einmal Schneemann waren, bilden sie zusammen eine Sonne: Ein Kind kugelt sich ein, die anderen legen sich als Sonnenstrahlen um es herum.

Siebenball

Für dieses Spiel brauchen wir Platz im Zimmer, dazu weißen Karton und Bindfaden, eine Mütze, einen Schal, Handschuhe und sieben aus Papier geformte Schneebälle. Aus weißem Karton sind Schneeschuhe ausgeschnitten worden, an deren Seiten Kordel durch Löcher gezogen worden ist.

Wir sind in einer Berghütte hoch oben auf der Alm eingeschneit. Langsam gehen unsere Vorräte zur Neige. An einem sonnigen Vormittag macht sich das mutigste Kind auf den Weg ins Dorf, um Proviant zu holen. Nachdem die anderen sehen, wie gut das mit den Schneeschuhen klappt, trauen sie sich auch. Jeden Vormittag läuft nun ein anderes Kind mit den Schneeschuhen zu Tal.

Die Kinder stellen sich hintereinander auf. Das erste zieht sich die Kleidungsstücke an, stellt sich auf die Schneeschuhe und lässt sich die Kordeln zusammenbinden. So ausgestattet läuft es bis zum anderen Ende des

Raumes, wo die Schneebälle auf einem Stuhl warten. Das Kind nimmt sich einen Schneeball, läuft zurück zu den anderen und übergibt dem nächsten die Kleidungsstücke und den Schneeball. Das Spiel endet, wenn das letzte Kind alle Schneebälle auf einmal zurückgebracht hat.

Schneeballeimer

Wir brauchen einen Eimer und unterschiedlich dicke Styroporkugeln.
In der Mitte des Zimmers steht ein Eimer. Die Kinder bekommen Styroporkugeln, die »Schneebälle«, und sollen sie aus einer gewissen Entfernung (etwa zwei Meter) in den Eimer werfen. Das versuchen zuerst alle wild durcheinander. Dann wirft jedes Kind einzeln. Wer schafft es, alle Schneebälle im Eimer verschwinden zu lassen?

Schneemannbau

Auf einen großen weißen Kartons oder mehreren Kartons haben Sie auf der Vorderseite mit schwarzen Umrissen einen Schneemann gezeichnet - die Nase darf aber ruhig rot sein, und ein bunter Schal steht dem Schneemann auch gut. Auf die Rückseite malen Sie etwas anderes, einen Baum zum Beispiel. Das gesamte Kunstwerk zerschneiden Sie in sechs oder acht Streifen.
Die Kinder setzen sich in einen Kreis. In der Mitte liegen die Kartonteile, gut gemischt. Nun sollen die Kinder gemeinsam aus den Teilen einen fertigen Schneemann zusammenlegen. Wenn sie das geschafft haben, dürfen sie den ganzen Schneemann wenden. Auf der Rückseite wartet eine Überraschung. Wer erkennt das Bild ganz schnell?

Eisschollen

Es werden ein großer Schaumstoffwürfel und etwa 24 DIN A4-Blätter benötigt. Sechs von ihnen werden bemalt mit
❄ einer Möhre (Bedeutung: Du hast deiner Mutter eine Möhre zum Bau eines Schneemannes abgeschwatzt. Gehe zwei Felder vor)
❄ drei Knöpfen (Bedeutung: Du hast drei Knöpfe für den Schneemann gefunden. Gehe drei Felder vor)
❄ einem Besen (Bedeutung: Für den Besen des Schneemannes hast du keinen Ast vom Baum gerissen, sondern einen gesucht, der auf dem Boden lag. Würfele noch einmal)
❄ einer Tropfnase (Bedeutung: Dir tropft die Nase bei der Kälte. Schnaub sie dir und setze eine Runde aus)
❄ einer Zackenlinie (Bedeutung: Diese Eisscholle ist zerbrochen. Geh schnell zwei Felder zurück.)
❄ einer Krone (Bedeutung: Du hast den Schneekönig gesehen. Du darfst auf das Feld vor dem führenden Kind rücken)
Die Blätter - unsere Eisschollen - werden in einer gebogenen Linie mit etwas Abstand von einer Wand zur anderen gelegt. Die Kinder würfeln reihum und laufen vom Start zum Ziel. Betreten sie eine Eisscholle mit Zeichnung, führen sie die angegebene Aufgabe aus.

SONNABEND

Weihnachtserinnerungen

Dylan Thomas

Ein Weihnachten war dem anderen so gleich in jenen Jahren, die nun um die Meerecke der Stadt entschwunden und außer aller Hörweite sind, bloß dass ich manchmal einen Augenblick lang vor dem Einschlafen noch das ferne Gespräch ihrer Stimmen höre, dass ich jetzt nie mehr sagen kann, ob es sechs Tage und sechs Nächte lang geschneit hat, als ich zwölf war, oder ob es zwölf Tage und zwölf Nächte lang geschneit hat, als ich sechs war. Oder damals, als das Eis brach und der Schlittschuh laufende Schnittwarenhändler verschwand wie ein Schneemann durch eine weiße Falltüre, ob das derselbe Weihnachtstag war, an dem die Rosinenkuchen Onkel Arnold fertig machten und wir den seeseitigen Hügel hinunterrodelten, den ganzen Nachmittag lang, auf dem besten Teetablett; und Mrs. Griffith beschwerte sich, und wir warfen einen Schneeball nach ihrer Nichte, und als ich die Hände vors Feuer hielt, da brannten sie vor Kälte und Hitze so sehr, dass ich zwanzig Minuten lang weinte; und dann aß ich Wackelpudding.

Alle Weihnachten rollen den Hügel hinunter zum walisisch sprechenden Meer, wie ein Schneeball, der immer weißer und größer und runder wird, wie ein kalter kopfüber kollernder Mond, der den Himmel hinunterbollert, der unsere Straße war; und alle Weihnachten machten Halt am Ufer der eisgeränderten, fischefrierenden Wellen, und ich fahre mit den Händen tief in den Schnee und hole alles heraus, was ich finden kann: Tannenzweige und Weihnachtssingvögel, oder Pudding, Gezänk und Gesänge, und Orangen und blecherne Pfeifchen, und das Kaminfeuer in der guten Stube, und Bums die Knallbonbons, und Heilig, Heilig, Heilig läuten die Glocken, und die Glasglocken beben am Baum, und Mutter Graugans aus der Weihnachtspantomime, und der Struwwelpeter - ach, die paulinchen-verbrennenden Flammen und der klappernde Scherenmann. Und Billy Bunter aus dem bunten Groschenheft und die Schwarze Schönheit, und Goldelse, und die kleine Frau; und Jungen, die drei Portionen essen, und Alice im Wunderland, und Mrs. Porters Dachse, und Federmesser und Teddybären - benannt nach einem Mr. Theodor Bär, ihrem Erfinder oder Vater, der vor kurzem in den Vereinigten Staaten starb -, Mundharmonikas, Bleisoldaten und Milchpudding, und Tante Bessy, die auf dem ungestimmten Piano in der guten Stube »Ein Männlein steht im Walde« und »Orangen und Lemonen« spielt, den ganzen Pfänder und Blindekuh spielenden Abend lang am Ende des unvergesslichen Tages am Ende des nicht mehr erinnerten Jahres.

Tief taucht meine Hand in jenen watteweißen glockenklingenden Ball von Festtagen, der am Rande des lobliedersingenden Meeres ruht, und heraus kommen Mrs. Prothero und die Feuerwehrmänner. Es war am Nachmittag des Weihnachtsabends, und ich war in Mrs. Protheros Garten und wartete mit ihrem Sohn Jim auf Katzen. Es schneite. Zu Weihnachten schneite es immer. Der Dezember ist in meinen Erinnerungen weiß wie Lappland, nur Rentiere waren keine da. Aber dafür waren Katzen da. Geduldig, mit eiskalten Fingern und eiskaltem Herzen, unsere Hände in Socken gehüllt, warteten wir, um Schneebälle nach den Katzen zu werfen. Geschmeidig und lang wie Jaguare und mit furchtbaren Schnurrbärten, spukend und fauchend würden sie über die weißen Mauern am unteren Ende der Gärten huschen und jagen, und die luchsäugigen Jäger, Jim und ich, Trapper von der Hudson Bay gleich hinter der Gasthausstraße, in Pelzmützen und Mokassins, würden unsere tödlichen Schneebälle gerade ins Grüne ihrer Augen schleudern. Die klugen Katzen ließen sich niemals blicken. Wir waren so still - eskimofüßige arktische Scharfschützen im alles erstickenden Schweigen des ewigen Schnees, der schon seit Mittwoch lag –, dass wir Mrs. Protheros ersten Schrei aus ihrem Schneehaus am unteren Ende des Gartens nicht einmal hörten. Oder wenn wir ihn hörten, so war er für uns nur wie der weit entfernte Kriegsruf unseres Feindes und unserer Beute, des Nachbars Polarkatze. Aber bald wurde die Stimme lauter. »Feuer!«, schrie Mrs. Prothero, und sie schlug den Gong, der sonst zum Essen rief. Und wir liefen den Garten hinunter, den Arm voller Schneebälle, auf das Haus zu, und, heißa!, da kam wirklich Rauch aus dem Speisezimmer, und der Gong bummerte, und Mrs. Prothero rief die Katastrophe aus wie ein Stadtschreier in Pompeji. Das war besser als alle Katzen in ganz Wales, auch wenn sie in einer Reihe auf der Mauer gestanden hätten. Wir stürzten ins Haus, beladen mit Schneebällen, und machten an der offenen Türe des raucherfüllten Zimmers Halt. Ja, etwas brannte ganz tüchtig. Vielleicht war es Mr. Prothero, der nach dem Mittagessen immer in diesem Zimmer schlief, mit einer Zeitung auf dem Gesicht. Aber nein, der stand mitten im Zimmer und sagte: »Feine Weihnachten, das!«, und schlug mit einem Hausschuh auf den Rauch los.

»Ruft die Feuerwehr!«, schrie Mrs. Prothero und schlug weiter den Gong.

»Die werden nicht da sein«, sagte Mr. Prothero, »es ist doch Weihnachten.«

Es war kein Feuer zu sehen, nur dichte Rauchwolken, und mittendrin Mr. Prothero, der mit seinem Hausschuh dem Rauch winkte, als dirigiere er ein Konzert.

»Tut doch was!«, sagte er.

Und wir warfen alle unsere Schneebälle in den Rauch – ich glaube aber, wir verfehlten Mr. Prothero – und liefen hinaus aus dem Haus zur Telefonzelle.

»Rufen wir doch auch die Polizei an«, sagte Jim.

»Und die erste Hilfe.«

»Und Ernie Jenkins, der mag Feuer so gern.«

Aber wir riefen nur die Feuerwehr an, und bald kam auch das Feuerwehrauto, und drei große Männer mit Helmen brachten einen Schlauch ins Haus, und Mr. Prothero ging gerade noch rechtzeitig aus dem Wege, ehe sie den Wasserstrahl andrehten. Kein Mensch hätte einen Weihnachtsabend mit mehr Krach haben können, und als die Feuerwehrmänner den Wasserstrahl wieder abstellten und im nassen, rauchigen Zimmer herumstanden, da kam Jims Tante, Miss Prothero, die Treppe herunter, steckte den Kopf herein und sah sie an. Jim und ich warteten, ganz still, um zu hören, was sie zu ihnen sagen würde. Denn sie wusste immer das richtige Wort. Sie sah die drei großen Feuerwehrmänner mit ihren glitzernden Helmen an, wie sie dastanden, umgeben von Rauch und verbranntem Holz und halbgeschmolzenen Schneebällen, und dann sagte sie: »Möchten Sie vielleicht etwas zu lesen haben?«

Und nun kommt aus diesem gleißendweißen Schneeball der verflossenen Weihnachten der Strumpf hervor, der Strumpf aller Strümpfe, der am Fußende des Bettes hing, sodass der Arm einer wuschellockigen Negerpuppe oben hervorbaumelte und unten in den Zehen kleine Glocken läuteten. Da war auch eine ganze Kompanie Soldaten drin, tapfer und scharlachrot, nur dass sie niemals gut schmeckte, obwohl ich sie immer zu kosten versuchte, als ich noch ganz klein war: Bleisoldaten mit Gurt und Bärenfellmützen und Musketen, Schulter an Schulter, die nur allzu bald ihre Köpfe und Beine verlieren sollten, in den Kriegen auf dem Küchentisch, wenn das Teegeschirr, die Kekse und die Rosinenkuchen weggeräumt waren, die ich immer backen half, indem ich die Rosinen entkernte und aufaß. Und da war ein Säckchen mit feuchten, vielfarbigen Geleebonbons, die wie kleine Kinder aussahen, und eine eingerollte Flagge und eine falsche Nase, und eine Straßenbahnschaffnermütze und eine Maschine, die Fahrscheine lochte und dabei klingelte ... Aber niemals eine richtige Schleuder; einmal, durch einen Irrtum, den niemand erklären konnte, eine kleine Axt und ein Gummibüffel, oder vielleicht war es auch ein Pferd, mit gelbem Kopf

SONNABEND

und aufs Geratewohl herumschlenkernden Beinen; und eine Zelluloidente, die, wenn man sie drückte, einen ganz unentenhaften Ton von sich gab, ein miauendes Muhen, wie es vielleicht eine ehrgeizige Katze fertiggekriegt hätte, die als Kuh gelten will; und ein Malbuch, in dem ich das Gras, die Bäume, das Meer und die Tiere in jeder Farbe malen konnte, die mir Recht war; und bis zum heutigen Tag grasen die blendendhimmelblauen Schafe auf der roten Weide unter einer Schar von regenbogenschnäbeligen und erbsengrünen Vögeln.

Der Weihnachtsmorgen war immer vorüber, noch ehe man Zeit hatte, Hans Schneemann zu sagen. Und sieh da, auf einmal brannte der Pudding. Soll man nicht wieder den Gong schlagen und die Feuerwehr anrufen, und die bücherliebenden Feuerwehrmänner? Jemand fand im Kuchen das eingebackene silberne Dreipennystück mit einer Korinthe dran; und dieser Jemand war immer Onkel Arnold. Das Sprüchlein, das aus seinem Knallbonbon fiel, lautete:

Lasset uns alle jubeln, denn Weihnacht ist da,
Lasst uns spielen und singen und rufen hurra!

Und die Erwachsenen blickten dann immer zur Zimmerdecke hinauf, und Tante Bessy, die schon zweimal von einer automatischen Maus mit einem Uhrwerk erschreckt worden war, wimmerte am Büfett und trank ein wenig Holunderwein.

Und jemand stellte eine Glasschüssel voller Nüsse auf den überhäuften Tisch, und mein Onkel sagte ganz genau wie jedes Jahr:

»Ich habe da eine Schuhnuss erwischt, hol mir einen Schuhlöffel, Junge, dass ich sie öffnen kann!« Und dann war das Essen vorüber.

Und ich erinnere mich, am Nachmittag des Weihnachtstages, wenn die anderen ums Feuer saßen und einander erzählten, dass dies gar nichts sei, nein, rein gar nichts, verglichen mit den großen, schneeverwehten, bratgans- und truthahnstolzen, julscheitknisternden, tannenreisigen und unter dem Mistelzweig küssenden Weihnachtsfesten, als sie noch Kinder waren, dass ich hinausging in Schulmütze und Schal und Handschuhen, mit meinen funkelnagelneuen, knarrenden Stiefeln; in die weiße Welt hinaus, auf den seeseitigen Hügel, um Jim und Dan und Jack zu besuchen und mit ihnen durch die schweigende Schneelandschaft unseres Städtchens zu wandern.

Wir gingen stapfenden Schrittes durch die Straßen und hinterließen gewaltige, tiefe Fußstapfen im Schnee, auf den verborgenen Gehsteigen.

»Ich wette, die Leute werden glauben, da sind Nilpferde gegangen.«

»Was würdest du tun, wenn du ein Nilpferd die Krönungsstraße herunterkommen sähst?«

»Ich? Ich würde so machen, bums! Ich würde das Nilpferd übers Geländer schmeißen und den Hügel hinunterrollen. Und dann würde ich es unter dem Ohr kitzeln, bis es mit dem Schweif wedelt.«

»Aber was würdest du tun, wenn du zwei Nilpferde sehen würdest?«

Eisengepanzerte brüllende Nilpferdhengste klapperten, polterten und dröhnten durch den aufspritzenden Schnee auf uns zu, als wir an Mr. Daniels Haus vorbeikamen.

»Werfen wir Mr. Daniel einen Schneeball als Brief in den Briefkasten.«

»Schreiben wir etwas in den Schnee.«

»Schreiben wir: ›Mr. Daniel sieht aus wie ein Spaniel‹ groß über seinen ganzen Rasen.«

»Seht her«, sagte Jack, »ich esse Schneekuchen.«

»Wie schmeckts denn?«

»Wie Schneekuchen.«

Oder wir gingen die weiße Küste entlang.

»Können die Fische sehen, dass es schneit?«

»Natürlich, die glauben, der Himmel fällt herunter.«

Die schweigenden Himmel, die aus einer einzigen Wolke bestanden, trieben hinaus aufs Meer.

»Alle Hunde sind weg.«

Im Sommer jappten am Ufer Hunde von hundert vermengten Rassen und verbellten die zudringlichen Wogenkämme.

»Ich wette, für Bernhardiner wäre dieses Wetter jetzt aber gerade recht.«
Und wir waren schneeblinde Reisende, verloren auf den Bergen des Nordens, und die großen Hunde mit ihren Schwartenhälsen und Kognakflaschen sprangen auf uns zu und scharrten uns aus und bellten laut: »Branntwein Marke Excelsior!«
Wir gingen heim, durch die verlassenen, armen Gassen, die zum Meer hinunterführten, wo nur wenige Kinder mit bloßen roten Fingern im tiefen, karrengleiszerfurchten Schnee herumscharrten und hinter uns eine Katzenmusik erhoben, mit Stimmen, die verhallten, als wir hügelan stapften und die Schreie der Hafenvögel laut wurden, und die Sirenen der Schiffe draußen in der weißen flockenwirbelnden Bucht.
Holt die großen alten Geschichten hervor, die wir am Feuer erzählten, als wir Kastanien rösteten und die klein gestellten Gaslichter rundum summten! Gespenster mit dem Kopf unter dem Arm schleppten ihre Ketten nach und sagten: »Huhhh«, wie Eulen in den langen Nächten, wenn ich es nicht wagte, über die Schulter zu sehen; wilde Tiere lauerten im Verschlag unter der Treppe, wo die Gasuhr tickte.
»Vor vielen Jahren einmal«, sagte Jim, »waren drei Jungen, genau wie wir, die bei Nacht im Schnee ihren Weg verloren, hinter dem Bethaus auf dem Friedhof von Bethesda, und hört, was ihnen geschah ...«
Es war die schauderhafteste Geschichte, die ich je gehört habe.
Und ich erinnere mich auch, wie wir einmal von Haus zu Haus Weihnachtslieder singen gingen, ein, zwei Nächte vor dem Heiligen Abend, als auch nicht der leiseste Schimmer von Mondschein die geheimnisvollen, weiß durchwehten Gassen erhellte. Am Ende einer langen Straße war ein Weg, der zu einem großen Haus führte, und wir stolperten in jener Nacht durch die Finsternis hinaus, jeder einzelne von uns voll Angst, jeder für alle Fälle mit einem Stein in der Hand, aber wir alle zu tapfer, um auch nur ein Wort davon zu sagen. Durch die Alleebäume des Weges blies der Wind mit Stimmen wie von alten unheimlichen Männern, die vielleicht Schwimmhäute an den Füßen hatten und in Höhlen ächzten und keuchten. Wir erreichten den schwarzen gewaltigen Klotz des Hauses.
»Was sollen wir ihnen singen?«, flüsterte Dan.
»Hört, die Engel singen schon? Weihnachten kommt nur einmai im Jahr?«
»Nein«, sagte Jack, »wir singen ›Der gute König Wenzeslaus‹. Ich zähle bis drei.«
»Eins, zwei, drei«, und wir begannen zu singen, mit Stimmen, die hoch und weit entfernt klangen in der schneegetünchten Finsternis rund um das Haus, in dem niemand wohnte, den wir kannten. Wir standen eng nebeneinander, dicht vor der dunklen Türe.
Der gute König Wenzeslaus sah am Sankt-Stephans-Feste ...
Und dann kam eine kleine trockene Stimme, wie die Stimme von jemand, der schon lange nicht gesprochen hat, und stimmte plötzlich in unseren Gesang ein: eine kleine trockene Stimme von der anderen Seite der Türe: eine kleine trockene Stimme durch das Schlüsselloch. Und als wir wieder aufhörten zu rennen, da waren wir vor unserem eigenen Haus.
Die große Vorderstube war einladend und hell. Das Grammophon spielte. Wir sahen die roten und weißen Ballons am Arm der Gaslampe hängen. Onkel und Tanten saßen ums Feuer. Es war mir, als könnte ich unser Abendessen riechen, das in der Küche gebraten wurde. Alles war wieder gut, und Weihnachten leuchtete durch die ganze vertraute Stadt.
»Vielleicht war das ein Geist«, sagte Jim.
»Vielleicht waren es Trolle«, sagte Dan, der immer Bücher las.
»Gehen wir hinein, und sehen wir, ob noch Wackelpudding übrig ist«, sagte Jack. Und das taten wir.

(Vorlesezeit ca. 20 Minuten)

Der Weihnachtsbaum

Es ist bald so weit. Heiligabend ist in wirklich greifbare Nähe gerückt. So langsam fällt die Aufgeregtheit ab, es wird besinnlicher. Ein paar Verse zum Weihnachtsbaum untermalen diese Stimmung.

Kleine Christbaumkunde

Nordmanntanne: der meist gekaufte Weihnachtsbaum in unseren Landen. Sie zeichnet sich vor allem durch ihre hohe Nadelfestigkeit aus. Da sie viel langsamer als Fichte und Blautanne wächst, ist ihr Preis etwas höher. Eine solche Tanne benötigt 12 bis 15 Jahre, um Zimmerhöhe zu erreichen. Das Samenkorn der Nordmanntanne kommt aus dem türkischen oder russischen Kaukasus.
Blaufichte: Stammt aus Nordamerika. Sie weist einen großen »Blauanteil« auf. Das ist ein Schimmer auf den Baumnadeln, dessen Intensität aber nicht nur vom Typ selbst, sondern auch von der Witterung abhängig ist. Auch zum Ausstechen als Topfbaum eignet sich die Blaufichte hervorragend, da die Wurzeln mit hoher Wahrscheinlichkeit anwachsen.
Blautanne: Identisch mit der Blaufichte, nur ihre Nadelfestigkeit ist von längerer Dauer.
Rotfichte: der traditionelle Weihnachtsbaum. Sie steht zur Adventszeit als Lichterbaum im Vorgarten oder auf dem Balkon. Weihnachten ist sie der preiswerte Baum für die eigentlichen Festtage.

Winternacht

Der Winter ist gekommen
und hat hinweggenommen
der Erde grünes Kleid;
Schnee liegt auf Blütenkeimen,
kein Blatt ist auf den Bäumen,
erstarrt die Flüsse weit und breit.

Da schallen plötzlich Klänge
und frohe Festgesänge
hell durch die Winternacht.
In Hütten und Palästen
ist rings in grünen Ästen
ein bunter Frühling aufgemacht.

Wie gern doch seh ich glänzen
mit all den reichen Kränzen
den grünen Weihnachtsbaum;
dazu der Kindlein Mienen,
von Licht und Lust beschienen;
wohl schönre Freude gibt es kaum.

Volksgut

Christbaum-Tipps:

Bewahre den Christbaum bis zum Fest kühl auf (Garten, Balkon, Keller).
Öffne das Christbaumnetz (Verpackung) immer von unten nach oben.
Verwende einen mit Wasser gefüllten Christbaumständer.
Beschneide den Baum am Stammende frisch vor der Aufstellung.
Je kühler der Aufstellungsort, umso länger halten die Nadeln.
Lebende Christbäume sollten höchstens zehn Tage im warmen Raum stehen.
Halte lebende Christbäume in den Weihnachtstagen stets mäßig feucht.

Kerzen-Tipps:

Um gleichmäßiges Abbrennen zu gewährleisten, sollte der Docht gerade stehen und nie länger als 1 cm sein.
Damit die Kerzen langsamer abbrennen, etwas Salz um den Docht streuen.
Kerzen tropfen nicht und brennen wesentlich länger, wenn sie vor dem Anzünden einige Stunden im Gefrierfach verbracht haben.

Der Traum

Ich lag und schlief, da träumte mir
ein wunderschöner Traum:
Es stand auf uns'rem Tisch vor mir
ein hoher Weihnachtsbaum.

Und bunte Lichter ohne Zahl,
die brannten ringsumher;
die Zweige waren allzumal
von gold'nen Äpfeln schwer.

Und Zuckerpuppen hingen dran –
das war mal eine Pracht!
Da gabs, was ich nur wünschen kann
und was mir Freude macht.

Und als ich nach dem Baume sah
und ganz verwundert stand,
nach einem Apfel griff ich da,
und alles, alles schwand.

Da wacht' ich auf aus meinem Traum,
und dunkel wars um mich.
Du lieber, schöner Weihnachtsbaum,
sag an, wo find ich dich?

Da war es just, als rief er mir:
»Du darfst nur artig sein;
dann steh ich wiederum vor dir –
jetzt aber schlaf nur ein!

Und wenn du folgst und artig ist,
dann ist erfüllt dein Traum,
dann bringet dir der heil'ge Christ
den schönsten Weihnachtsbaum.«

Heinrich Hoffmann von Fallersleben

Der Christbaum

Der Christbaum ist der schönste Baum,
den wir auf Erden kennen;
im Garten klein, im engsten Raum,
wie lieblich blüht der Wunderbaum,
wenn seine Lichter brennen.

Dann sieh, in dieser Wundernacht
ist einst der Herr geboren,
der Heiland, der uns selig macht;
hätt er den Himmel nicht gebracht,
wär alle Welt verloren.

Doch nun ist Freud und Seligkeit,
ist jede Nacht voll Kerzen.
Auch dir, mein Kind, ist das bereit't,
dein Jesus schenkt dir alles heut,
gern wohl wird dir im Herzen.

O lass ihn ein, es ist kein Traum!
Er wählt dein Herz zum Garten,
will pflanzen in den engen Raum
den allerschönsten Wunderbaum
und seiner treulich warten.

Volksweise

Filka

Alexander Jablonowsky

Keiner wusste genau, wie es dazu kam, dass der Koch Wissili zum Weihnachtsessen den allgemeinen Liebling der Kinder, das kleine Ferkelchen Filka, geschlachtet hatte. Zu seiner Entschuldigung brachte der Koch vor, Filka sei der kleinste Bewohner im Schweinestall gewesen, und der gnädige Herr esse größere Ferkel nicht gern. Doch Njanja (Kinderfrau) behauptete, er habe es aus reiner Bosheit getan.

Der ältere Knabe, Kostja, der schon die erste Gymnasialklasse besuchte, errichtete im Hof gerade einen Schneemann, als er diese Kunde vernahm; vor Schreck fiel ihm die Kohle aus der Hand, die er dem Schneemann als Augen einsetzen wollte. Laut rufend: »Ermordet! Ermordet? ...« lief er ins Kinderzimmer und erzählte den Geschwistern, Filka würde gebraten und mit Buchweizengrütze gefüllt auf dem Weihnachtsmittagstisch stehen.

Im nächsten Augenblick erklang solch ein lautes Weinen, dass Mutter, Njanja und zwei Dienstmädchen herangestürzt kamen. »Das hat er absichtlich getan!«, wiederholte Kostja immer wieder, mit seinen von Kohle schwarzen Händen die über die Wangen hinrollenden Tränen wischend. »Er tat es, uns zu ärgern«, schluchzte auch das kleine Mädchen Musja, das bereits festlich geschmückt war. Der vier Jahre alte Alek weinte still vor sich hin. Mama küsste ihr Jüngstes, strich begütigend dem Töchterchen über die blonden Locken und suchte den »erwachsenen« Kostja zu beschämen. Sie versprach den Kindern eine Spazierfahrt mit der Troika und jedem von ihnen ein kleines, neues Ferkelchen. Doch die drei wollten nichts von alledem haben.

Den Erwachsenen war diese Trauer nicht begreiflich; gewiss, es war ein unangenehmes, betrübliches Missverständnis geschehen, das aber durch zusätzliche Geschenke gutgemacht werden sollte. Die Kinder dachten anders, für sie war es eine unentschuldbare Gemeinheit, ein Verbrechen, dem ihr Liebling, ein schutzloses Geschöpf, zum Opfer gefallen war. Noch unlängst hatte es sich in den Zimmern getummelt, ihnen aus den Händen Zucker gefressen, wobei es so komisch sein Rüsselchen hin und her bewegte. Für sie war Filka ein Familienmitglied, und das Bewusstsein, es liege nun mit Grütze gefüllt in der Pfanne, erweckte in ihren Kinderseelen den Gedanken, es sei tatsächlich ein Mord geschehen. Wegen der Aufregung wurde das Mittagessen verspätet serviert. Mutter und Njanja wuschen die verweinten Gesichtchen und redeten den Kindern zu, bei Tisch ruhig zu bleiben und nicht Papa durch weiteres Klagen zu verärgern. Den dreien gelang es nicht, die trübe Stimmung zu überwinden: Sie saßen bei Tisch wie bei einem Leichenmahl, und nur das strenge Antlitz des Vaters bestimmte sie, mit den Löffeln und Gabeln in den Tellern zu rühren, ohne dass sie etwas herunterschlucken gekonnt hätten. Die Frage bedrängte sie: Ist es möglich, dass Filka gleich, auf einer Schüssel liegend, auf den Tisch gestellt wird und die Eltern sich daran machen werden, das arme Tierchen zu essen? Auch die Mutter war aufgeregt, sie hatte ihren Mann gebeten, statt des Ferkels eine Gans braten zu lassen, doch dieser gab zur Antwort: »Kinderlaunen darf nicht nachgegeben werden.« Jetzt, die verweinten Augen seiner Lieblinge betrachtend, tat es ihm Leid, nicht nachgegeben zu haben, doch ... da trat das Mädchen mit der Schüssel ins Zimmer. Kunstvoll gegrillt, mit hochstehenden Ohren, mit hochgehobenem Schwänzchen, die Pfötchen

untergeschlagen, lag Filka da – seine gebratenen Augen schienen die Gesellschaft zu betrachten. »Herrlich!«, rief der Vater und griff nach dem Messer.
Da sprang Musja auf. »Du ... du willst Filka essen? Dann bist du ja ein Menschenfresser!«
Das wurde dem Vater zu viel; er konnte den Schmerz der Kinder nicht länger sehen, legte das Messer hin und entfernte sich aus dem Zimmer. Die Schüssel mit Filka blieb unangerührt stehen.
Als die Kinder sich nach einer Stunde etwas beruhigt hatten, fragten sie einander, was mit Filka weiter geschehen würde. »Wenn wir nichts unternehmen«, meinte Kostja. »trägt man die Schüssel in die Küche, und die Angestellten essen Filka auf.« Der Kleine äußerte flüsternd: »Wir müssen Filka begraben.« – »Er ist doch gebraten!«, rief Kostja. – »Daran ist er doch nicht Schuld«, sagte weinerlich Alek. Das schien die zwei anderen zu überzeugen; sie wussten nur nicht, worin man Filka begräbt. Kostja schlug vor: »Wickle ihn in eine alte Puppendecke.« Musja fand es besser, Mama eine Hutschachtel zu entwenden: dieser Vorschlag wurde angenommen, und es gelang, eine Schachtel zu finden, auf dieser stand die Firma »Madame Alice« verzeichnet. Dann wurde das Programm zur feierlichen Handlung festgesetzt: Musja und Alek hätten vorauszugehen, je eine brennende Kerze tragend. Kostja würde die Schachtel mit Filka auf einem Handschlitten nachziehen. Die Kinder kleideten sich an, bemüht, ja keinen Lärm zu machen, denn Musja hatte den Knaben immer wieder beigebracht, das Ganze müsse ein »Geheimnis für ewig« bleiben; keiner sollte je erfahren, was aus Filka geworden sei.
Im Garten herrschte völlige Stille, der neugefallene Schnee deckte die Wege, die Beete und das Dach der Laube, neben der Filka – so war es beschlossen – ruhen sollte. Es blitzte silbern auf Ästen und Zweigen der Bäume.
Kostja musste nochmals zurück ins Haus, man hatte vergessen, dass man eine Schaufel brauchte. Er schleppte eine heran, die Schöße seines langen Uniformmantels fegten über die Schneefläche ... Eine weiße Lautlosigkeit schien sich über die Erde gesenkt zu haben, die Kerzen brannten in der frostigen Luft, ohne dass ihre Flammen schwankten. Ein tiefes Loch wurde gegraben, die Schachtel hineinversenkt, alle drei warfen Schnee darüber; dann wanderte man heim.
Der tiefe Gram war in den Seelen der Kinder überwunden durch die Feierlichkeit des Geschehenen, und Musja schärfte den beiden nochmals ein: »Vergesst es ja nicht: Es bleibt unser Geheimnis für ewige Zeiten!«

(Vorlesezeit ca. 8 Minuten)

Nachrichten vom Weihnachtsmann

Für das heilige Fest wurde der Weihnachtsmann erst recht spät zu einer wichtigen Figur. Bei uns trat er als Spender von Gaben im 19. Jahrhundert in Erscheinung, als eine Mischung aus Nikolaus und Großvater. Der romantische Maler Moritz von Schwind zeichnete erstmals 1847 einen gutmütigen alten Mann mit Rauschebart, Pelzmantel, Pfeife und einem Tannenbaum unter dem Arm – und gab ihm den Namen »Herr Winter«.
Bekannt und berühmt wurde der Weihnachtsmann dann in Nordamerika. In einem Schlitten voller Geschenke, gezogen von acht Rentieren, kommt er daher, »erfunden« 1821 von Washington Irving. In einem Gedicht von Clement C. Moore taucht Santa Claus kurze Zeit später auf, wonach er 1863 zum ersten Mal – gezeichnet von dem Karikaturisten Thomas Nast – im Bild erscheint.

Gibt es einen Weihnachtsmann?

Im Jahre 1897 schrieb die achtjährige Virginia O'Hanlon aus New York einen berühmt gewordenen Brief an die amerikanische Tageszeitung »Sun«. Chefredakteur Francis P. Church war das Schreiben so wichtig, dass er auf der Titelseite seiner Zeitung selbst antwortete. Bis zur Einstellung der »Sun« im Jahre 1950 wurde der Briefwechsel alle Jahre wieder zu Weihnachten abgedruckt.

Virginia schrieb:
»Ich bin acht Jahre alt. Einige von meinen Freunden sagen, es gibt keinen Weihnachtsmann. Papa sagt, was in der »Sun« steht, ist immer wahr. Bitte sagen Sie mir: Gibt es einen Weihnachtsmann?«

Die Antwort lautete:
»Virginia,
deine kleinen Freunde haben Unrecht. Sie glauben nur, was sie sehen; sie glauben, dass es nicht geben kann, was sie mit ihrem kleinen Geist nicht erfassen können. Aller Menschengeist ist klein, ob er nun einem Erwachsenen oder einem Kind gehört. Im Weltall verliert er sich wie ein winziges Insekt. Solcher Ameisenverstand reicht nicht aus, die ganze Wahrheit zu erfassen und zu begreifen.
Ja, Virginia, es gibt einen Weihnachtsmann. Es gibt ihn so gewiss wie die Liebe und Großherzigkeit und Treue. Weil es all das gibt, kann unser Leben schön und heiter sein. Wie dunkel wäre die Welt, wenn es keinen Weihnachts-

mann gäbe! Es gäbe dann auch keine Virginia, keinen Glauben, keine Poesie - gar nichts, was das Leben erst erträglich machte. Ein Flackerrest an sichtbarem Schönen bliebe übrig. Aber das Licht der Kindheit, das die Welt ausstrahlt, müsste verlöschen.
Es gibt einen Weihnachtsmann, sonst könntest du auch den Märchen nicht glauben. Gewiss, du könntest deinen Papa bitten, er solle am Heiligenabend Leute ausschicken, um den Weihnachtsmann zu fangen. Und keiner von ihnen bekäme den Weihnachtsmann zu Gesicht - was würde das beweisen? Kein Mensch sieht ihn einfach so. Das beweist gar nichts. Die wichtigsten Dinge bleiben meistens unsichtbar. Die Elfen zum Beispiel, wenn sie auf Mondwiesen tanzen. Trotzdem gibt es sie.
All die Wunder zu denken - geschweige denn sie zu sehen - das vermag nicht der Klügste auf der Welt.
Was du auch siehst, du siehst nie alles. Du kannst ein Kaleidoskop aufbrechen und nach den schönen Farbfiguren suchen. Du wirst einige bunte Scherben finden, nichts weiter. Warum? Weil es einen Schleier gibt, der die wahre Welt verhüllt, einen Schleier, den nicht einmal die Gewalt auf der Welt zerreißen kann. Nur Glaube und Poesie und Liebe können ihn lüften. Dann werden die Schönheit und Herrlichkeit dahinter auf einmal zu erkennen sein. »Ist das denn auch wahr?«, kannst du fragen. Virginia, nichts auf der ganzen Welt ist wahrer und nichts beständiger.
Der Weihnachtsmann lebt, und ewig wird er leben. Sogar in zehnmal zehntausend Jahren wird er da sein, um Kinder wie dich und jedes offene Herz mit Freude zu erfüllen.
Frohe Weihnacht, Virginia!

Dein Francis Church«

Zwei Meinungen dazu; die erste von Howell Raines von der New York Times:
»Dieses Kind klopft an die Tür zur Erwachsenenwelt und bittet darum, eintreten zu dürfen. Und was dieser Redakteur tut, ist, sie - und seine erwachsenen Leser - zu Beschützen.«

Die zweite Meinung stammt von William David Sican, Professor für Journalistik an der Universität von Arcansas:

»Hätte Church die Existenz des Weihnachtsmannes bestrittet, hätte er die Fantasiewelt vieler Kinder zerstört und sich an den Werten und Traditionen vergangen, die viele Menschen für wichtig halten. Hätte er den Weihnachtsmann als eine Tatsache bestätigt, hätte der Brief keine nachhaltige Bedeutung erlangt. Church hielt die Hoffnung eines Kindes aufrecht, indem er ihm Ideale bestätigte, die auch für Erwachsene einen Wert haben. Er setzte nicht einfach einen Mythos fort. Er bot einen Grund zu glauben.«

Zu Weihnachten überbringen viele Gestalten Geschenke. Sie alle sind »verwandt« mit dem Nikolaus, wie etwa der Père Noël in Frankreich. Der amerikanische Santa Claus entspricht der niederländischen Legendengestalt Sinter Klaas (=Nikolaus). Der Julenisse in Skandinavien und in Dänemark geht auf das germanische Fest der Wintersonnenwende, das Julfest, zurück. Father Christmas ist sein Name in England.

O Tannenbaum, o Tannenbaum

2.
O Tannenbaum, o Tannenbaum,
du kannst mir sehr gefallen.
Wie oft hat doch zur Weihnachtszeit
ein Baum von dir mich hoch erfreut.
O Tannenbaum, o Tannenbaum,
du kannst mir sehr gefallen.

3.
O Tannenbaum, o Tannenbaum,
dein Kleid will mich was lehren:
Die Hoffnung und Beständigkeit
gibt Trost und Kraft zu jeder Zeit.
O Tannenbaum, o Tannenbaum,
dein Kleid will mich was lehren.

Zum unveräußerlichen Schatz deutscher Weihnachtslieder gehört die beschwingte Melodie dieses zunächst heiteren Liebesliedes, einer Mazurka. Sie geht zurück auf ein schlesisches Volkslied des 16. Jahrhunderts, das zwar mit dem Tannenbaum, aber nichts mit dem christlichen Weihnachtsfest zu tun hatte. Erst 1820 entstand daraus das uns heute bekannte Lied, dessen erste Strophe August Zarnack dichtete. Im Jahre 1824 schuf der Leipziger Lehrer Ernst Anschütz auch die zweite und dritte Strophe.
2.

Stille Nacht! Heilige Nacht!

Stille Nacht! Heilige Nacht!
Gottes Sohn, o wie lacht
Lieb aus deinem göttlichen Mund.
Da uns schlägt die rettende Stund,
Christ, in deiner Geburt,
Christ, in deiner Geburt.

3.
Stille Nacht! Heilige Nacht!
Hirten erst kund gemacht
durch der Engel Halleluja,
tönt es laut von fern und nah:
»Christ der Retter ist da!«
»Christ der Retter ist da!«

4.
Stille Nacht! Heilige Nacht!
Die der Welt Heil gebracht,
aus des Himmels goldenen Höhn',
uns der Gnade Fülle lässt sehn:
Jesum in Menschengestalt,
Jesum in Menschengestalt,

In der ganzen Welt kennt man dieses für viele Menschen schönste Weihnachtslied, das um die Mitte des 19. Jahrhunderts seinen Siegeszug über die Grenzen des Ursprungslandes Österreich antrat. Im Unterschied zu vielen älteren Weihnachtsliedern sind hier Dichter und Komponist bekannt. Den Text schrieb der katholische Pfarrer Joseph Mohr und die Noten der Lehrer Franz Xaver Gruber. Die Uraufführung war am 24. Dezember 1818. Mohr wurde in Salzburg als Sohn eines Musketiers und einer Strickerin geboren. Väterliche Gönner ermöglichten dem aufgeweckten Knaben den Besuch der Laienschule des Stifts Kremsmünster. In Salzburg empfing er 1815 die priesterlichen Weihen und kam über eine Bergpfarrei im Lungau in den etwa eine halbe Autostunde von Salzburg entfernten Marktflecken Oberndorf, wo er den als Organisten tätigen Lehrer Gruber aus dem Nachbarort Arnsdorf kennen lernte und bald zum Freund gewann. Aus dieser Verbindung entstand das vielleicht innigste Weihnachtslied.

DAS FEST

Die Weihnachtsgeschichte

Lukas 2, 1 – 20

Es begab sich aber zu der Zeit, dass ein Gebot von dem Kaiser Augustus ausging, dass alle Welt geschätzt würde. Und diese Schätzung war die allererste und geschah zur Zeit, da Cyrenius Statthalter in Syrien war. Und jedermann ging, dass er sich schätzen ließe, ein jeder in seine Stadt.

Da machte sich auf auch Josef aus Galiläa, aus der Stadt Nazareth, in das jüdische Land zur Stadt Davids, die da heißt Bethlehem, weil er aus dem Hause und Geschlecht Davids war, damit er sich schätzen ließe mit Maria, seinem vertrauten Weibe; die war schwanger.

Und als sie dort waren, kam die Zeit, dass sie gebären sollte. Und sie gebar ihren ersten Sohn und wickelte ihn in Windeln und legte ihn in eine Krippe; denn sie hatten sonst keinen Raum in der Herberge.

Und es waren Hirten in derselben Gegend auf dem Felde bei den Hürden, die hüteten des Nachts ihre Herde. Und der Engel des Herrn trat zu ihnen, und die Klarheit des Herrn leuchtete um sie; und sie fürchteten sich sehr. Und der Engel sprach zu ihnen: Fürchtet euch nicht! Siehe, ich verkündige euch große Freude, die allem Volk widerfahren wird; denn euch ist heute der Heiland geboren, welcher ist Christus, der Herr, in der Stadt Davids. Und das habt zum Zeichen: Ihr werdet finden das Kind in Windeln gewickelt und in einer Krippe liegen. Und alsbald war da bei dem Engel die Menge der himmlischen Heerscharen, die lobten Gott und sprachen: Ehre sei Gott in der Höhe und Friede auf Erden bei den Menschen seines Wohlgefallens.

Und als die Engel von ihnen gen Himmel fuhren, sprachen die Hirten untereinander: Lasst uns nun gehen nach Bethlehem und die Geschichte sehen, die da geschehen ist, die uns der Herr kundgetan hat.

Und sie kamen eilend und fanden beide,

Maria und Josef, dazu das Kind in der Krippe liegen. Als sie es aber gesehen hatten, breiteten sie das Wort aus, das zu ihnen von diesem Kinde gesagt war. Und alle, vor die es kam, wunderten sich über das, was ihnen die Hirten gesagt hatten.
Maria aber behielt alle diese Worte und bewegte sie in ihrem Herzen.
Und die Hirten kehrten wieder um, priesen und lobten Gott für alles, was sie gehört und gesehen hatten, wie denn zu ihnen gesagt war.

Matthäus 1, 18 – 2, 12

Die Geburt Jesu Chrlsti geschah aber so: Als Maria, seine Mutter, dem Josef vertraut war, fand es sich, ehe er sie heimholte, dass sie schwanger war von dem heiligen Geist. Josef aber, ihr Mann, war fromm und wollte sie nicht in Schande bringen, gedachte aber, sie heimlich zu verlassen. Als er das noch bedachte, siehe, da erschien ihm der Engel des Herrn im Traum und sprach: Josef, du Sohn Davids, fürchte dich nicht, Maria, deine Frau, zu dir zu nehmen - denn was sie empfangen hat, das ist von dem Heiligen Geist. Und sie wird einen Sohn gebären, dem sollst du den Namen Jesus geben, denn er wird sein Volk retten von ihren Sünden. Das ist aber alles geschehen, damit erfüllt würde, was der Herr durch den Propheten gesagt hat, der da spricht (Jesaja 7,14): »Siehe, eine Jungfrau wird schwanger sein und einen Sohn gebären, und sie werden ihm den Namen lmmanuel geben«, das heißt übersetzt: Gott mit uns.
Als nun Josef vom Schlaf erwachte, tat er, wie ihm der Engel des Herrn befohlen hatte, und nahm seine Frau zu sich. Und er berührte sie nicht, bis sie einen Sohn gebar; und er gab ihm den Namen Jesus.
Als Jesus geboren war in Bethlehem in Judäa zur Zeit des Königs Herodes, siehe, da kamen Weise aus dem Morgenland nach Jerusalem und sprachen: Wo ist der neugeborene König der Juden ? Wir haben seinen Stern gesehen im Morgenland und sind gekommen, ihn anzubeten. Als das der König Herodes hörte, erschrak er und mit ihm ganz Jerusalem, und er ließ zusammenkommen alle Hohenpriester und Schriftgelehrten des Volkes und erforschte von ihnen, wo der Christus geboren werden sollte. Und sie sagten ihm: In Bethlehem in Judäa; denn so steht geschrieben durch den Propheten (Micha 5, 1). »Und du, Bethlehem im jüdischen Lande, bist keineswegs die kleinste unter den Städten in Juda; denn aus dir wird kommen der Fürst, der mein Volk Israel weiden soll.«
Da rief Herodes die Weisen heimlich zu sich und erkundete genau von ihnen, wann der Stern erschienen wäre, und schickte sie nach Bethlehem und sprach: Zieht hin und forscht fleißig nach dem Kindlein; und wenn ihrs findet, so sagt mirs wieder, dass auch ich komme und es anbete. Als sie nun den König gehört hatten, zogen sie hin. Und siehe, der Stern, den sie im Morgenland gesehen hatten, ging vor ihnen her, bis er über dem Ort stand, wo das Kindlein war. Als sie den Stern sahen, wurden sie hoch erfreut und gingen in das Haus und fanden das Kindlein mit Maria, seiner Mutter, und fielen nieder und beteten es an und taten ihre Schätze auf und schenkten ihm Gold, Weihrauch und Myrrhe. Und Gott befahl ihnen im Traum, nicht wieder zu Herodes zurückzukehren; und sie zogen auf einem andern Weg wieder in ihr Land.

Die kleine Mahlzeit

»La grande bouffe« oder »Das große Fressen«, wie es im berühmten Film von Ferreri heißt, steht ja noch erst an. Also konzentrieren wir uns Heiligabend auf eine schnelle, leichte Küche, deren Zutaten sich rasch besorgen lassen – als Nebenprodukt des notwendigen Großeinkaufes zu den Festtagen quasi.
Viele Familien haben ja ihre Ess-Traditionen: Da gibt es bei den einen den obligatorischen Kartoffelsalat mit Würstchen, bei den anderen den Heringssalat oder schlichter noch: ganz einfach eine Kartoffelsuppe.
Erstaunlicherweise sind es gerade die Kinder, die, ansonsten neuen Dingen sehr aufgeschlossen, hier auf die Tradition pochen. Es soll halt so sein wie immer ...
Der gesamte Ablauf des Tages bis hin zum Christbaumschmuck und dem gemeinsamen Essen ist in den Köpfen (und Mägen) als Wunschbild fest verankert. Wie sagt doch Ephraim Kishon: »Der Magen ist konservativ bis in die Knochen.«

Der von allen gewünschten Gemeinsamkeit dieses Abends entsprechend, bietet sich ein **Raclette-Essen** an, das wie kaum ein anderes Zeit für Gespräche bietet.

Das hierzu notwendige Elektro-Gerät sollte man sich rechtzeitig besorgen (leihen) und auf seine Funktionstüchtigkeit hin überprüfen. Wichtig dabei ist die richtige Größe, also die Anzahl der Metallpfännchen, da jeder ein eigenes benötigt.
Der Phantasie beim Einkauf der Zutaten sind keine Grenzen gesetzt. Alles an Gemüse, Fleisch, Schinken, Pilzen, Krabben usw. kann beim Raclette-Essen Verwendung finden. Ein großes Stück original Schweizer Raclette-Käse ist allerdings notwendig (man rechnet ca. 100 Gramm pro Person), ehe der Spaß losgeht. Zunächst aber geht es an die Arbeit; und da kann man ja alle Familienangehörigen einspannen. Es muss nämlich geschnippelt werden! Gemüse, Fleisch (das vorher am besten in einer Marinade aus Balsamico-Essig, einigen getrockneten Kräutern, Salz und Öl eingelegt wurde) und die anderen Zutaten in möglichst feine Scheiben schneiden und auf verschiedenen Tellern/Platten dekorativ anrichten.
Den Raclette-Käse ebenfalls in Scheiben schneiden und an eine zentral erreichbare Stelle auf dem Tisch platzieren; ihn muss jeder zu jeder Zeit erreichen können!
Die Pfännchen leicht einfetten und nach Wunsch mit den Zutaten belegen. Dabei darauf achten, dass die einzelnen Scheiben neben- und nicht übereinander gelegt werden. Das Ganze wird mit einer Scheibe Käse bedeckt, und ab unter das Raclette-Gerät.

Dazu passen Baguette und ein trockener, leichter Weißwein.

Es geht natürlich auch klassisch mit einem

Schwäbischen Kartoffelsalat

Für vier Personen rechnet man ca. 8–10 mittelgroße Salatkartoffeln, also eine festkochende Sorte, 1–2 Zwiebeln, 1/2 Tasse Weinessig, 1/2 Tasse Sonnenblumenöl, 1/2 Tasse Brühe; weißer, gemahlener Pfeffer.
Die Kartoffeln in der Schale weich kochen, dann pellen und abkühlen lassen.
Nun werden sie in dünne Scheiben geschnitten und die fein geschnittenen Zwiebelwürfel hinzugefügt.
Aus Essig, Öl, Salz, dem Pfeffer und der warmen Fleischbrühe eine Marinade bereiten und zu den Kartoffeln geben. Gut durcheinander mengen und durchziehen lassen. Der Salat muss schön feucht sein .
Dazu kann man eine Bock- oder Rindswurst reichen oder – ganz schwäbisch – gebackenen Leberkäse.

Ein kühles Bier dazu – herrlich!!!

Die klassisch-norddeutsche Variante ist der

Bremer Heringssalat

8 Matjesfilets, eine halbe Tasse Milch, 250 g Rinderbraten,
2 Gewürzgurken (süß-sauer)
2 geschälte süße Apfel;
250 g rote Beete (aus dem Glas), das Weiße von 4 hart gekochten Eiern, 4 Esslöffel Zitronensaft;
4 Esslöffel ganz fein geschnittene Zwiebel; 4 Esslöffel Preiselbeerkompott (aus dem Glas), 2 Esslöffel Schmand oder Crème fra ìche,
2 Esslöffel Kapern, 4–5 Esslöffel gutes Speiseöl; 1 Esslöffel Essig,
je 1 Teelöffel Senf und Zucker.
Matjesfilets gründlich abspülen und mit allen Zutaten in gleichmäßig kleine Würfel schneiden. Öl, Zitronensaft, Preiselbeerkompott, Senf, Kapern, Zucker und Schmand miteinander verrühren und mit etwas Wasser aus dem Gurkenglas sämig rühren und über die vorbereiteten Würfel gießen.
Alles gut durchmengen und ziehen lassen. Dann kühl stellen.
Dazu passt am besten gebuttertes Schwarzbrot/Pumpernickel oder Toast.

Idealerweise gibt es dazu ein frisches Pils.

Heiligabend

Die Freude auf das Weihnachtsfest erreicht am Heiligen Abend ihren Höhepunkt. Heiligabend, endlich erreicht, lange, bange Stunden, fast Minute auf Minute heruntergezählt – der Augenblick, für den sich alle Mühe, alles Warten, alles Sehnen gelohnt hat.

Dieser Zeitpunkt ist für die meisten Menschen heute wichtiger als die anschließenden Feiertage: Jetzt und hier werden Geschenke verteilt und entgegengenommen, sorgt die verzauberte Stimmung im Licht des brennenden Tannenbaumes für einen beinahe rauschartigen Gipfel der Gefühle. (Um diesen zu vervielfältigen, wird in manchen Familien der Abend vor einem Geburtstag auch als Heiligabend gefeiert.)

Die Rituale

Viele finden für sich keine Verbindung mehr zum christlichen Fest. Für sie ist die Weihnachtszeit eher Zeit zum Ausruhen und auch zum Feiern. Zu den weihnachtlichen Ritual

gehören jedoch vielfach und vielerorts nach wie vor der Kirchgang am Heiligabend, der Nachmittags- oder Frühabendgottesdienst ebenso wie die sich anschließende gemeinsame Mahlzeit und die Bescherung. Andere bevorzugen die umgekehrte Reihenfolge und besuchen die nächtliche Christvesper.

In der Regel sind die Gottesdienste an solchen Festtagen besonders gestaltet. Nachmittags kommen die meisten Kinder zur Kirche und es gibt spezielle Familien-Gottesdienste mit einem Krippenspiel und mit kindgemäßen Liedern. Die Kinder dürfen nach vorne kommen, sich die aufgestellte Krippe ansehen und bei der Erzähl-Geschichte auf den Altarstufen sitzen. Diese Gottesdienste sind von der Länge so konzipiert, dass die Kinder, die sowieso ungezwungener und ja schon voller Unruhe und Neugierde sind auf das, was hinterher geschieht – nämlich die Bescherung –, diese Zeit gut verkraften.

Weihnachts-Frühabendgottesdienste ebenso wie die Christvesper oder die Mette wirken oft durch ihre musikalische Gestaltung, sei es durch Orchester, Bläser oder Chor, besonders feierlich. Die Gemeinde, eines der wenigen Male im Jahr fast vollzählig versammelt, singt bekannte Weihnachtslieder wie »Stille Nacht, heilige Nacht« oder »O du fröhliche, o du selige«. Die Weihnachtsgeschichte steht als Text, in einer modernen Übertragung oder als Spiel im Mittelpunkt des festlichen Gottesdienstes.

In manchen Gemeinden ist es üblich, dass sich die Besucher nach den Gesängen, Musikbeiträgen, Gebeten und der Ansprache per Handschlag einen Friedensgruß mit nach Hause geben. Wenn es dann durch die weihnachtlichen Straßen nach Hause geht, zieht vielleicht ein wenig Friede in die Herzen ein, bevor das meist einfache Mahl zur so sehnlichst erwarteten Bescherung überleitet.

Frohes Fest

So wünschen sich die Menschen auf der Welt - hier eine kleine Auswahl - frohe Weihnachten:

Bulgarien: Chestita Koleda
Dänemark: Glaedelig Jul
England, Australien, USA: Merry Christmas
Finnland: Hauskaa Joulua
Frankreich:

Griechenland: Haroumena Hristougena
Italien: Buon Natale
Kroatien: Sretan Bozig
Niederlande: Gelukkig Kerstfeest
Norwegen, Schweden: God Jul
Polen: Wesolych Swiat
Portugal: Feliz Natal
Rumänien: Sarbatori Fericite
Russland: Rozhdestwom Kristovym
Spanien: Feliz Navidad
Katalonien: Feliz Nadal
Tschechien: Vesele Vanoce
Ukraine: Christos Rodywsja
Ungarn: Kellemes Karacsonyt

Heiligabend

Der Vorabend des am 25. Dezember zelebrierten Weihnachtsfestes. Er wird mit Gottesdiensten am Nachmittag und den so genannten Christmetten in der Heiligen oder Christnacht gefeiert. Der Tag des Heiligen Abends, der 24. Dezember, war nach altem katholischem Brauch ein Fasten- und Vorbereitungstag, der mit dem Festessen am Abend gefeiert wurde. Heute steht an diesem Tag das Aufstellen der Krippe (in katholischen Gebieten) und vor allem seit dem 19. Jahrhundert das Anzünden der Kerzen des Weihnachts- oder Christbaums, dem Symbol für Christus als Licht der Welt, im Mittelpunkt. Im Zuge der Kommerzialisierung des Weihnachtsfestes ist auch die Bescherung, die Verteilung der Geschenke, von besonderer Bedeutung.

24. Dezember 1796

Im Wandsbeker Schloss bei Hamburg wird zum ersten Mal der geschmückte Tannenbaum als Weihnachtsbaum bezeichnet. Die Sitte, Tannenbäume zu Weihnachten aufzustellen, setzt sich erst allmählich durch.

Die Engel fliegen in jeder Weihnachtsnacht unter dem Himmel, wenn wir sie nur zu gewahren vermögen.

Selma Lagerlöf

Und so geht mit guten Kindern
sel'ger Engel gern zu Rat,
böses Wollen zu verhindern,
zu befördern schöne Tat.

Johann Wolfgang von Goethe

DER 25. DEZEMBER

Von Bäumen und Briefen

Viele Traditionen haben sich in den verschiedensten Gegenden zu Weihnachten herausgebildet. Am 1. Feiertag mit der ganzen Familie nach dem Frühstück zu einem ausgedehnten Spaziergang aufzubrechen, das hat Tradition in vielen Ländern, bevorzugt natürlich dann, wenn Wege, Wald und Wiesen von Schnee bedeckt sind. Für Familie kann hier auch der Freundeskreis stehen, mit dem nach so mancher überstandener Schneeballschlacht zu Hause ein wärmender Glühwein getrunken wird.

Kinder, die den Tag gar nicht erwarten können und denen die Eltern viel zu lange in den Federn liegen, singen als Engel vor der Schlafzimmertür Weihnachtslieder und wecken so die Erwachsenen bestimmt auf.

Wer die Weihnachtsfreude mit den Nachbarn teilen will, stellt einen Gästebaum neben sein Haus. Wer zu Besuch kommt, darf sich vom Baum ein kleinen Geschenk »pflücken«. Wer seinen Lieben etwas Wichtiges mitzuteilen hat, der schreibt einen Weihnachtsbrief und legt ihn auf dem Feiertagstisch unter den Teller des Adressaten. In einem solchen Brief kann man sich für die empfangenen Freuden bedanken, aber auch vorsichtig Kritik an Dingen äußern, die nicht so gut gelaufen sind. Sind diese Gedanken, die nach Tisch vorgelesen werden, auch noch in Reime gefasst, verdient dies hohe Anerkennung.

Die beiden Feiertage sind klassische Besuchstage für die Verwandten und die Freunde. Auch allein stehende Bekannte werden eingeladen, zu Weihnachten soll keiner allein bleiben, wenn er das nicht will.

Eine schöne, nachahmenswerte Sitte mit Namen »Schicksalsurne«, die Kinder und Besucher gleichermaßen erfreut, gibt es in den Mittelmeerländern: Aus einem randvollen Topf werden reihum winzige Päckchen mit kleinen Geschenken wie Lose gezogen; es sind tatsächlich auch einige Nieten darunter. Mit viel Hallo werden die Päckchen geöffnet und begutachtet. Wer eine Niete zieht, darf es später noch einmal versuchen.

Kennst du den?
Unterwegs lachen

Damit es an den Feiertagen auch viel zu lachen gibt, gibt es hier eine kleine Sammlung von Witzen für die ganze Familie:

»Papi, warum haben die Giraffen denn so lange Hälse?«
»Ich weiß nicht.«
»Warum dreht sich die Erde?«
»Keine Ahnung.«
»Papi, stört es dich, wenn ich dauernd etwas frage?«
»Nein, frag nur Kind, sonst lernst du ja nichts!«

»Peter, weißt du schon, was du einmal werden willst?«
»Ich will Lehrer werden.«
»Warum?«
»Am Vormittag haben sie immer Recht und am Nachmittag immer frei ...«

»Oma, du hast wirklich wunderschöne Zähne.«
»Die habe ich von meiner Mutter geerbt.«
»Das finde ich toll, dass die so gut passen ...!«

»Guten Tag, ich möchte gern ein paar Autohandschuhe. Die sollen für meinen Vater zum Geburtstag sein!«
»Gern, welche Nummer?«
»HH - SL 137!«

»Nun, Markus?«, fragt der Lehrer, »kannst du mir ein durchsichtiges Metall nennen?«-
»Ja, Maschendraht!«

Die Lehrerin erklärt, Wörter, die mit der Vorsilbe »un« anfangen, haben immer eine negative Bedeutung. Dann fragt sie:
»Wer weiß ein Beispiel?«
»Unkraut!«, ruft Paul.
»Unfug!«, schreit Kai.
»Ungetüm«, sagt Esther.
»Unterricht«, stöhnt Jenny.

»Junge, ich hab dir doch extra gesagt, du sollst aufpassen, wenn die Milch überkocht!«
»Hab ich doch,« meint Paule, »es war genau viertel nach elf.«

Manuel ist mit seinem Fahrrad unterwegs und stellt es vor einem Laden ab. Um zu vermeiden, dass es gestohlen wird, hängt er ein Schild daran mit der Aufschrift: »Diebe kriegen es mit mir zu tun; Vitali Klitschko!«
Als er nach einer Weile wiederkommt, ist das Rad weg, und das Schild liegt auf dem Bürgersteig. Er hebt es auf und liest:
»Verfolgen zwecklos, Jan Ullrich!«

Der Sohn kommt zum Vater und fragt:
»Papi, was ist eigentlich ein Zaunkönig?«
»Ach«, meint der, »das ist irgendein blöder Fisch.«
Darauf der Sohn zum Vater:
»Aber in diesem Buch steht, er würde von Ast zu Ast hüpfen!«
Darauf der Vater: »Da siehste mal, wie blöd dieser Fisch ist!«

Der kleine Jonas fragt die Mutter:
»Die Geschenke, die bringt doch das Christkind?«
»Ja«, antwortet die Mutter.
»Und die Ostereier kommen vom Osterhasen, gell, Mutti?«
»Na klar!«, bestätigt die Mutter.
»Ja, dann erklär mir doch, wozu der Papa eigentlich da ist?«

DER 25. DEZEMBER

Weihnachtsorakel

Um Weihnachten herum werden sich viele Menschen der Traditionen bewusst. Auch wenn so manches schon in Vergessenheit geraten ist, es sind und bleiben immer vage Erinnerungen, und besonders wenn Kinder da sind, die mit so viel Freude die ganzen Lichter bestaunen, halten einige inne und besinnen sich der Erfahrungen, die sie selber als Kinder gemacht haben.

Wie war das noch mit dem Kerzenorakel? Nach der Bescherung wurde doch ein Blick in die Zukunft geworfen. Da wurde eine Schüssel mit Wasser gefüllt, und das heiße Wachs der Kerzen ließ man dann in das Wasser tropfen. So wie beim Bleigießen am Silvesterabend wurde dann gedeutet und orakelt, was die geheimnisvollen Figuren zu bedeuten hatten: Das sieht aus wie eine Sternschnuppe, das bedeutet bestimmt, dass ein heimlicher Wunsch in Erfüllung geht. Deins sieht aus wie eine Eule – du wirst bestimmt in diesem Jahr etwas ganz Schlaues machen.

Das ganze Orakeln wurde natürlich oft zu einer albernen Sache, aber ein kleines bisschen haben wohl alle daran geglaubt, und so manche Hoffnung, die mit dem Weihnachtsorakel ausgelöst wurde, hat dann so viel Energie freigesetzt, dass die Vorhersagen tatsächlich eintrafen. Oder hat das Orakel am Ende doch Recht gehabt?

Der Götterspruch

Dem Begriff Orakel liegt das lateinische Wort oraculum zugrunde. Es bezeichnet die »dunkle Weissagung«, den »Götterspruch«. Heute benutzen wir das Wort im Sinne von »geheimnisvoller Ausspruch«, »rätselhafte Andeutung«.

Beliebt unter Mädchen war auch, die kleinen dünnen Geburtstagstortenkerzen mit einigen Tropfen Wachs in halbe Walnussschalen zu kleben und diese dann in einer großen, mit Wasser gefüllten Schüssel schwimmen zu lassen. Jede hatte ein Boot und kennzeichnete es mit einem farbigen Strich oder Zeichen am Walnussrand. Wenn alle Schiffe auf dem Wasser schwammen, wurden die Kerzen angezündet und mit großer Aufmerksamkeit verfolgt, welches Boot am längsten brennend auf dem Wasser trieb. Das bedeutete nämlich, dass diejenige im kommenden Jahr viel Glück haben wird oder den besten Mann bekommen wird.

Bei einem anderen Orakel, das Mädchen gerne probierten und das im offenen Kamin durchgeführt wurde, steckte man zwei Stechpalmenblätter als Symbol für das Mädchen und den Liebsten in ein Holzscheit und legte es in das Feuer. Wenn die Stechpalmenblätter sich beim Verbrennen zueinander krümmten, bedeutete das eine neue Liebe und glückliche Verbindung. Bogen sie sich nach außen, wurde das als Trennung und Neuanfang gedeutet.

Das Zwiebelorakel war auch eine in der Vorbereitung zwar oft tränenreiche, trotzdem nicht minder beliebte Vorhersageart, die besonders bei Wetterinteressierten geübt wurde. Dazu wurden sechs Zwiebeln in Hälften geschnitten und mit der Schnittfläche nach oben nebeneinander aufgestellt. Jede Zwiebelhälfte stand für einen Monat des Jahres. Die Schnittflächen wurden dann mit etwas Salz bestreut. Am nächsten Morgen, wenn die Zwiebeln Wasser gezogen hatten (oder nicht) konnte man erkennen, wie die einzelnen Monate des nächsten Jahres werden würden, eben trocken, feucht oder sogar nass.

Manche legten auch in jede Ecke des Zimmers eine Zwiebel, die dort bis zum Dreikönigstag liegen blieben. Jede Ecke des Zimmers bekam

den Namen einer Jahreszeit. Am Dreikönigstag wurde dann nachgeschaut, ob und wie die Zwiebeln ausgetrieben hatten. Je nach dem Stand würde dann die entsprechende Jahreszeit reich und fruchtbar werden.
Wem solche Spiele Spaß machen, der kann seine Vorhersagen oder Wahrsagesprüche auch in vergoldeten Walnussschalen präsentieren. Sie sind ein schöner Anblick, wenn sie als Dekoration im Tannenbaum hängen. Am Weihnachtsabend pflückt sich dann jeder eine Nuss und liest seine Vorhersage. Sie wurde mit einem Fineliner auf einen kleinen Zettel geschrieben, gefaltet und in eine leere Walnussschale gesteckt, die schon vorher vergoldet worden ist. Es gibt heute in guten Farbengeschäften Sprühfarbe, mit der das ganz leicht geht.

Gummi geben

Orakel sind ja eigentlich etwas zutiefst Heidnisches. Im wahrsten Sinne des Sinnes erschwerend kommt hinzu, dass vieles, was mit Orakeln zu tun hat, verstärkt in der esoterischen Schublade zu finden ist und dort besondere Wucht bekommt. Schön, dass solche Themen auch tiefer gehängt und mit mehr Leichtigkeit behandelt werden können. Ein Beispiel ist die schmackhafte Alternative: »Das Gummibärchen Orakel« (aus Dietmar Bittrich, Pendragon Verlag, Bielefeld) befriedigt garantiert – zumindest den Geschmackssinn. Und so funktioniert es: Man zieht fünf Gummibärchen aus einer Gummibärchentüte. Die Häufigkeit der verschiedenen Farben führt zu ziemlich verrückten Weissagungen. Wissenschaftlich unfundierte Selbstversuche haben neben einem vollen Magen eine Trefferquote von ca. 75 % ergeben. Das erste Mal ist hier auch das beste Mal, denn der Reiz dieses Spaßes ist hoch. Übrigens auch im Anhang »Fragen und Antworten«. Beispiel? »Ich habe braunrote, weißgelbe und grüne Bärchen. – Sie haben Öko-Bärchen im Bioladen gekauft. Die können Sie nicht zum Weissagen benutzen. Die können Sie nur essen und verdauen. Viel Glück.«

Zauberkraft

Leute sagen, dass die Nacht am 28. Dezember voller Zauberkraft ist. Mit kleinen Orakeln versuchen sie herauszubekommen, was ihnen das kommende Jahr bringen mag. Auch galt es schon immer, Dämonen und Geister zu vertreiben, die in dieser Nacht ihr Unwesen treiben sollen. In Norddeutschland und in Hessen klirrte man beim Neujahrseinwerfen laut mit Töpfen und Tellern. Der Brauch, in der Silvesternacht Feuerwerk und Knallkörper anzuzünden, geht auch auf die Vorstellung zurück, Geister zu vertreiben.
Auch das Rummelpottlaufen diente ursprünglich dazu, Geister zu vertreiben. Noch heute laufen die Kinder mit selbst gebauten Rummelpötten von Haus zu Haus. Die Rummelpötte werden aus einem kleinen Tongefäß gemacht. Über dessen Öffnung wird eine Schweinsblase gezogen, die dann ein Trommelfell bildet. In der Mitte wird ein Stab durch das Fell gesteckt. Durch Auf- und Abbewegen des Stabes entstehen seltsame Geräusche, mit denen die Kinder ihre Rummelverse begleiten. In fast allen Häusern bekommen die Rummelkinder kleine Geschenke wie Süßigkeiten oder Obst.

DER 25. DEZEMBER

Das Festmenü

Wir beginnen mit Kartoffelpuffer mit Tartar von Räucherlachs, danach gibt es den Amerikanischen Weihnachtssalat, als Hauptspeise die geliebte Gans, aber diesmal als Fränkisches Gänseklein und als Dessert für Bäuche, in die immer noch etwas hineinpasst, Großmutters oder einen exotischen Obstsalat.

Kartoffelpuffer mit Tartar von Räucherlachs

Zutaten:
2 große Kartoffeln, geschält
1 Zwiebel
5 Esslöffel halb gar gekochte Linsen (am besten die roten)
1 großes Ei
2 Esslöffel Semmelbrösel
etwas Majoran
Salz, Pfeffer
Butterschmalz
250 g geräucherter Lachs, in winzige Würfelchen geschnitten
1/2 Esslöffel Walnussöl
Saft einer halben Zitrone
2 Esslöffel geröstete Sesamkerne

Kartoffeln und Zwiebeln grob raspeln. Linsen, Ei, Brösel und Gewürze zugeben. In einer Pfanne das Butterschmalz erhitzen und mit dem Löffel kleine Häufchen darin platzieren. Knusprig backen, umdrehen. Lachs mit Öl und Zitronensaft mischen. Auf jedes Küchlein etwas Lachstartar geben. Darüber die Sesamkerne streuen.

Amerikanischer Weihnachtssalat

Zutaten:
2 Teelöffel Zitronensaft
1 Teelöffel Senf
7 Teelöffel Olivenöl
1 Chilischote, klein gehackt
2 Teelöffel gehackter frischer Rosmarin (oder 1 Teelöffel getrockneter)
4 Orangen
2 rosa Grapefruits
1 Kopf Salat
3 geschälte Avocados, in Scheiben
$^1/_4$ Tasse geröstete Nüsse (nach Wahl)
Kerne eines Granatapfels
1 rote Zwiebel in dünnen Ringen

Zitronensaft, Senf und Öl miteinander verrühren, Rosmarin, Chili, Salz und Pfeffer zugeben. Mit etwas Zucker abschmecken. Orangen und Grapefruits schälen und in Scheibchen schneiden. Die Salatblätter auf Tellern auslegen. Darauf die Orangen, und darauf die Grapefruitscheiben geben. Avocados darauf anrichten (mit Zitronensaft einreiben!!!). Darüber Nüsse, Granatapfelkerne geben. Mit dem Dressing überziehen und sofort servieren

Fränkisches Gänseklein

Zutaten:
600 g Gänseklein
1 Bund Suppengrün
2 Zwiebeln
$^1/_4$ Liter Weißwein
$^1/_4$ Liter Geflügelfond
Pfefferkörner, Wacholderbeeren
2 Esslöffel Butter
2 Esslöffel Mehl
Zucker, Salz, Muskatnuss
2 Esslöffel ger. Meerrettich
$^1/_2$ Glas Weißwein
$^1/_4$ Liter Sahne

Gänseklein in dem Sud aus Wein, Brühe, Suppengrün, Geflügelfond, Pfeffer und Wacholder garen. Fleisch von den Knochen lösen und in mundgerechte Stücke schneiden. Den Fond durch ein Sieb gießen. Butter zerlaufen lassen. Mehl zugeben und blond anschwitzen. Mit dem Fond und dem Wein ablöschen und auffüllen. In 10 Minuten einkochen lassen. Mit Meerrettich abschmecken, mit Salz, Muskatnuss und Zucker abrunden. Am Schluss Gänsefleisch und Sahne zugeben. Erhitzen. Mit Petersilie bestreuen. Dazu passen Bandnudeln mit brauner Butter.

Großmutters Obstsalat

Zutaten:
4 Orangen
2 Äpfel
1 Esslöffel Zucker

Die Orangen werden geschält und quer in dünne Scheiben geschnitten. Vorsicht, den Saft auffangen! Die Scheiben, in mundgerechte Stücke zerteilt, kommen in eine Glasschale. Dann kommen die Äpfel dran: schälen, vierteln, entkernen und in Spalten schneiden, die sofort unter die Orangenstücke gemischt werden. Dann werden sie nicht braun. Zuletzt kommt der Zucker dazu. Zwei Stunden im Kühlschrank durchziehen lassen – fertig.
Variation: Ein paar Walnusskerne darüberstreuen.
Oder: Statt des Zuckers einen Esslöffel Orangenlikör verwenden
Oder: Kurz vor dem Servieren ein paar mit Amaretto getränkte Mini-Makronen hinzufügen.

Exotischer Fruchtsalat

Zutaten:
2 Esslöffel Rosinen
1 frische, reife Mango
2 Kiwis
200 g frische Ananas in Scheiben
1 Banane
evtl. 100 g tiefgekühlte Erdbeeren
2 Esslöffel gehackte Mandeln
1 Esslöffel Zitronen- oder Limettensaft
1 Esslöffel weißer Rum
1 Esslöffel Vanillezucker

Rosinen in heißem Wasser quellen lassen, Mango häuten und das Fruchtfleisch in Würfel schneiden. Kiwis schälen und mit den Ananassscheiben in Stückchen schneiden. Die Banane in Scheiben schneiden und sofort mit Zitronensaft beträufeln. Die Fruchtstücke mit den Rosinen, dem Vanillezucker und dem Rum vermischen und zuletzt die in Scheiben geschnittenen, noch gefrorenen Erdbeeren vorsichtig unterheben. Den Salat zudecken und 15 Minuten ziehen lassen.

DER 26. DEZEMBER

Felix holt Senf

Erich Kästner

Es war am Weihnachtsabend im Jahre 1927 gegen sechs Uhr, und Preissers hatten eben beschert. Der Vater balancierte auf einem Stuhl dicht vorm Weihnachtsbaum und zerdrückte die Stearinflämmchen zwischen den angefeuchteten Fingern. Die Mutter hantierte draußen in der Küche, brachte das Essgeschirr und den Kartoffelsalat in die Stube und meinte: »Die Würstchen sind gleich heiß!« Ihr Mann kletterte vom Stuhl, klatschte fidel in die Hände und rief ihr nach: »Vergiss den Senf nicht!«

Sie kam, statt zu antworten, mit dem leeren Senfglas zurück und sagte: »Felix, hol Senf! Die Würstchen sind sofort fertig.«

Felix saß unter der Lampe und drehte an einem kleinen billigen Fotoapparat herum. Der Vater versetzte dem Fünfzehnjährigen einen Klaps und polterte: »Nachher ist auch noch Zeit. Hier hast du Geld. Los, hol Senf! Nimm den Schlüssel mit, damit du nicht zu klingeln brauchst. Soll ich dir Beine machen?«

Felix hielt das Senfglas, als wollte er damit fotografieren, nahm Geld und Schlüssel und lief auf die Straße. Hinter den Ladentüren standen die Geschäftsleute ungeduldig und fanden sich vom Schicksal ungerecht behandelt. Aus den Fenstern aller Stockwerke schimmerten die Christbäume. Felix spazierte an hundert Läden vorbei und starrte hinein, ohne etwas zu sehen. Er war in einem Schwebezustand, der mit Senf und Würstchen nichts zu tun hatte. Er war glücklich, bis ihm vor lauter Glück das Senfglas aus der Hand aufs Pflaster fiel. Die Rollläden prasselten an den Schaufenstern herunter, und Felix merkte, dass er sich seit einer Stunde in der Stadt herumtrieb. Die Würstchen waren inzwischen längst geplatzt! Er brachte es nicht über sich, nach Hause zu gehen. So ganz ohne Senf! Gerade heute hätte er Ohrfeigen nicht gut vertragen.

Herr und Frau Preisser aßen die Würstchen mit Ärger und ohne Senf. Um acht wurden sie ängstlich. Um neun liefen sie aus dem Haus und klingelten bei Felix' Freunden. Am ersten Weihnachtsfeiertag verständigten sie die Polizei. Sie warteten drei Tage vergebens. Sie warteten drei Jahre vergebens. Langsam ging ihre Hoffnung zugrunde, schließlich warteten sie nicht mehr und versanken in hoffnungslose Traurigkeit.

Die Weihnachtsabende wurden von nun an das Schlimmste im Leben der Eltern. Da saßen sie schweigend vorm Christbaum, betrachteten den kleinen billigen Fotoapparat und ein Bild

ihres Sohnes, das ihn als Konfirmanden zeigte, im blauen Anzug, den schwarzen Filzhut keck auf dem Ohr.
Sie hatten den Jungen so lieb gehabt, und dass der Vater manchmal eine lockere Hand bewiesen hatte, war doch nicht böse gemeint gewesen, nicht wahr? Jedes Jahr lagen die zehn alten Zigarren unterm Baum, die Felix dem Vater damals geschenkt hatte, und die warmen Handschuhe für die Mutter. Jedes Jahr aßen sie Kartoffelsalat mit Würstchen, aber aus Pietät ohne Senf. Das war ja auch gleichgültig, es konnte ihnen doch niemals wieder schmecken.
Sie saßen nebeneinander, und vor ihren weinenden Augen verschwammen die brennenden Kerzen zu großen glitzernden Lichtkugeln. Sie saßen nebeneinander, und er sagte jedes Jahr: »Diesmal sind die Würstchen aber ganz besonders gut.« Und sie antwortete jedes Mal: »Ich hol dir die von Felix noch aus der Küche. Wir können jetzt nicht mehr warten.«
Doch um es rasch zu sagen: Felix kam wieder. Das war am Weihnachtsabend im Jahre 1932 kurz nach sechs Uhr ... Die Mutter hatte die heißen Würstchen hereingebracht, da meinte der Vater: »Hörst du nichts? Ging nicht eben die Tür?« Sie lauschten und aßen dann weiter. Als jemand ins Zimmer trat, wagten sie nicht, sich umzudrehen. Eine zitternde Stimme sagte: »So, da ist der Senf, Vater.« Und eine Hand schob sich zwischen den beiden alten Leuten hindurch und stellte wahrhaftig ein gefülltes Senfglas auf den Tisch.
Die Mutter senkte den Kopf ganz tief und faltete die Hände. Der Vater zog sich am Tisch hoch, drehte sich trotz der Tränen lächelnd um, hob den Arm, gab dem jungen Mann eine schallende Ohrfeige und sagte: »Das hat aber ziemlich lange gedauert, du Bengel. Setz dich hin!«
Was nützt der beste Senf der Welt, wenn die Würstchen kalt werden? Dass sie kalt wurden, ist erwiesen. Felix saß zwischen den Eltern und erzählte von seinen Erlebnissen in der Fremde, von fünf langen Jahren und vielen wunderbaren Sachen. Die Eltern hielten ihn bei den Händen und hörten vor Freude nicht zu ...
Unterm Christbaum lagen Vaters Zigarren, Mutters Handschuhe und der billige Fotoapparat. Und es schien, als hätten fünf Jahre nur zehn Minuten gedauert. Schließlich stand die Mutter auf und sagte: »So. Felix, jetzt hol ich dir deine Würstchen.«

(Vorlesezeit ca. 6 Minuten)

Wortspiele

Wie schön, das an den Feiertagen genügend Zeit für das Zusammensein ist. Es wird reich gefüllt mit Gesprächen, Liedern, dem Auspacken und Begutachten von Geschenken, mit Essen und Trinken. Dazu haben alle jetzt wieder einmal die Muße für Spiele in der Familie. Zwei passende Spiele werden hier erklärt.

Nicht dieses Wort!

Dieses Spiel verlangt ein wenig Vorbereitung, die sich aber allemal lohnt. Es müssen Karten geschrieben werden, und das können alle zusammen zum Beginn des Spieles tun. Um was geht es? Um das Spiel, das im Spielwarenhandel auch unter dem Namen »Tabu« zu erwerben ist. Es werden Begriffe gesucht, die oben auf den Karten stehen. Darunter jedoch steht eine Reihe von Wörtern, die bei der Erklärung der Begriffe nicht genannt werden dürfen. Nehmen wir ein Beispiel. Es geht um das

DER 26. DEZEMBER

Pferd, auf dem Sarah am liebsten reitet; es heißt »Tombino«. Auf der Karte steht also zu oberst »Tombino«. Darunter stehen folgende Wörter: Pferd - Reiten - Stall - Turnier - Schweif - Hobby. Wird also nun der Begriff »Tombino« erklärt, dürfen die genannten Wörter nicht gebraucht werden, sonst ist die Karte verloren. Sehr wohl erwähnen dürfte man etwa »Schimmel«, »Hengst«, »Sattel« etc. Wenn also Sarahs Bruder auch nur »dein Hengst« sagen würde, wäre ihr bestimmt schon alles klar.
Die Spielregeln: Alle sitzen im Kreis, zum Beispiel um einen Tisch herum. Es wird in zwei Gruppen gespielt, die ruhig unterschiedlich sein können sowohl vom Alter her als auch von der Zahl. Die Sitzweise: immer abwechselnd ein Mensch der Gruppe A und dann einer der Gruppe B, dann wieder A und so weiter. Es werden 20 bis 50 Karten benötigt, je nachdem, wie lange gespielt werden soll. Außerdem sollte es eine Sanduhr geben. Die Karten werden verdeckt auf einen Stapel gelegt. Das jüngste Kind beginnt und versucht, der eigenen Gruppe so schnell wie möglich den Begriff oben auf der Karte zu vermitteln. Die Eieruhr ist umgedreht, es kann losgehen. Die Nachbarn des Kindes, die ja beide der anderen Gruppe angehören, schauen auf die Karte und passen auf, dass nicht etwa eines der verbotenen Wörter genannt wird.
Ist der Begriff erraten, nimmt sich das Kind ganz schnell die nächste Karte und spielt weiter. Solange die Uhr nicht abgelaufen ist, dürfen Begriffe geraten werden. Karten mit geratenen Begriffen bekommt die ratende Gruppe, Karten, bei denen verbotene Wörter benutzt wurden, die andere Gruppe. Die Gruppe, die am Ende die meisten Karten hat, ist Sieger.

Hier zwei Beispiele für Karten:

Nordsee	**Fahrrad**
Ferien	Reifen
Wasser	Sattel
Sommer	Panne
Sandburg	Schuppen
Sonne	Radtour
August	Unfall

DER 27. DEZEMBER

Nicht diesen Buchstaben!

Da wir gerade mit Wörtern spielen, hier der zweite Vorschlag. Dieses Spiel jedoch braucht überhaupt kein Material, es kann einfach so aus dem Stegreif gespielt werden. Wieder sitzt man in einer bequemen Runde zusammen. Nun beginnt ein Spieler und nennt einen Buchstaben. Jeweils der linke Nachbar muss

das Wort fortführen, darf es aber auf keinen Fall beenden, sonst ist er nämlich in dieser Runde ausgeschieden.

Ein Beispiel: Monika sagt »T«. Eckart fährt fort mit einem »A«. Wenn Mutti jetzt »G« sagt, ist sie ausgeschieden, da die kürzeste Wortmöglichkeit zählt, und »Tag« ein vollständiges Wort ist. Auch mit »U« (Tau) oder »L« (Tal) wäre Mutti ausgeschieden. Aber sie ist ja clever – und sagt »N«. Sie bleibt drin; es gibt kein Wort »Tan«. Nun ist Papa an der Reihe. Er sagt nicht »K«, denn mit »Tank« wäre er draußen! Er steuert noch ein »N« hinzu, womit wir bei »Tann« wären. Nun muss sich zeigen, ob Opa durchblickt. Sagt er »E«, ist er aus dem Spiel, das Wort hieße »Tanne«. Hoffentlich fällt ihm etwas anderes ein.

Ist ein Mitspieler ausgeschieden, beginnt der linke Nachbar mit einem neuen Wort, nennt also einen neuen ersten Buchstaben. Wer als Letzter übrig bleibt, ist der Champion – und beginnt sicher gleich eine neue Runde.

Der heimliche 3. Feiertag

Der Tag des Apostels und Evangelisten Johannes am 27. Dezember ist nicht zu verwechseln mit dem seines Namensvetters, Johannes des Täufers, im Juni. Johannes war ein galiläischer Fischer, dann Jünger Jesu und einer der Säulenapostel der Jerusalemer Gemeinde. Ungefährdet, so sagt man, habe Johannes, der Lieblingsjünger, einen Giftkelch ausgetrunken, der ihm aufgezwungen worden sei. Davon zeugen alte Bilder, auf denen man ihn mit einem Krug und einer Schlange sieht.

In Erinnerung daran wird mancherorts in den Kirchen Wein geweiht, heimgenommen und für den Krankheitsfall aufgehoben.

Dieser geweihte Wein wurde früher bei der Kommunion als »Johannisminne« oder »Johannissegen« ausgeteilt. Man schrieb ihm eine starke Kraft zu, weil der Johannistag so dicht bei Weihnachten liegt. Segen sollte er auch für das kommende Jahr spenden. Kinder, die von diesem Wein tranken, sollten besser wachsen.

An den Johannistag knüpft sich eine alte Ehesitte: Der Mann führt seine Frau ins Gasthaus und lädt sie zu einem Festessen ein. Bezahlt sie den Wein, dann stimmt sie dem Handel zu – und verpflichtet sich für ein weiteres Jahr ihrem Manne.

Katalanisches Johannisbrot

Das Johannisbrot ist die Frucht des im Mittelmeerraum heimischen Johannisbrotbaumes. Manche Quellen sagen, er habe seinen Namen vom heiligen Johannes bekommen. Die teilweise mehrere hundert Jahre alten Bäume werden von Bauern gepflegt. Sie blühen im Oktober und November. Die Schoten werden

DER 27. DEZEMBER

dann ab September des nächsten Jahres geerntet. Über Kooperativen werden die Schoten an die »Kibblers« verkauft, die die Kerne vom Fruchtfleisch trennen. Das Fruchtfleisch mit einem Zuckergehalt von über 50 % wird hauptsächlich als Viehfutter verwendet. Die Kerne werden in den Betrieben der Johannisbrotkernmehlhersteller in einem thermischen oder chemischen Verfahren geschält und die Endospermen vom Keimling getrennt. Durch einen Vermahlungsprozess wird aus den Endospermen Johannisbrotkernmehl hergestellt.

Johannisbrot backen

Zutaten:
1 Paket Trockenhefe
350 g Mehl
1/2 Teelöffel Salz
1/4 l lauwarme Milch
150 g Zucker
100 g weiche Butter
3 Eier
150 g gemischte kandierte Früchte
50 g Pinienkerne
abgeriebene Zitronenschale
je 1/4 Teelöffel gemahlener Zimt und gemahlener Anis
Stücke kandierter Früchte (Kirschen, Ananas, Pomeranzen)
1 Teelöffel Pinienkerne

Hefe, Mehl und Salz gut durchmischen, Milch und Zucker unterrühren, im abgestellten Backofen 45 Minuten aufgehen lassen. Die übrigen Zutaten beifügen. Nochmals gehen lassen. Teig in zwei Teile trennen, jedes Stück zu einem länglich flachen Fladen formen, nebeneinander auf das gefettete Blech legen. Vor dem Backen mit einigen kandierten Früchten und den Pinienkernen verzieren. Im vorgeheizten Backofen bei 180 °C (Gas: Stufe 2) 25 - 30 Minuten backen.

Weihnachten auf Mallorca,

das ist eine riesige Fiesta, die viele Tage und Nächte dauert. Genau gesagt vom Abend des 24. Dezembers bis zum Abend des 6. Januar einschließlich.

Es ist noch nicht lange her, da gab es auf Mallorca keinen Weihnachtsbaum zu kaufen oder den dazugehörenden Schmuck. Viele Residenten brachten ihre Weihnachtsdekoration mit dem Flugzeug. Jetzt ist das alles anders. Es gibt Weihnachtsbäume und Schmuck, selbst in den kleinsten Dörfern der Insel.

Manchmal wird der Orignal-Weihnachtsbaum durch eine Pinie ersetzt, mit Wurzeln natürlich, denn sie kann nach den Feiertagen im Garten gepflanzt werden. Dem richtigen Weihnachtsbaum ist es auf Mallorca einfach zu warm, er wächst nicht an. Am 24. Dezember wird tagsüber noch gearbeitet. Abends ist Familientreffen bei üppigem Essen. Nach dem Essen kommt dann der Weihnachtsteller auf den Tisch, beladen mit Süßigkeiten und Nüssen. Geschenke, weder für Kinder noch für Erwachsene, gibt es an Heiligabend, genannt *noche buena,* nicht. Nach diesen Familienschlemmerstunden trennt man sich. Die Älteren gehen in die Mitternachtsmesse in die prächtigen Kirchen der Insel, die Jungen in die Discos, die an diesem Abend brechend voll sind.

Entsprechend lang wird in den 25. Dezember reingeschlafen. So ab 3 Uhr Nachmittags treffen sich dann wieder die Familien, diesmal jedoch sind Freunde ebenfalls eingeladen, zum Weihnachtsessen. Es wird getafelt. Häufig gibt es Pute oder auch Spanferkel als Hauptgang. Davor jede Menge *tapas, frito mallorquin, albondigas,* das sind kleine Hackbällchen, *ensaladilla*, das ist ein sehr fein geschnittener Kartoffelsalat mit viel Gemüse und Mayonnaise und außerdem kleine Fischleckereien. Das

Dessert besteht häufig aus *Ensaimadas* mit Creme gefüllt oder Pudding, Flan und Eis. Dazu wird reichlich Wein getrunken. Zum Dessert gibt es dann Champagner, sprich spanischen Sekt.
Der 26. Dezember ist nur ein halber Feiertag, morgens haben viele Geschäfte offen. Abends klingt das eigentliche Weihnachtsfest ruhig aus, denn ab dem 27. wird wieder gearbeitet. Nun fängt das Warten auf die *noche vieja*, auf Silvester an. Die Restaurants bieten Komplettmenüs vom Feinsten. Man muss rechtzeitig einen Tisch bestellen, um mitgenießen zu können. Kurz vor Mitternacht bekommt jeder Gast 12 Weintrauben in einer Tüte. Wenn die Kirchenglocken kurz vor Mitternacht zwölfmal schlagen, muss man bei jedem Glockenschlag eine Weintraube essen. Falls dies gelingt - es ist gar nicht so einfach -, hat man Glück im Neuen Jahr.
Damit ist das Neue Jahr erreicht. Jetzt fängt das Leben draußen an. Alle Plätze in den Dörfern, in den Städten sind voller fröhlicher Menschen, die sich umarmen, Sekt trinken und etwas trunken tanzen, denn häufig gibt es Live-Musik. Das geht bis in die frühen Morgenstunden. In Palma ist das Treiben am buntesten, denn Palma hat sehr viele Plätze und von überall her tönt Musik. Viele aus den Dörfern reservieren sich rechtzeitig ein Hotelzimmer in Palma, um lange und ausgiebig mitfeiern zu können.
Es naht das Fest der Kinder, der 5. Januar, Nacht der Heiligen drei Könige. Manchmal kommen sie übers Meer und besteigen dann ihre wartenden Pferde, die sie zu den einzelnen Dörfern oder in die Städte bringen. Hinter den Heiligen kommt ein Wagen, vollbeladen mit Geschenken. Meistens werden diese Geschenke auf den Kirchenstufen verteilt. Die aufgeregten Kinder werden namentlich aufgerufen und empfangen ihre Überraschung aus den Händen der Heiligen. Das dauert eine ziemliche Weile. Die Erwachsenen trinken währenddessen Sekt aus Plastikbechern. Dann schnell nach Hause zum Auspacken, um schon mal spielen zu können.
Der 6. Januar ist wieder Familientag, denn die Kinder wollen so viel wie möglich ihre Geschenke genießen, denn am 7. Januar fängt der Alltag wieder an mit Schule und Arbeit. Bis San Antonio, dem Fest mit den offenen Feuerstellen auf den Straßen. Die Gemeinde lädt ein zu Fleisch, Wurst und Wein. Es wird gegrillt und getrunken und die roten Dämonen tanzen die ganze Nacht um die Besucher herum.

Silvester: Ein Wort wie ein Versprechen

Silvester – die aufregendste Nacht des Jahres. Ein Jahr ist zu Ende, ein neues beginnt, mit Hoffnungen, Wünschen, Träumen. Eine Nacht, um Bilanz zu ziehen, waghalsige Vorsätze zu fassen – und vor allem um die vielen alten Bräuche zu feiern.

Heute um Mitternacht werden die Korken knallen, die Raketen pfeifen, ein lautstarker Gruß. Schon früher glaubten die Menschen, dass Lärm und Licht Geister und Dämonen von ihrem Hof fern halten können. Um Unheil abzuwenden, prosteten sich die Feiernden auch zu oder tranken gemeinsam aus einem einzigen Glas auf das neue Jahr.

Andernorts wurde am Silvesterabend die Stube ganz besonders sorgfältig ausgekehrt, befreit vom Schmutz des vergangenen Jahres. Türen und Fenster wurden verschlossen, bis um Mitternacht eine einzige wieder geöffnet wurde – um das neue Jahr hereinzulassen. Wer an Silvester viel aß und die Speisereste bis zum Morgen auf dem Teller liegen ließ, sollte im kommenden Jahr keinen Hunger leiden. Aufgetischt wurden Sauerkraut und Schweinefleisch, anderswo Erbsen, Linsen und Hirse oder Karpfen und Gebäck. Und wer dabei das richtige Mahl wählte, sollte im nächsten Jahr viel Geld verdienen.

Auch Glücksbringer gibt es schon lange – heute Hufeisen und Schweinchen aus Marzipan, früher Brezeln, Äpfel, Nüsse, die an Bedürftige verschenkt wurden. Viele Orakelspiele stammen aus der christlichen Tradition: So schlugen Familien früher das Gesangbuch an einer beliebigen Stelle auf und versuchten, aus dem jeweiligen Vers Schlüsse zu ziehen. Empfohlen wurde ebenfalls ein heimlicher Blick durch ein Kirchenschlüsselloch – das sollte die Sinne weiten.

Schweizer Silvester

Das Silvesterklausen ist im außerrhodischen Hinterland, also in den Gemeinden Urnäsch, Herisau, Hundwil, Stein, Waldstatt, Schwellbrunn und Schönengrund, der eindrücklichste Winterbrauch. Seit einigen Jahren gibt es auch wieder Kläuse im Mittelland, vor allem in Teufen, und zurzeit sieht es danach aus, als ob der alte Brauch ehemals verlorenen Boden wieder zurückgewinnen könnte. Heute unterscheidet man mehr oder weniger deutlich drei Arten von Kläusen: die »wüeschte«, die »schöne« und die Wald- oder Naturkläuse. Sie treten alle fast ausschließlich in Gruppen auf, »Schuppel« nennt sie der Einheimische. Die einen tragen eine oder zwei Schellen und stellen »Mannevölcher« dar. Man nennt sie noch häufiger nach ihrem Instrument »Schelli« oder »Schellenklaus«. Die anderen sind die »Rollewiiber« oder »Rolli«, mit einem Rollenträger um den Oberkörper. Schon in den ersten Morgenstunden des Silvestertages sind viele der Urnäscher Klausschuppel unterwegs zum Frühklausen. Bei einem Freund oder Mitglied der Gruppe wird »gchlauset« und »zauret«, allerdings noch ohne Maske und Kopfputz. Erst in der Morgendämmerung geht dann das eigentliche Silvesterklausen an. Sie gehen von Haus zu Haus zu ihren Freunden und hinterlassen mit ihren Schellen und gegen trinkfeste Wegzehrung lautstarke Segenswünsche für das neue Jahr.

In Österreich

Der Pummerin, der Donauwalzer um Mitternacht in Wien und das Klirren der Sektgläser sind die untrüglichen Zeichen dafür, dass die Silvesternacht ihren Höhe- und ihren Wendepunkt erreicht hat. Das Alte ist abgeschlossen, das Neue beginnt.

Von der Zukunft

Orakel sind zu Neujahr sehr gefragt, schließlich wollen wir wissen, was uns die Zukunft bringt. Dazu gehören natürlich das bekannte Bleigießen; früher knackte man Nüsse und versuchte aus dem Kern zu lesen, ob es ein schlechtes oder gutes Jahr wird. Auch der Dreikönigstag wird genutzt, zum Beispiel, um das Wetter des neuen Jahres vorauszusagen. Eine ganz »wilde« Sitte: Am Vorabend werden zwölf Körner an den Ofen gelegt, für jeden Monat eines. Am nächsten Morgen wird festgestellt, welche Körner sich am weitesten entwickelt haben und so Gesundheit und Reichtum versprechen.

Silvester und Guter Rutsch

Dieser Tag ist benannt nach dem Tagesheiligen, Papst Silvester. Er verstarb am 31. 12. 335 in Rom. Zum Gedenken wurde der letzte Tag im Jahr nach dem Sterbetag benannt. Der Wunsch »Guter Rutsch« geht wohl auf den aus dem Rotwelschen, aus der Geheimsprache der Gauner im Mittelalter, stammenden Begriff »Rosch« zurück, was so viel wie Anfang bedeutet.

Fruchtbarkeit

Fruchtbarkeit für den Garten soll es gewährleisten, wenn der Bauer – oder in unserer Zeit

der Hobbygärtner – in der Neujahrsnacht hinausgeht und seinen Obstbäumen ein gutes Jahr wünscht. Oft wurden die Obstbäume mit Stroh oder Strohseilen umwickelt, damit sie im kommenden Jahr reiche Frucht tragen sollten. Dabei war es wichtig, dass im Stroh noch volle Ähren waren: Fruchtbarkeit brachte Fruchtbarkeit. Wenn man den Obstbaum in der Silvesternacht rüttelte und schüttelte, so weckte man den Baumgeist, der in ihm wohnte, um ihn an seine Pflicht zu erinnern. Die Sitte, in der Silvesternacht durch die kahlen Bäume zu schießen, sollte wahrscheinlich dem gleichen Zweck dienen.

Neujahr

Der Neujahrstag ist nach dem gregorianischen Kalender der erste Tag des Jahres, der 1. Januar. Er bildet im Brauchtum eine Einheit mit dem vorangehenden Silvester. Karten oder Trinksprüche (»Prosit Neujahr«) sind als Neujahrswünsche weit verbreitet.
Im römischen Kalender wurde der 1. Januar schon 46 v. Chr. offiziell zum Jahresbeginn erkoren. Doch die meisten Länder Europas richteten sich im Mittelalter nach dem julianischen Kalender. Die Christen feierten den Neujahrstag erst am 6. Januar, später am 25. Dezember als Jahresbeginn. Heute noch heißt in den Alpen der 6. Januar »Großes« oder »Hohes Neujahr«. Denn für die Bergbauern beginnt erst jetzt das »richtige« Neujahr!

Neujahr in China und anderswo

Das chinesische Neujahrsfest liegt zwischen dem 21. Januar und dem 19. Februar des gregorianischen Kalenders. Es ist der wichtigste chinesische Feiertag, gefeiert auf der Grundlage des Mondkalenders. Die Feiern dauern etwa zwei Wochen. Während dieser Zeit werden die Städte und Dörfer mit farbigen Laternen, Blumen und grellfarbigen Fahnen geschmückt, auf denen Neujahrsgrüße stehen. Zum neuen Jahr kleidet man sich neu ein, um zu zeigen, dass man das alte Jahr und seine Missgeschicke abgelegt hat, und geht mit Geschenken zu Freunden und Verwandten. Zu diesen Geschenken gehören Nahrungsmittel, die Wohlstand symbolisieren. Andere beliebte Geschenke, die Glück bringen sollen, sind kleine rote Papierpäckchen, die, mit Geld gefüllt verheiratete Paare unverheirateten Verwandten, Freunden und Kindern schenken. Zu den spektakulärsten öffentlichen Ereignissen gehören die Drachen- und Löwentänze, die zum Klang von Gongs und Trommeln aufgeführt werden. Die Drachen und Löwen tanzen in einer Parade durch die Straßen und erhalten Glücksbringer, z. B. Geldpäckchen, Früchte und Gemüse, von den Ladenbesitzern. Die Feiern enden mit dem Laternenfest, bei dem traditionsgemäß Kinder mit erleuchteten Laternen durch die Straßen ziehen.

Das jüdische Neujahr

heißt Rosch Haschana oder Fest der Trompeten. Es ist im Alten Testament als heiliger Sabbat vorgeschrieben und wird am ersten und zweiten Tag des jüdischen Monats Tischri (im Allgemeinen im September) gefeiert.

Im Islam

richtet sich der Neujahrstag nach dem Mond und ist daher ein beweglicher Tag.

Neujahrsspiel

Sie sitzen auch am Neujahrstag mit Freunden zusammen und feiern? Finden Sie denn überhaupt kein Ende? Dann können Sie und Ihre Gäste, die sich ja anscheinend untereinander gut kennen, »Prognose« spielen. Der Name wird auf einen Zettel geschrieben, jeder zieht einen und schreibt für die betreffende Person einen Ausblick aufs neue Jahr. Dann werden die Zukunftsprognosen in einen Topf geworfen, gezogen und nacheinander vorgelesen, aber ohne die Namen zu nennen! Die anderen sollen raten, wer gemeint sein sollte. Zum Beispiel bei einer gewagten Vorhersage wie der hier: »Auch im neuen Jahr wird dein Traumprinz wieder vergeblich nach dir suchen, weil du wieder viel zu lange arbeitest und dich zu wenig vor die Tür wagst. Dafür aber wirst du massig Geld verdienen ...«

Neujahrsgrüße

Für das nächste Jahr (vielleicht der erste gute Vorsatz?) möchten Sie an alle Ihre Lieben selbst gemachte Neujahrskarten versenden? Hier haben wir drei Vorschläge für Sie:

Das Kleeblatt

Sie brauchen einen goldfarbigen Karton (A5), einen Naturpapierbogen (A4), grünes Papier, Pergament, 1 Meter Naturband oder Bast, Filzschreiber, Fotoklebestückchen, Lochverstärkungsringe, Schere und Locher.
Legen Sie den goldenen Karton mittig auf das Naturpapier und falten Sie die beiden Seitenteile vorne über dem A5-Karton zusammen. Entfernen Sie diesen wieder und knicken Sie jedes Seitenteil des Naturbogens 3 cm von der Mitte nach außen und 1,5 cm wieder zur Mitte zurück. Markieren Sie auf diesem Randstreifen in gleichmäßigen Abständen die Punkte für die Lochung. Schneiden Sie einen Pergamentstreifen (4,5 x 21 cm) zu, beschriften Sie ihn und legen Sie ihn in der Mittelfalte der linken Seite ein. Lochen Sie nun beide Seiten, legen Sie den Schriftstreifen zur Seite und verstärken Sie die Löcher auf der Innenseite des dreifachen Lochstreifens mit den Ringen. Kleben Sie nun die beiden oberen gelochten Faltstreifen mit den Klebestückchen an der zweiten Lage fest, und legen Sie den beschrifteten Streifen wieder ein. Ziehen Sie das Band von unten beginnend über Kreuz durch die Löcher, indem Sie den Schriftstreifen gleich mit fassen. Binden Sie die Bandenden zur Schleife. Schieben Sie die Stiele der aus dem grünen Papier geschnittenen Kleeblätter unter die Schleife in das oberste Loch und kleben Sie sie fest.

Die Herzchen

Sie brauchen eine Schüttel-Passepartoutkarte (im Bastelfachhandel), Flitter, goldenes und rotes Papier, Filzschreiber, Klebstreifen und Klebstoff, Schere.
Die Innenseite des Passepartoutkarten-Teils, das zum Gegenkleben gedacht ist, beschriften Sie mit Ihren Grüßen. Dann befestigen Sie den gewölbten Einsatz im Innenteil der Karte ringsum mit Klebestreifen. Nun füllen Sie Flitter und ein paar ausgeschnittene Papierherzchen ein und kleben das beschriftete Stück dagegen. Auch auf die Vorderseite kommen Flitterteilchen.

E-Mail-Karten aus dem Internet

Wieder mal nicht rechtzeitig alle Karten fertig bekommen? Das macht nichts, per E-Mail kommen die Grüße auch auf den letzten Drücker noch pünktlich an!
Und damit das Ganze nicht so trocken bleibt, gibt es im Netz reichlich Grußkartenservices, die von peinlich-geschmacklos bis schrill-kultig alle Stilrichtungen abdecken. Wem schnöde Neujahrsgrüße zu banal sind, der kann auch auf ausgefallenere Möglichkeiten der elektronischen Grußpostübermittlung zurückgreifen. Wie wäre es zur Abwechslung mal mit einer Space Mail von der Raumstation »Mir« oder einem »BooGramm« für schreckhafte Geister? Wers kulinarisch mag, kann mit »Mail a Meal« auch sein Lieblingsessen verschicken; die virtuelle Speisekarte bietet reichlich Auswahl. Bestimmt freut sich Tante Frieda auch über die schönsten Cover des »TV Guide« als Neujahrsgruß! Wer lieber selbst etwas kreativ werden möchte, verschickt bei »CowCards« seine selbst colorierte bunte Kuh ...

Das Hufeisen

Sie brauchen eine Klappkarte aus Pergament, ein ebenso großes Einlegeblatt, goldenes und grünes Papier, Filzschreiber, einen halben Meter dünne Goldkordel, Schere und Klebstoff. Schneiden Sie das Hufeisen, das Kleeblatt und die vier Herzchen aus. Dann kleben Sie die Teile auf die Karte, wie auf dem Foto zu sehen ist. Schreiben Sie Ihre Grüße dazu. Dann legen Sie das Blatt ein und binden es mit der Kordel fest.

Mal laut, mal leise:

Spiele zu Silvester

Gerade wie es passt: Hier werden zwei ganz laute Spiele empfohlen. Sie sind für eine größere Gruppe von Spielern gedacht, würden also bestens auf Ihre Silvesterfeier passen. Ganz allein hingegen können Sie sich mit dem magischen Quadrat beschäftigen ...

Zweimal laut

Vielstimmige Schreie

Dieses vielstimmige Chaos benötigt keine überragende Musikalität, den Ton halten ist auch nicht unbedingt gefragt, nur die Lautstärke muss stimmen. Sie teilen die verehrten Mitspieler und Mitspielerinnen in drei etwa gleich große Gruppen ein. Jede Gruppe verzieht sich in eine Ecke des Raumes. Diese drei Teams haben fünf Minuten Zeit, sich ein Lied auszusuchen. Es soll nach Ablauf der Frist gemeinsam »geschmettert« werden. Erklären Sie den Gruppen, sie sollen loslegen, wenn sie das Startzeichen bekommen. Dann geben Sie das Zeichen, aber allen drei Chören gleichzeitig. Warten Sie genüsslich ab, was geschieht. Im Normalfall werden die Gruppen immer lauter, um sich gegen die anderen durchzusetzen. Irgendwann, wenn auch der letzte Chor keine Puste mehr hat, ist der Spaß vorbei. Dann streiten alle lautstark darüber, welcher Chor denn nun der gewaltigste war.

Kampf der Geschlechter

Bitten Sie die Mitspieler, einfach so stehen oder sitzen zu bleiben wie in diesem Moment. Dann bitten Sie zwei Freiwillige zu sich, einen weiblichen und einen männlichen. Erklären Sie, dass die beiden sich finden sollen. Jetzt bekommen beide die Augen verbunden. Dann führen Sie das weibliche Wesen in die eine äußerste Ecke des Raumes, das männliche danach in die entgegengesetzte. Bitten Sie alle Anwesende mitzuhelfen, dass diese beiden, die schon so

lange zueinander wollen, auch zueinander kommen, und zwar mit verbundenen Augen. Alle Männer sollen auf Ihr Zeichen gleichzeitig durch Zurufe ihn lenken, alle Frauen auf die gleiche Art sie zu ihrem Ziel führen. Natürlich sind alle dafür verantwortlich, dass beide nirgendwo anecken, also völlig unbeschadet auf ihr Treffen zusteuern können. Und jetzt geben Sie das Startzeichen.

Das magische Quadrat

Die Anordnung verschiedener Zahlen in einem Quadrat, wobei die Summen in jeder Zeile, jeder Spalte und jeder Hauptdiagonalen gleich sind, das hat schon so manchem Mathematiker oder Spieler die grauen Zellen in Wallung gebracht. Ein Beispiel hierzu wäre folgende Anordnung

2	7	6
9	5	1
4	3	8

In diesem Fall handelt es sich um ein magisches Quadrat der Ordnung 3 (die Ordnung ist die Anzahl der waagrechten Reihen oder der senkrechten Spalten), dessen konstante Summe - also die Summe der drei Zahlen aller Linien, egal, ob senkrecht, waagerecht oder diagonal - gleich 15 ist. In der Antike und im Mittelalter hielt man solche Strukturen für Glücksbringer.

Ein magisches Quadrat nennt man panmagisch oder -diagonal, wenn auch die Summe jeder gebrochenen Diagonalen gleich der Konstanten des magischen Quadrats ist. (Die Vorsilbe pan bedeutet im Griechischen ganz oder vollständig.) Das oben dargestellte magische Quadrat der Ordnung 3 ist nicht panmagisch. Im Gegensatz dazu ist das magische Quadrat der Ordnung 4 panmagisch, weil die

Summe der Zahlen in jeder der vier Reihen, Spalten und in allen acht Diagonalen jeweils 34 ergibt:

1	8	10	15
12	13	3	6
7	2	16	9
14	11	5	4

Haben Sie Lust? Und Magie? Dann versuchen Sie sich doch selbst einmal an einem magischen Quadrat. Sie werden sehen: Es bringt Glück!

SILVESTER

Wers glaubt, wird ...

Von Prophezeiungen und anderen Weisheiten

Professionelle Hellseher und Wahrsager haben, wenn das Jahr zu Ende geht, Hochkonjunktur. Aber auch im privaten Kreis versuchen sich Hobby-Wahrsager. So sitzen zu Silvester Freunde zusammen und deuten die Zukunft: Sie gießen Blei, pendeln, legen Tarot-Karten, befragen das Horoskop. Sie wollen wissen, was ihnen das neue Jahr bringt.

Bleigießen

Gehören Sie auch zu den Leuten, die jedes Jahr zu Silvester ihre Zukunft aus frisch gegossenen Bleifiguren abzulesen versuchen? Zuerst wählt man sich aus der Packung ein Bleistück aus: z. B. ein Schweinchen, eine Krone, eine Glocke oder einen Pilz. Das legt man dann auf einen Löffel und hält den Löffel über eine Kerze. Langsam schmilzt das Blei. Wenn das Blei ganz flüssig ist, wird es mit einem Schwung in eine Schüssel mit kaltem Wasser gekippt. Das Blei erstarrt sofort zu einem meist stacheligen Gebilde. Amüsant ist es für alle Beteiligten zu rätseln, was wohl dieses Gebilde zu bedeuten hat. Ein paar Beispiele:

Affe: Achtung vor falschem Spiel
Apfel: Man will Sie verführen
Colt: Schnell reagieren
Dreieck: Sie sind heimlich verliebt
Engel: Schutz in der Not
Fächer: Dicke Luft im Büro
Fisch: Selbstlosigkeit, Wandel
Fuß: Wahrheit
Gabel: Vorsicht vor Übergewicht
Hahn: Sei auf der Hut
Insel: Traute Stunden
Knopf: Reichtum und Macht
Libelle: Zärtliche Stunden
Mond: Sucht und Unruhe
Netz: Glücklicher Fang
Pinguin: Unternehmung zu zweit
Sonne: Heiße Stunden
Teller: Wohlstand
Uhr: Unruhige Zeiten
Wappen: Glückliches Familienleben
Zahn: Jemand verzaubert Sie
Egal, ob sich gute oder weniger gute Zeichen zeigen – sicher lässt sich beim Bleigießen nur eines sagen: Der silbrig glänzende Stoff ist giftig. Die Figuren und die Reste davon gehören

deshalb nicht in den Hausmüll oder in den Ausguss, sondern zum Sondermüll. Man kann den giftigen Stoff jedoch auch ganz vermeiden und muss trotzdem nicht auf eine Zukunftsprognose verzichten, heißt es beim Bundesumweltministerium. Nach Angaben der Behörde erstarrt auch heißes, flüssiges Wachs zu bizarren Figuren, wenn man es in kaltem Wasser abschreckt.
Ein weiterer Vorteil: Die Zeichen lassen sich, sollten sie ungünstig sein, in günstige umformen?!

Edle Kräfte

Auch Edelsteinen werden magische Kräfte zugeschrieben. Greifen Sie also in ein Säckchen mit Edelsteinen und nehmen Sie einen heraus. Hier mögliche Deutungen:
Amethyst: Der violette Stein der Verliebten schützt vor Gewalt, Stress und Trunkenheit, vertreibt Ängste, Hysterie und Schlaflosigkeit
Roter Jaspis: gut fürs Immunsystem, lindert Depressionen, schützt vor Leber- und Blasenerkrankungen, lockt Sexpartner an.
Tigerauge: Der goldbraune Stein macht unabhängig, fördert Weitblick und Verständnis, soll aber auch Scheidungen begünstigen.
Türkis: Der blaue Glücksbringer soll vor Vergiftungen, Armut und Misserfolg bewahren.
Onyx: Der schwarze Stein hilft, sexuelles Verlangen zu beherrschen, erhöht Konzentration und Selbstdisziplin, lindert Kummer.

Pendeln

Man stelle eine – für die persönliche Zukunft des Betroffenen – wichtige Frage. Dreht sich das Pendel im Uhrzeigersinn, heißt es »ja«. Gegen den Uhrzeigersinn »nein«. Schwingt es nur hin und her, ist keine klare Aussage möglich.

Tarot-Karten

Wenn Sie sich mit den Tarot-Karten versuchen wollen, versuchen Sie es so:
»Zuerst konzentriere dich auf deine Frage! Ein Beispiel: Werde ich im kommenden Jahr einen Partner finden? Du hast hier vier Karten gezogen. Als erste die Kelchkarte. Sie sagt dir, welches Grundpotential du hast. Als zweite die Schwerterkarte. Sie sagt dir, in welcher Situation du derzeit stehst. Als dritte die Münzkarte. Sie sagt dir, was dir förderlich wäre. Und als vierte eine andere Münzkarte. Sie sagt dir, was dir hinderlich ist ...«

Handlesen

Für das allseits beliebte Handlesen brauchen Sie fantasievolle Beredsamkeit, dann wird es schon klappen. Lassen Sie sich halt etwas einfallen, das ist doch gar nicht so schwer:
»Zeige mir mal deine Hand! Aha, hier diese Linie ... Es wird bei dir in der nächsten Zeit einige wichtige Veränderungen geben. Du wirst beruflich einen neuen Weg einschlagen ...«

Hoch im Kurs: Glücksbringer

Hand aufs Herz: Wer möchte nicht gerne Glück haben? Doch wenigstens im neuen Jahr! Wenn man da etwas nachhelfen könnte ... Es gibt da so einige Mittelchen und Hilfen. Glücksgefühle werden durch so unterschiedliche Dinge wie rabenschwarze Schornsteinfeger, goldene Hufeisen oder die rot und weiß getupften großen und kleinen Fliegenpilze hervorgerufen. Fragt sich nur, ob es wirklich hilft.

Den Daumen

sollte man jemandem drücken, der etwas Besonderes vorhat. Der Daumen galt als Glücksbringer, denn man hielt ihn für den stärksten Finger, mit überirdischen Fähigkeiten ausgestattet.

Schornsteinfeger

bringen Glück, denn ihre Arbeit ist mit der Glück bringenden Bedeutung des häuslichen Herdes verbunden. Ruß galt als Abwehrmittel gegen den bösen Blick, gegen Hexen und Teufel. Man sollte den Kaminkehrer anfassen und ein wenig Ruß an den Fingern behalten. Außerdem sorgt der Schornsteinfeger dafür, dass auch weiterhin »der Kamin raucht«, was symbolisch für eine florierende Wirtschaft steht.

Hals- und Beinbruch

sollte man jemandem wünschen, der eine besonders schwierige Angelegenheit erledigen muss. Dieser martialische Gruß sollte die bösen Geister zum Narren halten. Sie wären dann der Meinung, dieser Wunsch sei ernst gemeint, und machten sich so nicht mehr die Mühe, den schon »Verwünschten« noch einmal zu behelligen.

Maskottchen

stammt aus der provenzalischen Sprache: mascotto ist die Verkleinerungsform von masco = Hexe. Der jeweils als Maskottchen gewählte Gegenstand soll vor allen schlimmen Zufällen und Unheil schützen und auch Glück und Gelingen bringen. Ein Maskottchen ist die gemilderte, harmlose Form der früher gebräuchlichen Teufelsfratzen, mit denen man böse Geister und Dämonen erschrecken und in die Flucht jagen wollte.

Salz
galt in früheren Zeiten als heilig, Leben spendend und erhaltend. Aus diesem Grunde nahm man es auch als ein wirksames Mittel gegen allen Zauber. Salz zu verschütten bringe Unglück, meinte man.

Scherben
bringen Glück, denn das Klirren vertreibe die bösen Geister, glaubte man.

Talisman
ist ein Glück bringender Gegenstand, den man nicht wie das Amulett um den Hals oder Leib gebunden trug, sondern lose in der Tasche. Der Name geht auf das arabische Wort tilsam zurück und bedeutet: Zauberbild.

Vollmond
galt unter den vier Mondphasen als die für den Menschen beste Zeit. Seine Tage hielt man für Glückstage. Man glaubte, sich bis zum nächsten Vollmond vor Unheil schützen zu können, wenn man vor dem Vollmond dreimal den Hut zöge oder drei Knickse machte. Die Tage des Vollmondes galten als Zeit der Fruchtbarkeit, die für die Pflanzen besonders günstig sei und reiche Ernte bringen werde.

Zukunft
versuchte man mit allen möglichen Hilfsmitteln zu deuten und zu erhellen. Der Blick etwa in einen Zauberspiegel aus Beryll oder in eine Kristallkugel sollte die Zukunft offenbaren, wie auch das Lesen aus der Hand.

Perlenarmbänder
sollen bei Liebeskummer, Depressionen, Krankheit und chronischem Geldmangel helfen oder einfach nur Glück bringen: Perlen-Wunder-Armbänder aus Halbedelstein, Glas, Holz oder Plastik. Jede Farbe soll ihre eigene Wirkung haben. Rot steht für Liebe, blau für Kraft, grün für Gesundheit, grau für seelische Stabilität. Ein Kult, der seinen Ursprung in der buddhistischen Gebetskette mit insgesamt 108 Perlen hat. Buddha soll sie getragen und dadurch die Erleuchtung erlangt haben.

Glückspfennige
sind alte Symbole. Wer den Pfennig nicht ehrt, ist des Talers nicht wert - sagt eine alte Volksweisheit. Doch auch wer sich sonst nach einem auf der Erde liegenden Pfennig nicht bückt, sollte am Silvestertag eine Ausnahme machen. Warum ausgerechnet die kleinste aller Münzen das große Glück bringen soll, erklären die Volkskundler so: Schon bei alten Kulturen galt das Allerkleinste als Quelle für Wachsen und Gedeihen, wie etwa aus einem Samenkorn ein Baum hervorgehen kann. Pfennige sind geduldig: Optimisten legen sie einfach zur Seite - und warten auf das große Glück.

Der Skarabäus
hütet die Geheimnisse des Lebens und der Liebe. Er bringt seinem Besitzer Glück und schützt ihn vor den Gefahren des irdischen Lebens sowie auch des Lebens nach dem Tod. Er ist das Bild der Auferstehung und des ewigen Werdens.
Man verschenkte oder bildete ihn, um ein schönes Ereignis gemeinsam weiterhin im Herzen zu tragen.

NEUJAHR

Gute Vorsätze

Pflegen auch Sie die guten Vorsätze für das neue Jahr? Und haben Sie sich diesmal besonders fest vorgenommen, diese Vorsätze auch umzusetzen? Keine Zigarette mehr, weniger essen, auf Süßigkeiten verzichten, mehr Zeit für die Kinder ....

Leider, leider, das hält alles nicht lange vor. Nach einer Untersuchung des Psychologen John Norcross von der Universität Scranton in Texas, USA, nimmt sich etwa jeder zweite erwachsene Amerikaner jedes Jahr zu Silvester vor, irgendetwas in seinem Leben besser zu machen. Innerhalb des folgenden halben Jahres wirft bereits die Hälfte das Handtuch, und nach zwei Jahren sind nur noch 20 % ihren Vorsätzen treu. Die meisten schaffen es also nicht. Hier einige Tipps zum leichteren Durchhalten:

Bei allen guten Vorsätzen, bleiben Sie realistisch. Wer schafft es schon, 20 kg abzunehmen? Das Ziel »fünf Kilo weniger« ist viel leichter zu erreichen. Kleinere, erfolgreiche Schritte stärken das Selbstbewusstsein und schaffen Vertrauen in die eigenen Fähigkeiten.

Und seien Sie ehrlich zu sich selbst: Wollen Sie das Ziel überhaupt erreichen? Das heißt, wollen Sie wirklich aufhören zu rauchen oder schlanker werden? Oder glauben Sie eher, man erwarte es von Ihnen? Sie müssen von Ihrem Ziel selbst überzeugt sein, um es zu erreichen.

Machen Sie sich einen genauen Plan, wie Sie ihr Ziel erreichen wollen, und ersetzen Sie schlechte oder hinderliche Angewohnheiten durch gesunde und dem Ziel förderliche. Wer beispielsweise in Stresssituationen besonders viel geraucht hat, kann Entspannungstechniken lernen. Wer abnehmen möchte, aber ständig Heißhunger auf Süßes verspürt, sollte den Kühlschrank mit Obst oder Joghurt anfüllen. Vermeiden Sie typische Fallen. Also lieber keine Kaffeepausen mehr mit dem Kettenraucher im Büro. Belohnen Sie sich selbst für kleine Erfolge. Manche Menschen stecken für jede gekaufte Packung Zigaretten fünf Mark ins Sparschwein (und wundern sich, dass da nach gerade einmal gut drei Monaten schon 500 Mark drin sind!).

Lösen Sie sich von Wunschgedanken. Die Gefahr ist groß, dass Sie bei diesen Wünschen hängen bleiben und gar nicht erst mit der wirklichen Aufgabe beginnen.

Wer sich jetzt fragt, ob es überhaupt etwas bringt, Neujahrsvorsätze zu haben, für den hat John Norcross eine Ermutigung: Er verglich die Erfolge von Leuten mit Neujahrsvorsätzen mit denen von Leuten, die irgendwann im Laufe eines Jahres etwas in ihrem Leben ändern wollten. Das Resultat: Vorsätze zu Neujahr haben eine größere Chance, verwirklicht zu werden.

Vorsatzcheck

Wir haben es Ihnen hier etwas einfacher gemacht. Am besten kopieren Sie diesen Check der guten Vorsätze (damit Sie auch im kommenden Jahr noch etwas davon haben) und kreuzen an, was Sie sich für das kommende Jahr vornehmen wollen. Am besten nicht alles, siehe oben ...

* Ich werde im nächsten Jahr aufhören zu trinken.
* Ich werde aufhören zu rauchen.
* Ich werde endlich richtig Geld verdienen.
* Ich werde im nächsten Jahr fünf Kilo abnehmen.
* Ich werde nicht mehr so viel lügen (schummeln, ...)
* Ich werde auf die richtigen Aktien setzen.
* Ich werde im nächsten Jahr meine Flugangst überwinden.
* Ich werde meine Höhenangst überwinden.
* Ich werde mich mehr bewegen.
* Ich werde meine Wäsche selber waschen.
* Ich werde einen Tanzkurs besuchen.
* Ich werde im nächsten Jahr meinen Computer auch mal ausschalten.
* Ich werde im nächsten Jahr meine Playstation auch mal ausschalten.
* Ich werde wieder wählen gehen.
* Ich werde mich gesünder ernähren.
* Ich werde ein treuer Fan meines Vereins sein.
* Ich werde wieder mal ein Buch lesen.
* Ich werde mehr mit meiner Familie unternehmen.
* Ich werde eine Fremdsprache erlernen.
* Ich werde vier Wochen Urlaub machen.
* Ich werde weniger fernsehen.
* Ich werde regelmäßig meine Pflanzen gießen

Sprüche

Alle Menschen sind auch nur Menschen. Damit Ihnen Ihre Vorsätze nicht so viel Kummer machen (wenn Sie sie denn doch nicht verwirklichen können), hier ein paar schlaue Gedanken zum Thema von Mitmenschen:

Nichts auf der Welt ist so weit wie der Weg vom guten Vorsatz zur Tat.

Wahrer Reichtum besteht nicht im Besitz, sondern im Genießen.

Ralph Waldo Emerson

Der Mensch soll nicht gesünder leben, als ihm gut tut

Auch der längste Weg beginnt mit dem ersten Schritt.

Wenn du die Spur nicht wechselst, hast du keine Chance zum Überholen.

Chinesisches Sprichwort

Das Erste, was man bei einer Abmagerungskur verliert, ist die gute Laune.

Gert Fröbe

Für das Können gibt es nur einen Beweis: das Tun.

Marie von Ebner-Eschenbach

Wer nicht genießt, wird ungenießbar.

Konstantin Wecker

Entweder man lebt, oder man ist konsequent.

Erich Kästner

Matjes – Fisch vom feinsten

Die Weihnachtszeit ist vorüber. Schön war es, gut war es - und süß war es. Jetzt könnte ruhig einmal Pause sein mit all den süßen Sachen, etwas Herzhaftes darf auf den Teller. Wenn das dann noch so ganz nebenbei den einen oder anderen Kater besänftigen würde, wäre es eine feine Sache. Gut denn, wenden wir uns dem feinen, von vielen geliebten Matjes zu.

Matjeshering, das bedeutet: junger, mild gesalzener Hering. Der Begriff stammt aus dem Niederländischen und wurde im 18. Jahrhundert erstmalig benutzt. Der »Maatjesharing« wurde entlehnt aus dem älteren »maagdekens haering«, was so viel wie Mädchenhering bedeutet, junger Hering ohne Rogen oder Milch.

Matjesheringe, das waren ursprünglich junge Heringe vor der ersten Laichablage, deren Fleisch noch besonders zart und mild ist. Heute spricht man von Matjes als Heringe, deren Geschlechtsorgane noch nicht voll ausgebildet sind. Besonders geschätzt werden die von Mitte Mai bis Anfang Juni vor der schottischen Küste gefangenen Matjes, die mild gesalzen eingelagert werden und im Fass »reifen«. Bis Ende September werden die Fische immer schmackhafter, weil fetter. Sie erreichen Fettanteile von bis zu 20%. Aber keine Sorge, Matjes enthält besonders gesunde Fettsäuren und senkt sogar das Cholesterin.
Matjes, ein klassisches Frühjahrsgericht, kann heute dank Konservierungsmethoden das ganze Jahr über gegessen werden. Notfalls tun es auch Salzheringe, die im Folienbeutel angeboten werden. Sie müssen aber ausreichend gewässert werden, deshalb legt man sie am besten über Nacht in Mineralwasser oder Milch. Beim Kauf sollten Sie darauf achten, dass die Fische silbrig schimmern und »breite Schultern« haben. Das Matjes-Filet ist grau mit einem leichten rosa Streifen. Hellrosa eingelegte Matjes (in Öl), wie man sie in Supermärkten findet, sind so genannte »Patentmatjes« - tiefgefrorene Ware, die, aufgetaut und eingelegt, weich und weniger aromatisch schmeckt.

Wer ganz sicher gehen will, wirklich neue Matjes zu bekommen, muss bis zum 26. Mai warten, erst dann dürfen sie auf den Markt kommen. Kenner allerdings warten noch ein paar Wochen, bis der Fettanteil und damit der Geschmack zunimmt ...
Aber es geht auch ganz anders und man stellt selbst Matjes her aus frischen Heringen, die in der Regel ganzjährig angeboten werden.

Selbst gemachte Matjes

Für etwa 5 Portionen lassen Sie beim Einkaufen 5 frische Heringe ausnehmen und die Köpfe abtrennen.
Zutaten für die Marinade:
5 Wacholderbeeren
1 kleine Knoblauchzehe, geschält
250 Gramm Zwiebeln, in Scheiben geschnitten
8 Pfefferkörner
0,2 l Weißwein
Essig
0,1 l Rotwein
2 Zweige Petersilie
2 Korianderkörner
5 Gramm Salz
35 Gramm Zucker
Viertel einer Zitrone, in feine Scheiben geschnitten
1 l Wasser.
Alle Zutaten miteinander in einem großen Topf aufkochen und auf die Hälfte einkochen lassen. Die eingekochte Marinade beiseite stellen und abkühlen lassen.

Die Heringe unter fließendem kalten Wasser säubern und mit Küchenpapier abtrocknen. Dann filetieren: die Heringe entlang der Rückenseite mit einem sehr scharfen Messer einschneiden und ein Filet vorsichtig von der Gräten lösen. Das zweite Filet auf der anderen Grätenseite auf die gleiche Weise ablösen, so dass die Hauptgräte mit dem Schwanz zurückbleibt. Die Filets mit der Hautseite nach unten auf die Arbeitsfläche legen. Die Haut am dünnen Schwanzende mit dem Messer etwas ablösen, festhalten und das Messer ohne großen Druck auf der Haut stehen lassen. Nun vorsichtig durch leichtes Hin- und Herbewegen die Haut abziehen.
Filets und Marinade in einer großen Schüssel abwechselnd schichten. Die oberste Lage sollte noch von der Flüssigkeit bedeckt sein. Mit Klarsichtfolie überziehen und – mindestens – einen Tag im Kühlschrank kalt stellen, damit die Matjes »durchziehen«. (Dort können übrig gebliebene Fische bis zu einer Woche problemlos lagern ...) Dazu Kartoffeln und einen Klecks saure Sahne servieren.

Es geht aber auch exotischer:

Matjessalat diavolo

Zutaten (für 4 Personen):
8 Matjesfilets
1 Zwiebel
1 rote Paprikaschote
1 große Gewürzgurke
3 getrocknete Chilischoten
1/8 l Weinessig
1/2 l Wasser
Salz
Prise Zucker
Pfeffer

Essig und Wasser mischen. Zerdrückte Chilischoten, Pfeffer, Prise Zucker dazu geben. Leicht salzen. Die Zwiebeln in Scheiben, die geputzte Paprikaschote in kleine Würfel schneiden. Die Gurke längs vierteln und dann ebenfalls in Scheiben schneiden. Die Matjesfilets in etwa 2 cm breite Abschnitte teilen. Alle Zutaten in eine Porzellanschüssel geben, abdecken und für mindestens 2 Tage in den Kühlschrank stellen. Mit frischem Weißbrot und einigen Gemüsestücken aus der Marinade serviert ein Genuss!

Neujahr

Es geht aber auch rustikaler:

Friesisches Frühstück

Dazu sollten Sie wissen, dass diese Mahlzeit »sättigt bis Mitternacht«. Alles, was man je über »Brunch« gehört hat, kann man getrost vergessen. Mit einem Frühstück im klassischen Sinn hat das »Friesische Frühstück« nichts gemeinsam, am allerwenigsten mit dem berühmt-berüchtigten »continental-breakfast« (Brötchen mit Marmelade) der Standard-Hotels. Aus der (Un)menge von »fischigen« Zutaten (Räucherfische, Krabben ...), oft mit einer guten Portion Rührei gereicht, wählen wir das »Heringshäckerle« aus, das am Abend zuvor bereitet wird.

Heringshäckerle

Matjesfilets (oder gut gewässerte Salzheringe) in sehr kleinen Würfeln
100 g fein gewürfelter magerer Räucherspeck
4 kleine Zwiebeln fein, gewürfelt
1 Salzgurke
3 Esslöffel Zitronensaft
schwarzer Pfeffer aus der Mühle
150 g Butter, schaumig gerührt
3 hart gekochte Eier, fein gehackt
ein Bund glatte Petersilie, gehackt

Herings-, Speck-, Zwiebel- und Gurkenwürfel durch den Fleischwolf drehen und in einer Schüssel mit dem Zitronensaft verrühren; pfeffern. Die weiche Butter einrühren. Mit den klein gehackten Eiern vermischen und mit der Petersilie bestreuen. Reichlich auf Schwarzbrot streichen – mmmmmmhhhhh !

Es geht aber auch vornehm:

Matjes à la française

Zutaten für 4 Personen:
6 Matjesfilets
100 gekochte Garnelen oder Krabben
1 Apfelsine
1 Esslöffel Meerrettich
2 dl Crème fraîche
2 Esslöffel Cognac
1 Prise Salz
Pfeffer aus der Mühle
2 Esslöffel fein geschnittener Schnittlauch.

Die Matjesfilets in 2 cm breite Streifen schneiden. Die Garnelen grob hacken. Die Apfelsine mit heißem Wasser waschen, schälen und mit einem sehr scharfen Messer die Schale in hauchdünne Stifte schneiden. Matjesstücke, Orangenstifte, Garnelenstücke und den Meerrettich in einer Schüssel vermischen. Crème fraîche, Cognac, etwas Salz und Pfeffer dazu geben und gut vermischen. Die Apfelsine so weiter schälen, dass alle weißen Häutchen entfernt werden und nur noch kleine Filets übrig bleiben. Das Gericht mit Schnittlauch bestreuen und mit den Orangenschnitzeln garnieren. Dazu passt hervorragend eine Folienkartoffel oder frisches Baguette.

Fast ein Nachtisch:

Matjes-Trauben-Cocktail

Zutaten für 4 Personen:
6 Matjesfilets
¼ l Mineralwasser
1 Zwiebel
150 g blaue Weintrauben
150 g helle Weintrauben
150 g süße Sahne
4 Esslöffel Preiselbeeren (aus dem Glas)
2 Esslöffel Cognac
4 Esslöffel Mayonnaise
weißer Pfeffer aus der Mühle
1 Zweig Dill

Die Matjesfilets etwa 30 Minuten in Mineralwasser wässern, dann mit Küchenpapier abtupfen. In mundgerechte Stücke teilen. Zwiebel fein würfeln. Weintrauben waschen, abtropfen lassen und von den Stielen zupfen. Dann halbieren und vorsichtig entkernen. Die Sahne halb steif schlagen, mit Preiselbeeren, Cognac und Mayonnaise verrühren und mit Pfeffer kräftig würzen. Matjesstücke, Zwiebeln und Weintrauben locker mit der Sauce vermengen und zugedeckt mindestens eine Stunde kühl stellen. Den Dill waschen, vom Stiel pflücken und fein zerkleinern. Den Matjes-Trauben-Cocktail in 4 Gläser anrichten und jeweils mit Dill garnieren. Dazu passt leicht angeröstetes Grahambrot besonders gut, oder auch Pumpernickel.

Ein scharfer mitternächtlicher Snack:

Matjes mit Pfeffersahne

Zutaten:
8 Matjesfilets
1/4 l Buttermilch
2 rotschalige Äpfel
2 Esslöffel Zitronensaft
4 Scheiben Grahambrot
30 Gramm Butter
1/8 l Sahne, 2 Esslöffel Gin
1 Esslöffel eingelegte grüne Pfefferkörner
4 Zweige Brunnenkresse

Die Matjesfilets für 30 Minuten in Buttermilch (oder in Mineralwasser) einlegen, kalt abspülen und mit Haushaltspapier abtrocknen. Die Äpfel waschen und mit einem Ausstecher entkernen. Oben und unten jeweils glatt abschneiden und jeden Apfel in 8 möglichst gleichmäßige Scheiben schneiden. Sofort mit Zitronensaft bestreichen, damit sie sich nicht verfärben. Aus dem Grahambrot je 2 runde Scheiben ausstechen, mit Butter bestreichen und mit je 2 Apfelscheiben belegen. Die Sahne steif schlagen und mit Gin und abgetropften Pfefferkörnern würzen. Die Matjesfilets zu Röllchen drehen und auf die Apfelscheiben setzen. Mit der Sahne füllen und mit je einem abgespülten, abgetrockneten Zweig Brunnenkresse garniert sofort servieren.
Dazu ein kühles Bier oder einen Aquavit. Wenn das nicht schmeckt!

Nicht zu vergessen:

Der Klassiker

Zutaten für 4 Portionen:
8 – 12 Matjesfilets
1/2 Salatgurke
3 junge Möhren
1 Bund Frühlingszwiebeln
150 g Staudensellerie (von den inneren Stangen mit Grün)
1 unbehandelte Zitrone
2 Äpfel
je 200 g Crème fraîche, Schmand, Schlagsahne
Salz
weißer Pfeffer aus der Mühle
je 1/2 Bund Dill und Schnittlauch

Die Matjesfilets kurz kalt abspülen und trocken tupfen. Kühl stellen. Die Gurke waschen, längs halbieren und die Kerne mit einem Löffel herauskratzen. Die Möhren waschen und schälen. Die Frühlingszwiebeln waschen und putzen. Alles in sehr dünne Streifen schneiden. Das Selleriegrün beiseite legen. Die Stangen waschen, auf der gewölbten Rückseite mit einem Sparschäler schälen und die Fäden abziehen. Selleriestangen in dünne Scheiben schneiden. Die Zitrone heiß abwaschen, abtrocknen, die Schale fein abreiben und den Saft auspressen. Die Äpfel waschen und vierteln, die Kerngehäuse entfernen. Die Apfelviertel in dünne Scheiben schneiden und sofort mit dem Zitronensaft beträufeln. Alle vorbereiteten Zutaten mischen. Die Crème fraîche mit Schmand und Sahne glatt rühren, mit Salz und Pfeffer würzen. Den Dill abzupfen, den Schnittlauch in feine Röllchen schneiden. Je 2/3 der Gemüse und Kräuter unter die Sauce mischen. Die Sauce auf Teller geben und die Matjesfilets darauf anrichten. Restliche Gemüse und Kräuter darauf verteilen und mit Selleriegrün garniert servieren. Dazu passen hervorragend Kartoffeln mit ausgebratenen Baconstreifen.

Thomas Weinknecht

Weiße Spiele

Tummeln in Schnee und Eis

So, es hat also tatsächlich wieder einmal geschneit. Aha, nach langer Zeit. Na, dann aber nichts wie hinaus. Hier sind die dazu gehörigen Spiele:

Schneespiele

Figuren

Rafael klopft den Schnee schön fest. Dann schließen alle anderen die Augen, und Rafael legt einen Gegenstand auf den Schneeboden. Er packt den Gegenstand ganz in Schnee ein, sodass die Konturen noch zu erahnen sind. Jetzt dürfen die anderen die Augen öffnen und sich das Kunstwerk anschauen. Wer zuerst den richtigen Gegenstand nennt, darf den nächsten einbuddeln.
Oder jeder von euch baut aus Schnee gleich eine ganze Figur. Ob die anderen wohl herausfinden, worum es sich handelt?
Oder ihr schließt wieder die Augen. Rosi legt sich in den Schnee und formt mit ihrem Körper etwas, zum Beispiel den Adler: Dabei legt sie sich auf den Rücken und drückt Arme wie Beine in kurzen Abständen hintereinander in den Schnee. Sieht aus wie Flügel und wirkt garantiert gut. Wie könnten denn andere Figuren entstehen, etwa eine Schlange, ein Eichhörnchen, eine Ente?

Bälle

Eine zünftige Schneeballschlacht braucht hier nicht erklärt zu werden, ergibt sich von selbst und ist allemal spaßiger als der martialische Name.
Lasst uns Yeti spielen, ihr wisst schon, das ist dieser geheimnisvolle Riese, der im Himalaya-Gebirge leben soll. Ein Kind spielt den Yeti. Es formt immer wieder Schneebälle und wirft sie nach den Mitspielern. Die versuchen alles, um sich nicht treffen zu lassen. Wer dennoch getroffen wird, den hat Yeti erwischt. Er muss regungslos stehen bleiben. Gerettet werden Erstarrte, indem zwei Mitspieler zu ihnen laufen und sie an beiden Händen mit sich ziehen. Schafft Yeti es aber, alle Mitspieler zu treffen, ist er der Sieger – und zweifellos so erschöpft, dass nun dringend ein anderer die Rolle übernehmen muss.
Stellt euch einander gegenüber und werft euch Schneebälle zu. Die sollen sich in der Luft treffen.
Oder ein Kind wirft Schneebälle in die Luft und die anderen versuchen, sie über dem Kind zu treffen.
Legt einem Kind einen Schneeball auf den Kopf. Geht drei Meter weit weg und versucht, den Schneeball zu treffen. Wem das gelingt, der darf sich einen Schneeball auf den Kopf legen und treffen lassen. Wer aber nicht den Schneeball, sondern das Gesicht trifft, der wird gehörig eingeseift.

Hütchen

Nein, nein, nicht erschrecken, hier geht es nicht um das Abzockerspiel. Die wilde Karin hat eine Schneefrau gebaut und auf den Kopf einen Hut gesetzt. In einer Entfernung von etwa drei Metern habt ihr einen Kreis in den Schnee gezogen; der darf nicht überschritten werden. Ihr verteilt euch nun um den Kreis herum und versucht, den Hut mit Schneebällen herunterzuwerfen. Karin verteidigt ihre Schneefrau mit allen Mitteln, also mit Händen, Füßen, Kopf und Körper. Gelingt es dennoch einem der frechen Angreifer, den Hut so zu treffen, dass er auf den Boden fällt, ist er der nächste Verteidiger.

Oder: Ein Kind hat eine Mütze oder einen Hut in der Hand. Die anderen Kinder bilden um es herum einen Kreis. Wenn ein Kind »Jetzt!«, ruft, wirft es gleichzeitig einen Schneeball über sich in die Luft und springt schnell zur Seite. Das Kind mit der Mütze versucht nun, den Schneeball zu fangen.

Eisspiele

Eisflächen können sehr gefährlich sein, das sollte man sich immer wieder vor Augen halten. Deshalb darf Eis nur betreten werden, wenn das auch hundertprozentig sicher ist, also entweder mit den Eltern oder auf den von der Verwaltung freigegebenen Flächen. Wenn diese Voraussetzung stimmt, dann hinein ins eisige Vergnügen.

Rutschbahn

Wenn gar kein Eis zur Verfügung steht oder es viel zu weit ist bis dort, dann können die Kinder eine Rutschbahn anlegen. Der lose Schnee wird gut festgetreten. Danach mit Anlauf so lange über die gleiche Bahn rutschen, bis sie eisig geworden ist. Nun lässt sich so einiges auf dieser Bahn spielen:
Springrutsche: Am Ende der Bahn ist eine Markierung. Dort angekommen, springt das Kind so weit wie möglich nach vorne. Wer wird den neuen Weltrekord aufstellen?
Oder es geht nicht weit, sondern hoch: Im letzten Drittel der Rutschbahn werden links und rechts Kartons oder Dosen hingestellt. Oder es werden Zweige in den Schnee gebohrt. Darüber wird dann ein dünner Zweig gelegt. Nun heißt es losrutschen und über den Zweig springen. Die Kinder, die es geschafft haben, versuchen danach eine weitere Höhe. Aber seid gnädig, jedes Kind sollte drei Versuche haben, das Hindernis zu überwinden.
Kunstrutschen: Versucht doch einmal, auf einem Bein zu rutschen. Zuerst kommt das linke Bein an die Reihe, dann das rechte.
Oder ihr geht in die Hocke.
Doppelrutsche: Legt zwei Rutschbahnen an, die schräg aufeinander zulaufen und sich dann überschneiden. Jetzt könnt ihr so einige Kunststückchen ausprobieren: Zwei Kinder laufen an und rutschen über ihre Bahnen. Am Kreuz versucht das eine Kind schneller zu sein als das andere.
Oder ihr kommt zur gleichen Zeit an, ein Kind geht in die Hocke – und das andere versucht, über das erste Kind zu springen.
Zum Schluss: Teilt euch in zwei gleich große Teams. Beide Teams stellen sich vor ihrer Rutschbahn auf. Auf ein Kommando rutschen die Ersten jeder Mannschaft los, wenden am Ende der Bahn und rutschen wieder zurück, und das so schnell wie möglich. Welche Staffel ist zuerst wieder komplett am Start versammelt?

Vom Glück

Um uns ein Glück, das uns gleichgültig scheint, recht fühlbar zu machen, müssen wir immer denken, dass es verloren sei und dass wir es diesen Augenblick wieder erhielten. Es gehört aber etwas Erfahren in allerlei Leiden dazu, um diese Versuche glücklich anzustellen.

Georg Christoph Lichtenberg

Mir kommt es immer vor, dass die Art, wie man die Ereignisse des Lebens nimmt, ebenso wichtigen Anteil an unserem Glück und Unglück hätte als diese Ereignisse selbst.

Wilhelm von Humboldt

So hab aus allem ich gezogen,
das treue Fazit mir zuletzt,
dass dem das Glück zumeist gewogen,
der es am mindesten gehetzt.

Annette von Droste-Hülshoff

Will das Glück nach seinem Sinn
dir was Gutes schenken,
sage Dank und nimm es hin
ohne viel Bedenken.

Wilhelm Busch

Wer die Augen offen hält,
dem wird im Leben manches glücken.
Doch noch besser geht es dem,
der versteht, eins zuzudrücken.

Johann Wolfgang von Goethe

Neujahrswünsche

Jeder wünscht sich langes Leben,
seine Kisten voller Geld,
Wiesen, Wälder, Äcker, Reben,
Klugheit, Schönheit, Ruhm der Welt,
doch wenn alles würde wahr,
was man wünscht zum neuen Jahr,
dann erst wär es um die Welt,
glaubt es, jämmerlich bestellt.

Lebten alle tausend Jahre,
was gewönnen wir dabei?
Kahle Köpfe, graue Haare
und das ew'ge Einerlei!
Im erschrecklichen Gedränge
ungeheurer Menschenmenge
würden Stadt und Dorf zu enge
und die ganze Welt zu klein.
Niemand könnte etwas erben,
denn es würde keiner sterben;
und wer möchte Doktor sein?

Wäre jedermann so reich,
als wohl jeder wünscht zu werden:
Nun dann würden wir auf Erden
uns, in Sorgen, alle gleich.
Da niemand des andern Bürde
künftig auf sich laden würde,
müsste jeglicher allein
sein höchsteigner Diener sein;
selber sein Paar Strümpfe stricken,
möcht er nicht gern barfuß geh'n;
selber Rock und Hosen flicken,
möcht er nicht wie Adam steh'n;
müsste kochen, braten, backen,
liebte er gesunde Kost.
Wäre er kein Freund vom Frost,
müsst er selber Holz sich hacken.

Ständen alle ohne Mängel
wir hinieden schon, als Engel,
o wie wär es böse Zeit
für die liebe Geistlichkeit!
Wer denn könnte Pfarrer werden
in dem Himmel hier auf Erden,
wenn der Laie besser wäre,
als die Predigt, die er hört?
Nur wo nötig ist die Lehre,
und sonst nirgends hat sie Wert.
Advokaten gingen müßig;
Richter wären überflüssig;
und Dragoner und Husaren
wären überflüss'ge Waren.

Ach, in diesem Weltgetümmel
wüchse wieder neue Not,
denn es brächte unser Himmel
manchen braven Mann ums Brot.
Wären alle Mädchen schön,
und von außen und von innen,
und vom Wirbel bis zum Zehn
zauberische Huldgöttinnen:
Zu alltäglich, zu gemein
würden schöne Mädchen sein;
niemand würde auf sie blicken.

Wäre alles Diamant,
was jetzt Kiesel ist und Sand,
niemand möchte sich drum bücken.
Jeder wünscht zum neuen Jahr!
Aber würde alles wahr,
dann erst wär es um die Welt,
glaubt es, jämmerlich bestellt!
Wollet ihr die Welt verbessern,
(bloße Wünsche tun es nie,
Spiele sinds der Phantasie!)
wollet ihr die Welt verbessern,
fange jeder an bei sich,
denn der Mittelpunkt der größern
Welt ist jeglichem sein Ich.

Dieses Ich wirft seine Strahlen,
einer innern Sonne gleich,
durch des Lebens weites Reich.
Wie es selber ist, so malen
sich die Dinge klein und groß,
prächtig oder farbenlos!

Heinrich Zschokke (1771–1848)

Das Neue Jahr

Es naht das neue Jahr mit Macht,
man hängt grad noch dem alten nach,
schon kommts wie immer über Nacht,
und alle bleiben lange wach
bei Knallerei und großem Krach,
was scheinbar große Freude macht.

Die Uhr schlägt zwölf, jetzt gibt es Sekt,
die Sorgen packt man erstmal weg,
denn wer nur seine Wunden leckt,
kommt samt Problemen nie vom Fleck,
probiert 'nen Schluck, das ist der Zweck ,
wie denn das neue Jahr so schmeckt.

Jetzt ist die Zeit, hier ist der Ort,
was nimmt man sich nicht alles vor:
Nicht so viel essen und mehr Sport.
Der eine nimmt es mit Humor,
ein andrer kommt sich vor als Tor
und ändert nichts, setzt alles fort.

Das also ist des Jahres Start,
wie auch das alte immer war,
man kommt jetzt wieder neu in Fahrt.
Ist dann auch manches noch nicht klar
und in der Suppe schwimmt ein Haar,
ist ganz egal, dies Jahr wird hart.

eck – art 2000

DER 6. JANUAR

Epiphanias

Der 6. Januar führt gleich zu zwei Namen im Kalender, nämlich Epiphanias und Dreikönigstag. In vielen Familien wird der Weihnachtsbaum zum letzten Mal angezündet und anschließend geplündert. Mit dem Dreikönigstag gehen die zwölf »Raunächte« zu Ende, die am 21. Dezember mit dem Thomastag beginnen. In Niederbayern und Umgebung wird der 6. Januar heute noch als letzte Raunacht begangen. In diesen Nächten treibt das Wilde Heer des germanischen Gottes Wodan Unwesen in den Häusern und Ställen, so erzählt man sich. Um sich zu schützen schreckt man die Dämonen mit geisterhaften Verkleidungen. Eigentlich ist es ein kirchlicher Feiertag, an dem man sich an die Heiligen Drei Könige erinnert, die kurz nach Jesu Geburt durch das Land zogen, um das Kind in der Krippe zu besuchen.

»Erscheinung« bedeutet das griechische Wort »Epiphanias«; gemeint ist die Erscheinung des Herrn, die in den ersten christlichen Jahrhunderten am 6. Januar gefeiert wurde, ehe man das diesem Ereignis gewidmete Fest im 4. Jahrhundert auf den 25. Dezember vorverlegte. Erst dann bekam der 6. Januar den Namen Dreikönigstag .
Das Fest der Erscheinung, des Offenbarwerdens der Gott- und Königswürde Christi ist das zweite Hoch-Fest zur Weihnachtszeit. Es ist auch das Drei-König-Fest, das Fest der drei Magier oder Weisen aus dem Morgenland, von deren Reise hinter dem Stern her das Evangelium an diesem Tag erzählt. Die drei Magier, Kaspar, Melchior und Balthasar, sind der weiten Reise wegen, die sie vom Morgenland nach Bethlehem unternommen haben, die Schutzpatrone der Reisenden. Wirtshäuser mit

den Namen »Zur Krone«, »Zum Stern«, »Zum Mohren« oder zu den »Drei Königen« sind nach ihnen benannt. Ihre Gebeine sind 1163 vom Orient nach Köln in den ihnen zu Ehren gebauten Dom gebracht worden, und diese Reliquien haben zu Dreikönigsspielen in Kirchen und Klöstern angeregt. Daraus hat sich im Laufe des Mittelalters der Brauch der Sternsinger entwickelt.

Sternsinger

Seit Ende des 16. Jahrhunderts hat sich besonders in den Niederlanden und Belgien, aber auch in Deutschland ein Brauch eingebürgert, der sich bis heute erhalten hat. Verkleidete Männer oder Knaben zogen als Dreikönige oder auch als Gefolgsleute eines vorausgetragenen großen Sterns von Haus zu Haus. Sie trugen weiße Hemden, waren als Könige verkleidet oder hatten ortsabhängig bestimmte Kostüme an.

Die Sternsinger erzählten von der Geburt Christi, der Anbetung in Bethlehem und von Herodes und seinem Ende. Anschließend baten sie um Gaben wie Kuchen, Nüsse oder Geld. Dieser zuerst sehr ernsthaft geübte Brauch drohte streckenweise ins Komische umzuschlagen. So wurden im 18. Jahrhundert oft Schelmenlieder in Psalmenform vorgetragen. Gegen Ende des 19. Jahrhunderts kam das Sternsingen nahezu in Vergessenheit. Erst in unserem Jahrhundert ist man bemüht, diesen Brauch wieder aufleben zu lassen.
Schon seit vielen hundert Jahren ziehen an diesem Tag die Kinder und Jugendlichen verkleidet als Sternsinger durch die Straßen, als die Drei Könige mit einem großen Stern aus Goldpapier, der auf einer Stange getragen wird. Die Drei-Königs-Singer gelten als Segen für die Häuser, in die sie kommen, oft schreiben sie mit Kreide C+M+B und die Jahreszahl an den Türbalken – die Buchstaben stehen für die lateinischen Worte Christus mansionem benedicat, das heißt auf Deutsch: Christus schütze dieses Haus. Die drei Buchstaben können auch die Namen der drei Könige meinen, nämlich Caspar, Melchior und Balthasar.

Raunacht

In Niederbayern und Umgebung wird der 6. Januar als letzte der zwölf Raunächte begangen, die am 21. Dezember mit dem Thomastag beginnen. In diesen Nächten treibt das Wilde Heer des germanischen Gottes Wodan Unwesen in den Häusern und Ställen, so erzählt man sich. Um sich zu schützen, schreckt man die Dämonen mit geisterhaften Verkleidungen.

Galette des rois: der Dreikönigskuchen

Zutaten:
Blätterteig, 1 Ei, 1 weißer Bohnenkern.
Der Dreikönigskuchen entsteht so: Den Blätterteig anfertigen oder (den tiefgefrorenen) auftauen, auf 1 cm Dicke ausrollen. Mit Hilfe eines Tellers einen Kreis ausschneiden, mit verdünntem Eigelb bestreichen. Mit einem Messer ein Rautenmuster einritzen. In den Teig einen weißen Bohnenkern drücken, dann auf das Backblech und backen. Wer beim Anschneiden des Kuchens in seinem Stück den Bohnenkern findet, ist der Bohnenkönig – eine alte französische Sitte.

Bohnenkuchen

Auch bei uns wird in einigen Gegenden der Dreikönigstag mit einem Bohnenkuchen gefeiert. Man backt einen Kuchen und versteckt darin eine Bohne. Wer sie findet, dem bringt sie Glück im nächsten Jahr! Oft werden auch vier verschiedene Bohnen eingebacken: Wer die schwarze Bohnen findet, der darf an diesem Tag den Mohren Balthasar spielen, wer die graue in seinem Stück Kuchen entdeckt, der ist der König Melchior, die weiße Bohne ist für den König Kaspar. Wer die dicke Bohne im Kuchen hat, der spielt das Kamel ...!

Äpfel und Nisschen

An vielen Orten, z. B. in Oberfranken, ziehen die Kinder am Neujahrsmorgen oder am 2. Januar mit Glückwünschen und mit lustigen Versen von Haus zu Haus und lassen sich zum neuen Jahr mit kleinen Gaben beschenken. In Hessen rufen sie dazu:

Oh, oh, oh, das neue Jahr ist do!
Gebt uns Äpfel und Nisschen,
sonst friert uns an die Fisschen.
Lot uns nit zu lange stehn,
denn wi mutt noch widdergehn.

DER 6. JANUAR

Die Kraft der Träume

Sie sind auf dem Weg,
auf der Bahn des Lichtes,
der Bahn dieses einen besonderen Sterns,
der ihnen die Richtung weist.
Dieses Licht am Himmel,
so hell wie nie zuvor,
ist ihr Signal, ihr Leuchtfeuer,
dem sie sich ohne Vorbehalt anvertrauen,
dem sie unbeirrt folgen.

Jeder für sich war aufgebrochen
zu diesem langen Marsch,
der sie durch eiskalte Nächte
und heißen Wüstensand führte.
Jeder von ihnen hatte
dieses Strahlen im Blick,
war erfüllt von der Weisheit des Seins,
vom Vertrauen ins Leben
und von der Liebe zur Erde,
war erfüllt vom uralten Wissen der Menschheit
um die Mächte des Universums
und die Kraft der Träume.

Als sie sich trafen,
erkannten sie sich ohne Worte,
jeder von ihnen wusste vom anderen –
so als ob sie sich schon immer gekannt hätten.
Vereint zogen sie weiter.
Das Strahlen in ihren Augen
und das Lächeln auf ihren Lippen
schlug jeden, der sie sah, in ihren Bann.
Und jedermann wusste,
wer da unterwegs war
auf der Bahn des Lichtes –
unterwegs mit der Kraft der Träume.

Die weisen Fremden

Offensichtlich waren es Ausländer
aus den Reihen der Sterngucker,
der Kundigen und der Deuter
all dessen, was sich am Himmel tut.
Gelehrte Männer waren alle drei,
nicht vom einfachen Volk,
solche, die auffielen,
die sich aus der Masse hervorhoben,
sie waren etwas Besonderes.

Viele hielten sie wohl möglich für Spinner,
für Fantasten, ja sogar für Scharlatane.
Sie verhielten sich anders,
waren nicht so einfach einzuordnen,
wussten um geheime Dinge und besaßen Fähigkeiten,
die über das Normale hinausgingen.
Mag sein, dass sie sich sogar mit
geheimnisvollen Mächten in Verbindung befanden.
Jedenfalls waren sie den meisten nicht ganz geheuer
und von einer Ausstrahlung, einer Aura,
die staunen, erschrecken und bewundern ließ,
diese Magier aus dem Ausland – diese Exoten
mit ihrem schweigenden Humor.

Wie mögen sie ausgesehen haben,
wer hatte sie überhaupt gesehen,
wer wusste mehr von ihnen als vom Hörensagen?
Es gab nur Gerüchte von diesen weisen Männern.
Auch ihre Zahl ist nicht eindeutig belegt,
waren es die drei, von denen berichtet wird,
oder vier?
Schon damals gab es widersprüchliche Kunde.
Es heißt, ihre Namen seien überliefert worden,
sie hätten unterschiedliche Hautfarben gehabt
und sie seien Könige von weit her gewesen –
die weisen Fremden, die Botschafter.

Die Gaben der Weisen

Gemeinsam erreichen sie ihr Ziel.
Genau dorthin gelangen sie,
wo sie der Stern hin geleitet hat.
Nach der Überlieferung bringen sie
Weihrauch, Myrrhe und Gold,
Kostbarkeiten, Schätze in der damaligen Zeit,
sie stehen für den gesamten Reichtum der Welt.
Was aussieht wie irdisches Gut,
steht für das Habe der gesamten Menschheit,
für alles Wissen um Gott und Mensch,
für die Weisheit um die Mächte dazwischen
und für das Wissen des Seins.
Weihrauch, Myrrhe und Gold
weisen alle drei auf den Himmel hin.

Die Weisen sind nicht überrascht über das,
was sie vorfinden:
die einfachen Verhältnisse,
das scheinbar unscheinbare Kind,
das da vor ihnen liegt.
Sie wissen, was dort geschehen ist,
was geschieht für die Menschheit.
Sie kennen die Zusammenhänge
und wissen um die Anwesenheit Gottes.

Die Botschafter sind selbst auch die Botschaft:
Ausländer, Fremde, Ungläubige sogar
weisen der Welt gleichsam die Richtung,
zeigen, wo es ab jetzt langgeht.
Sie sind die Verkörperung des Teils der Menschheit,
der nicht dem Christentum angehört,
aber dennoch vor dem Kind niederkniet,
weil es vom Himmel auserwählt ist,
weil es das Geschenk des Himmels ist.
Die Botschafter, die Weisen
geben dieses Wissen an die Welt weiter.

Eckart Bücken

DER 6. JANUAR

Alle Jahre wieder:

Wohin mit dem Baum?

Nehmen wir einmal an, das gute Stück ist nicht in Flammen aufgegangen – was, wenn man der Feuerwehr Glauben schenken will, gar nicht so selten geschieht. Nein, das Fest ist gut überstanden, und »er« beginnt zu nadeln. Die Rettungsaktionen sind bekannt: Zunächst wird Papier unter den Baum gelegt, dann Wasser gesprüht, unter Umständen sogar gut zugeredet. Hilft alles nichts, er nadelt und rieselt still vor sich hin. Außerdem sind die Teller abgegrast und die Geschenke umgetauscht. Also heißt es Abschied nehmen. Doch es ist gar nicht so einfach, sich von dem nicht mehr ganz so grünen Schätzchen zu trennen.

Da haben doch die klugen Stadtväter und Landmütter ein Einsehen gehabt und die Abholung der Bäumchen oder ihrer Reste organisiert. Wie schön, dass sich einige von ihnen dazu wirklich etwas haben einfallen lassen. Hier sollen die beiden Weihnachtsbaumentsorgungsfavoriten den gebührenden Platz bekommen.

Lasst es euch gut schmecken!

Im neuen Jahr den Duft frischer Tannenbäume genießen? Wie das? Ganz einfach: durch einen Besuch im Zoo. Am Elefantenhaus wird es aromatisch nach Nadelhölzern riechen. Nicht wegen der guten Baumqualität, sondern wegen der guten Verdauung der Tiere. Für die Elefanten, aber auch für Bisons und Wisente im Zoologischen Garten in Berlin ist im Januar Bescherung. Die Tiere bekommen meistens die nicht verkauften Reste von den Händlern gespendet. Weil diese draußen lagen, sind sie noch saftig. Auch die Fichten, die viele der Berliner Weihnachtsmärkte zierten (und nicht heimlich, still und leise in einer Winternacht verschwanden), landen im Zoo. Die Tiere sind nämlich durchaus wählerisch und verschmähen vertrocknete Zweige. Lametta und Schneespray behagen ihnen schon gar nicht.

Im übrigen werden Weihnachtsbäume, die keiner haben wollte, als zerkleinerte Pflanzen den Weihnachtsbaumkulturen von Gartenbaubetrieben zugeführt. Und die etwa 400 000 nicht weiter zu verwertenden Weihnachtsbaumgerippe werden von der Berliner Straßenreinigung abgeholt, geschreddert und vor allem an Kompostierbetriebe verkauft.

Wie Bäume helfen können

Hamburger Haushalte brauchen auch nicht lange zu grübeln, wohin es mit der Edeltanne gehen soll. Dort gibt es eine gemeinsame Aktion von Stadtreinigung und der Zeitung »Morgenpost« zugunsten hilfsbedürftiger Kinder: Wer mitmachen möchte, der bekommt eine Entsorgungsbanderole zugeschickt, nachdem er zehn Mark auf ein Konto bei der Hamburgischen Landesbank überwiesen hat. Die Banderolen können auch direkt auf den Hamburger Recycling-Höfen abgeholt werden.

Keine (Ent-)Sorgen

Zwei besonders clevere Typen von Mitmenschen werden keinerlei Probleme mit der Entsorgung ihrer alten Bäume haben. Da sind einmal all jene, die ihre Weihnachtsbäume als Topfpflanzen gekauft haben. Sie pflegen und gießen getrost weiter bis zum nächsten Fest. Die anderen nehmen ihren Baum kurzerhand auseinander: Sie haben gleich in Kunststoff investiert.

Kleines Entsorgungsspiel

Jeder von uns bekommt ein Blatt Papier und einen Stift. Dann wird ein Wort vorgeschlagen, vielleicht »Weihnachtsbaum« oder »Entsorgung« oder was auch immer. Wir nehmen hier das Wort ELEFANT. In großen Buchstaben steht es nun oben auf jedem Blatt. Eine Sanduhr wird umgedreht oder eine Küchenuhr auf drei Minuten gestellt, dann geht es los: Aus den einzelnen Buchstaben dieses Begriffes sollen so viele neue Worte wie möglich entstehen. Nach dem Startkommando läuft die Zeit, also schnell, schnell.

Petras Liste für »Elefant«:
Tele
Lea
Tee
Nele
Fan
Lee
Fee
Elfe

Zum Themenbereich bereits erschienen:
Ingeborg Düffert: Die schönsten Texte für das Weihnachtsfest. ISBN 3-332-01291-6
Ingeborg Düffert: Kinderverse für Familienfeste. ISBN 3-332-01087-5
Ingeborg Düffert: Alles Gute! Der passende Vers zu jedem Geschenk. ISBN 3-332-01433-1
Ingeborg Düffert: Kleines Vortragsbuch für Familienfeste. ISBN 3-332-01245-2
Gertrud Deusen: Wir feiern Silberhochzeit. ISBN 3-332-01127-8
Jutta Rintelen: Die schönsten Sprüche und Verse fürs Poesiealbum. ISBN 3-332-01086-7
Mechthild Aderholz: Der perfekte Hochzeitsplaner. ISBN 3-332-01335-1
Andrea Klein: So gelingt Ihre Hochzeitszeitung. ISBN 3-322-01333-5

Der Autor:
Hajo Bücken ist einer der bekanntesten und anerkanntesten Autoren von Spielen und Spielebüchern im deutschsprachigen Raum. Er leitet die Arbeitsstelle Neues Spielen in Bremen.

Bibliografische Information Der Deutschen Bibliothek
Die Deutsche Bibliothek verzeichnet diese Publikation in der Deutschen Nationalbibliografie; detaillierte bibliografische Daten sind im Internet über http://dnb.ddb.de abrufbar.

ISBN 3-332-01125-1

Der Urania Verlag ist ein Unternehmen der Verlagsgruppe Dornier.
Urania Verlag, Verlagsgruppe Dornier, Postfach 80 06 69, 70506 Stuttgart

Umschlaggestaltung: Behrend & Buchholz, Hamburg
Titelfotos: Reiner Grass, Hamburg
Illustrationen: Bafuß (Jochen Tiemann), Groningen
Lektorat: Dr. Marianne Jabs
Layout und Satz: Dieter Rex, München
Printed in Germany

Fotos:
AG City : S. 113
Arbeitsstelle Neues Spielen: 62
Gertie Burbeck: S. 13, 18, 30, 80, 150
CMA 19, 21, 79, 81, 102, 111, 123
Congress- und Tourismuszentrale Nürnberg, S. 112
Erzgebirgische Volkskunst Richard Glässer, Seiffen: S. 68
Ketchum: S. 83
Krebs-Glas Lauscha GmbH: S. 51
Kuramt Bad Wiessee: S. 144
Nordsee: S. 149, 178
Panda: S. 31
Paul Schrader: S. 53
Presse-Foto Günter Peters, Berlin: S. 190
Rex: S. 90, 91, 97
Ritterladen: 99
Stief: S. 77
Schwartauer Werke: S. 84
Staatliche Museen, Preußischer Kulturbesitz, Museum Völkerkunde, Berlin: S. 48, 70
Windbruch: S. 62

Wir danken für Abdruckgenehmigungen:
S. 14–17: A. Wood (Hg.): Weihnacht der Neuen Welt. Aus dem Amerikanischen von U. v. Wiese. © 1969 by Verlags AG Die Arche, Zürich
S. 28/29 und S. 60/61: M. Hausmann: Martin Isabel Andreas © 1973 by C. Bertelsmann Verlag, München
S. 32, 106/107: Ursula Barff: Basteln für Advent und Weihnachten, © 1999 Urania-Ravensburger
S. 34/35: Mit freundlicher Genehmigung der Autorin
S. 66/67: R. Krenzer (Hg.): Adventszeit im Kindergarten, © Verlag Ernst Kaufmann, Lahr
S. 88/89: Hildegard Grübel: Strohsterne. © 1998 Urania-Ravensburger
S. 92–95: K. v. Waberer: Böse Menschen, © 1993 Deutscher Taschenbuch Verlag, München
S. 116–120: W. Schnurre: Als Vaters Bart noch rot war, Neuausgabe © 1996 Berlin Verlag, Berlin
S. 124/125: K. H. Waggerl: Und es begab sich, © Otto Müller Verlag, Salzburg, 1953
S. 134–137: D. Thomas: Unter dem Milchwald. Aus dem Englischen von E. Fried. © 1996 Carl Hanser Verlag, München-Wien
S. 140/141: A. Simon (Hg.). Russische Weihnacht. Aus dem Russischen von O. Flohr. © 1965, 1986 by Verlags AG Die Arche, Zürich
S. 114 und S. 158/159: E. Kästner: Herz auf Taille bzw. Das Schwein beim Friseur. © Atrium Verlag, Zürich, und Thomas Kästner
S. 169: I. Wolff, Gruß- und Glückwunschkarten selbst gestalten, © 2000 Urania Ravensburger

Wir haben uns bemüht, alle notwendigen Abdruckgenehmigungen einzuholen. Aber Irren ist menschlich. Falls wir aus Versehen ohne Genehmigung etwas gedruckt haben, das nicht freigegeben wurde, bitten wir evtl. Rechte-Inhaber, ihre Ansprüche bei uns anzumelden.